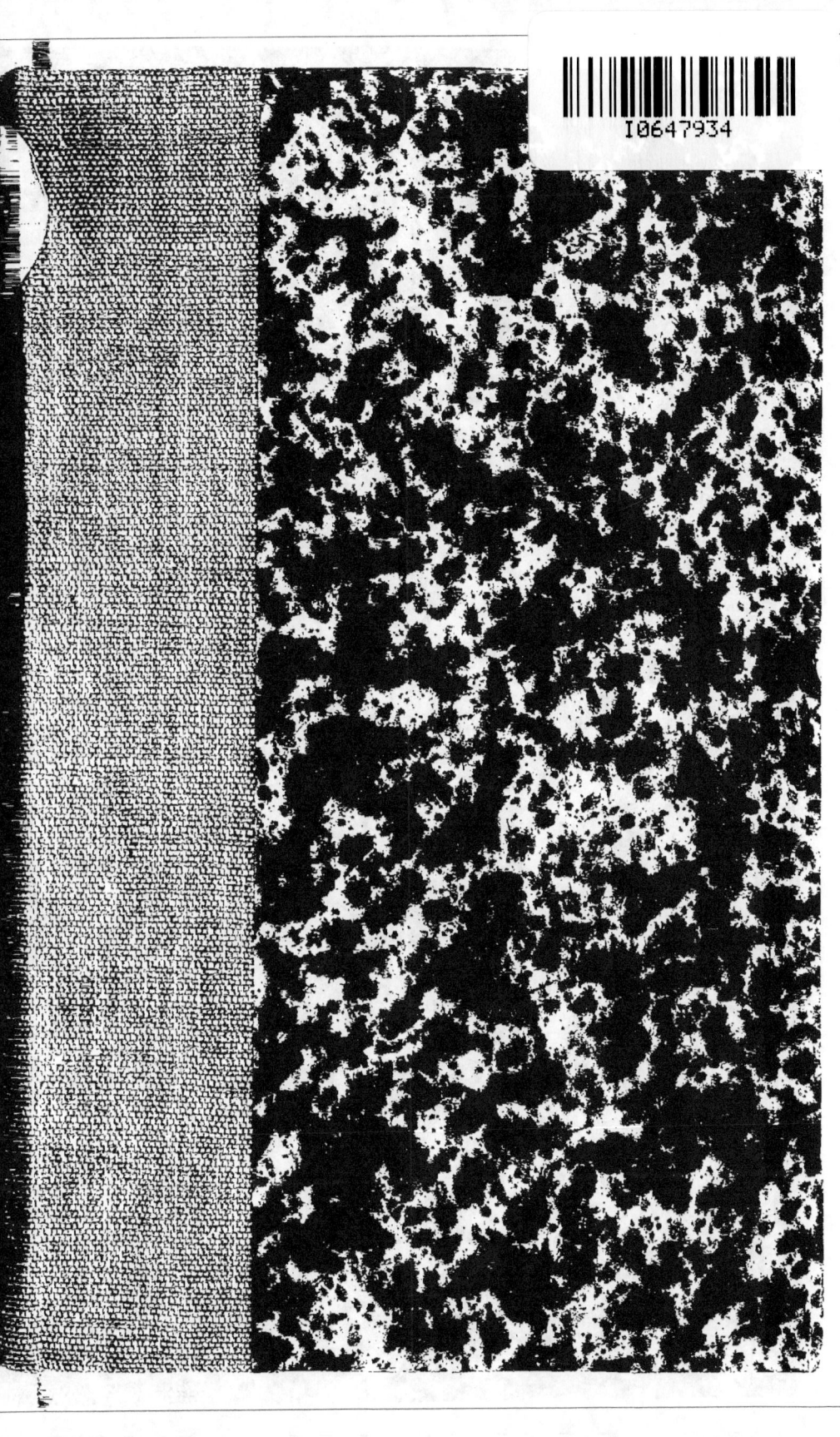

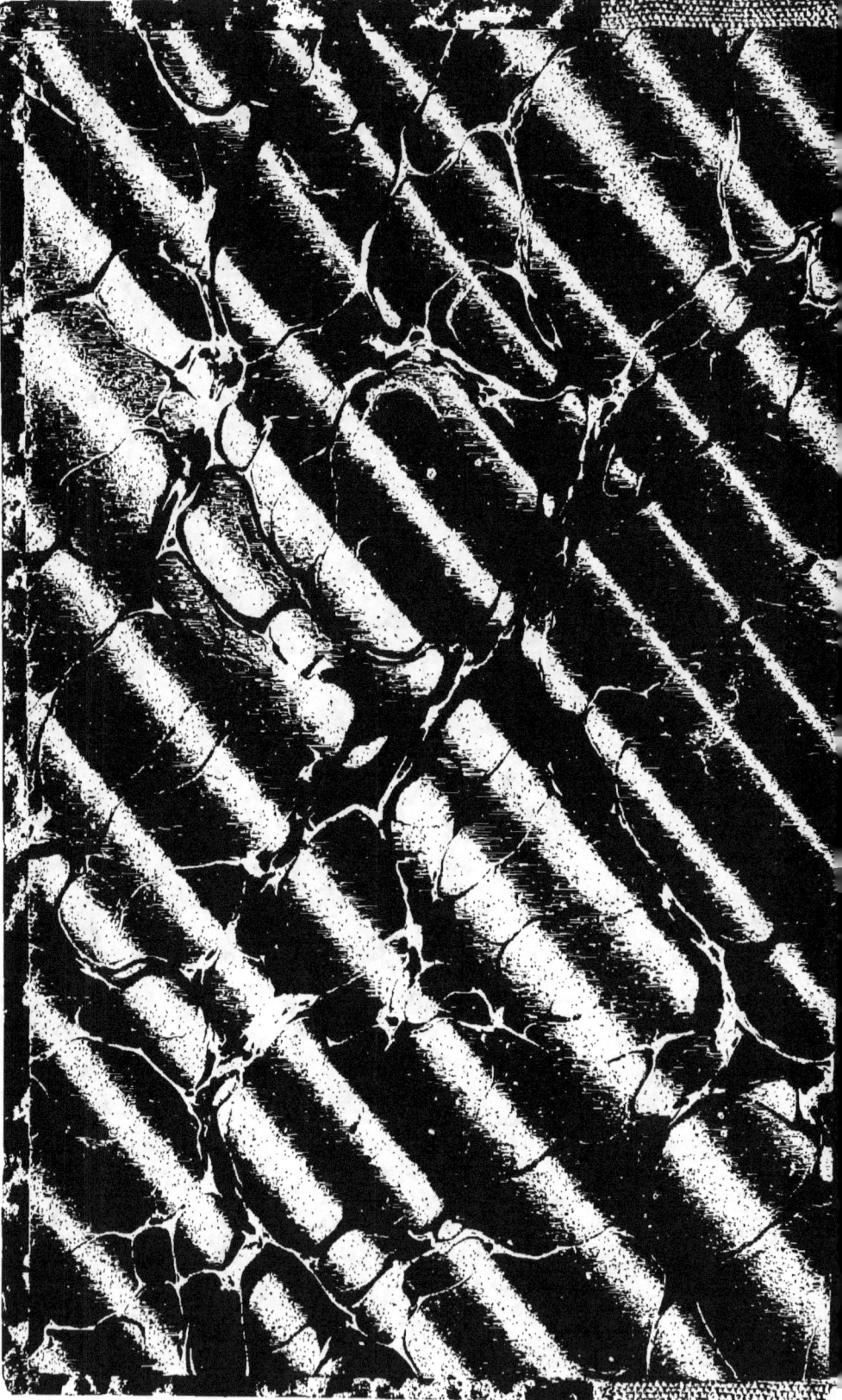

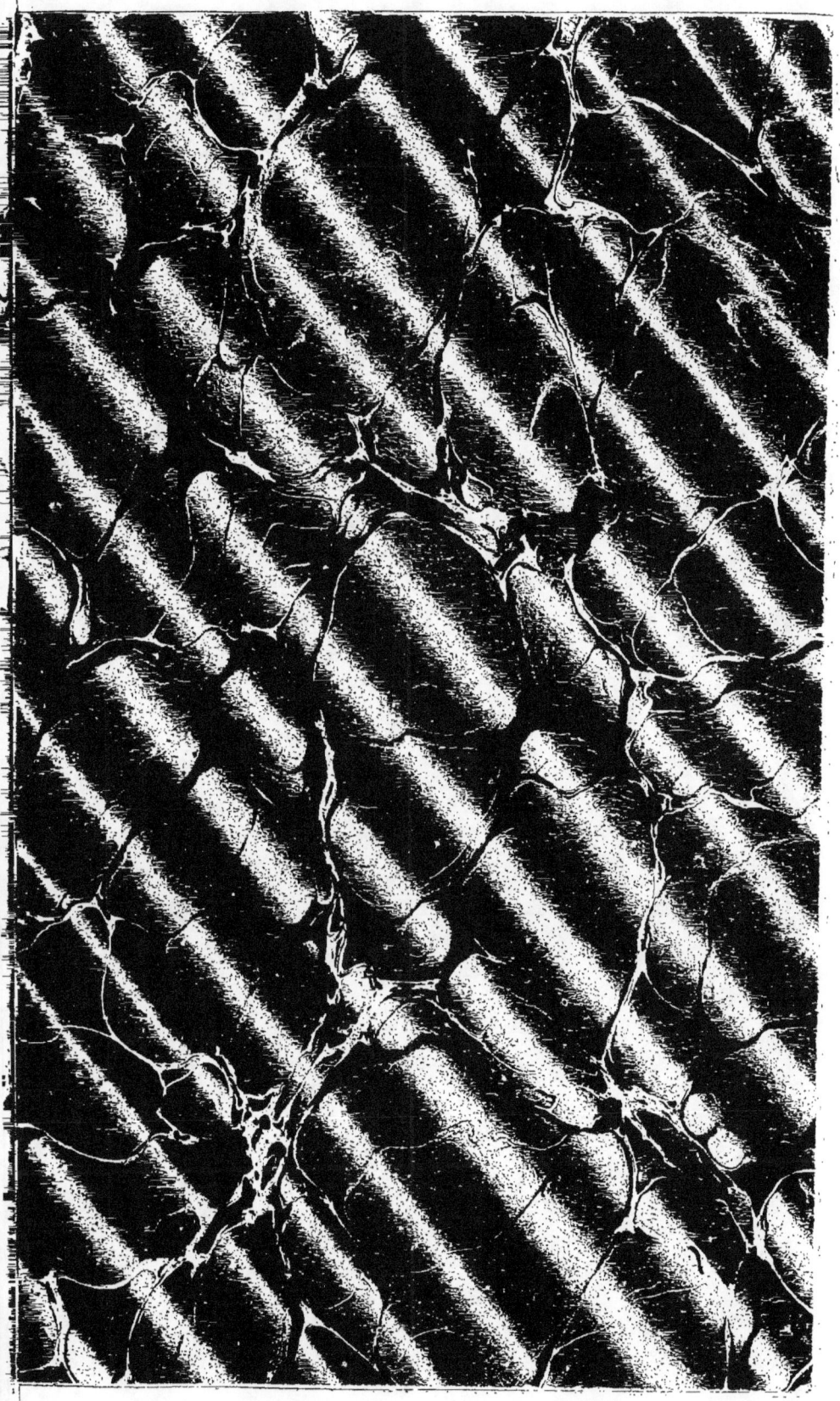

COLLECTION SAINT-MICHEL

LA

MITRE ET L'ÉPÉE

CHRONIQUE GENEVOISE

— 1496 —

PAR

CHARLES BUET

PARIS

G. TÉQUI, LIBRAIRE-ÉDITEUR

DE L'ŒUVRE DE SAINT-MICHEL

6, rue de Mézières, 6

—

1877

LA
MITRE ET L'ÉPÉE

COLLECTION SAINT-MICHEL

LA
MITRE ET L'ÉPÉE

CHRONIQUE GENEVOISE

— 1496 —

PAR

CHARLES BUET

PARIS

G. TÉQUI, LIBRAIRE-ÉDITEUR

DE L'ŒUVRE DE SAINT-MICHEL

6, rue de Mézières, 6

—

1877

A M. LÉON GAUTIER

—∞—

Ce n'est pas au savant professeur à l'Ecole des Chartes, cher Maître, que ce livre est dédié, quoique ce soit un de ces récits historiques que vous affectionnez, où la fiction n'est que la très-humble servante de l'histoire; ce n'est pas davantage au brillant conteur catholique, non plus qu'à l'aimable feuilletoniste du Monde.

C'est au maître bienveillant et bon, cordial et dévoué; c'est à l'ami chrétien dont on écoute avec tant de plaisir la parole éloquente; c'est enfin à l'esprit si élevé qui a compris une vérité trop souvent niée même par ceux qui la désirent, à savoir que le catholicisme est fait pour marcher à la tête du vrai progrès, de la vraie science et de la vraie littérature.

CHARLES BUET

Paris, le 23 octobre 1876

INTRODUCTION HISTORIQUE

L'invasion des barbares submergea complétement l'organisation sociale et la civilisation païenne, en renversant l'édifice colossal
de l'empire romain, et, après une lutte plusieurs
fois séculaire, et dont les contemporains se
demandaíent si le monde allait périr, une
société nouvelle se constitua peu à peu, de
par les efforts et le travail actif et continu de
l'Eglise catholique, qui fut le grand agent
civilisateur et le principal bienfaiteur de cette
nouvelle civilisation basée sur les doctrines
du christianisme. Le monde renaquit sous

1

l'influence heureuse de cette révolution, la seule à laquelle il soit permis d'applaudir.

Il n'est donc pas extraordinaire que la reconnaissance des nations et la confiance des peuples aient, après ce moment de tran-- sition, élevé le clergé à un degré de puissance dont nous ne nous faisons, malgré les enseignements de l'histoire, qu'une idée restreinte.

« Lors de l'établissement de la monarchie des Francs, le comte et l'évêque remplacèrent les munici pes romains dans une grande partie de leurs fonctions. Le comte était l'homme du roi, l'évêque était l'homme de la cité. Elu par les citoyens et présenté à la confirmation royale, il était par état le protecteur des faibles, il intervenait dans leurs causes, il les défendait contre l'oppression, il portait au pied du trône les prières et les doléances de sa cité, et rarement il essuyait des refus. L'invasion des barbares fut ainsi la cause occasionnelle de la grandeur politique des évêques » (1).

Un économiste contemporain confirme ces affirmations :

« Les Capitulaires de Charlemagne, dit-il, consacrent principalement le pouvoir de l'Eglise. Elle seule interviendra désormais en qualité de médiateur entre l'humanité et ses oppresseurs; et son intervention vaut la peine d'être remarquée, puisque les Capitulaires ont fait loi en France jusqu'au règne de Philippe le Bel. Elle seule balancera la puissance des barons, et lui portera le coup fatal en se rangeant du côté du peuple » (2).

Il serait facile de multiplier ces citations qui montrent sous son véritable jour le rôle de l'Eglise, non-seulement au moyen âge,

(1) *Histoire administrative des communes de France,* par le baron DUPIN.

(2) *Hist. de l'Economie politique en Europe,* par AD. BLANQUI T. I, ch. 13.

mais encore dans les temps modernes; son action sur la société, mal comprise ou plutôt méconnue par ses ennemis, est devenue l'objet de calomnies si nombreuses, parfois si habiles, que l'on fut un moment découragé de les combattre, et il fallut la plume acerbe et incisive de Joseph de Maistre, le travail assidu de toute son école, pour amener une réaction contre la mauvaise foi, l'ignorance volontaire, les déclamations haineuses de la plupart des historiens.

Nous voulons, dans cette modeste esquisse historique, présenter au lecteur un épisode ignoré de l'histoire de l'Eglise : le tableau d'une élection d'évêque à la fin du quinzième siècle.

On verra quels maux le suffrage populaire, l'ingérence du pouvoir civil dans le domaine spirituel, causaient dès cette époque; et ce nous sera une occasion de combattre, par un exemple, l'opinion, encore assez répandue de nos jours, que l'Eglise devrait laisser au peuple le choix de ses pasteurs ; au souverain, la liberté de choisir les évêques, à défaut de l'élection populaire.

Ceux qui regrettent le mode antique sur lequel est basé ce récit, verront que l'Eglise a été sage en se réservant désormais la nomination aux dignités ecclésiastiques.

Lorsque tomba le second royaume de Bourgogne, plusieurs des diocèses qui en faisaient partie étaient déjà soumis à la souveraineté temporelle de leurs évêques, et notamment ceux de Vienne, Embrun, Tarentaise, Maurienne, Lausanne, Sion et Genève.

A quelle époque l'autorité des évêques, à Genève — qui est le théâtre du drame politique que nous allons raconter, — fut-elle substituée à celle des très-anciens et très-puissants comtes de Genève ?

Il y a bien une déclaration de l'assemblée générale du peuple genevois, en 1420, conçue en ces termes :

« Depuis plus de quatre cents ans, la ville de Genève, avec ses faubourgs, son territoire et sa banlieue, est sous le haut domaine et sous la pleine et entière juridiction de l'évêque : et le peuple se plaît à reconnaître aujourd'hui, comme l'ont fait ses ancêtres, la domination et la puissance de l'Eglise de Genève et de son évêque » (1).

Mais le premier document où apparaissent les traces de l'autorité temporelle de l'évêque, est une très-curieuse charte, citée par Spon (2), relative aux contestations qui existaient en 1224, entre l'évêque Humbert de Grammont et le comte Aymon.

De ce document il résulte que la seigneurie et la justice de la ville appartiennent à l'évêque seul, ainsi que la police des marchés, la perception des bans ou amendes, la faculté de battre monnaie.

(1) Voyez Spon, *Histoire de Genève*. Preuves, n° 51.
(2) *Ibid.*, n° 1.

Le différend entre Humbert et le comte fut réglé par un traité passé à Seyssel, et auquel se rapporte la charte ci-dessus indiquée, et qui stipulait que le comte ne pourrait bâtir aucun fort sans le consentement de l'évêque, à qui il ferait hommage « sans préférence et réserve d'aucun autre que de l'empereur » (1).

Ardutius de Faucigny, successeur de Grammont, obtint en 1153, de l'empereur Frédéric Barberousse, un diplôme confirmatif de tous ses droits, et le comte Amé, fils et successeur d'Aymon, se reconnut tenu à fidélité envers le prélat à la suite de querelles de juridiction.

Mais les comtes de Genève s'avisèrent d'un fort habile moyen de se transformer, de vassaux, en suzerains des évêques. La maison de Zœringhen possédait le vicariat impérial, l'avouerie et l'investiture des régales

(1) BESSON, *Mémoires ecclésiastiques pour servir à l'histoire des diocèses d'Aoste, Maurienne, Tarentaise et Genève.*

dans les trois diocèses de Genève, de Lausanne et de Sion.

Les comtes achetèrent ces droits aux ducs de Zœringhen, puis forts de cet achat, s'emparèrent de l'autorité religieuse et temporelle et de tout ce qui constituait le pouvoir public, sans s'inquiéter nullement des bulles que fulminaient contre eux les Papes.

Ardutius se rendit aussitôt auprès de l'empereur, qui, par une sentence datée du 6 des ides de septembre 1162, annula d'abord la donation de l'investiture des régales et de l'avouerie impériale faite à Berthold IV, duc de Zœringhen, ensuite la vente passée au comte de Genève, et il remit l'évêque en possession de tous ses droits.

Voici donc comment furent établis, par la suite, les pouvoirs temporels de ces prélats :

« Toute justice émanait de l'évêque, comme souverain, et il avait à ce titre le droit de faire grâce. Les causes civiles étaient portées

devant un lieutenant laïque, le vidomne, qui
recevait sa mission de lui. On ne pouvait
plaider à son tribunal que verbalement, et
en langue romane ou en patois ; le latin et
les écritures étaient formellement exclus. Le
tribunal supérieur à celui du vidomne était le
conseil épiscopal, auquel il était toujours
permis d'en appeler. A cette cour étaient, en
outre, dévolues de droit toutes les causes
ecclésiastiques, et celles qui étaient pour une
somme excédant la valeur de soixante sous.
Du conseil épiscopal, on appelait au métropolitain, l'archevêque de Vienne, et, en dernière instance, au Pape. La justice criminelle
était rendue dans la ville par des syndics,
juges-nés de l'Eglise dans ce genre de
causes » (1).

La commune de Genève remonte à des
origines plongées dans la nuit des siècles.

(1) MAGNIN : *Histoire de l'établissement de la réforme à
Genève.* Livre I, chap. 1.

1.

Orderic Vital dit qu'elle fut établie par les évêques; mais il est beaucoup plus probable qu'elle provint des institutions municipales fondées par les Romains, et que les Bourguignons la respectèrent, comme eux et les Wisigoths firent dans toutes leurs conquêtes.

La commune genevoise était administrée par quatre syndics, assistés d'un conseil général, lequel, composé des chanoines de la cathédrale et de tous les chefs de famille, sans aucune distinction de rang ni de fortune, s'assemblait de droit deux fois l'année; le dimanche après la Saint-Martin, pour fixer le prix des denrées; le dimanche après la Purification, pour l'élection, par le peuple, des quatre syndics. La commune possédait sa milice; elle s'imposait et répartissait elle-même l'impôt; la police appartenait à l'évêque pendant le jour, aux syndics pendant la nuit, et le vidomne seul opérait les arrestations.

Enfin les ordonnances, qui se criaient à

son de trompe dans les rues et carrefours,
étaient précédées de ce protocole :

« On vous fait assavoir de la part du très-ré-
vérend et très-redouté seigneur, monseigneur
l'Evêque et prince de Genève, de son vidomne
et des syndics, conseil et prud'hommes de
la ville, » etc.

La dualité des pouvoirs était établie : d'un
côté, l'évêque, seigneur suzerain, adminis-
trant la justice, gouvernant, faisant battre
monnaie ; de l'autre, la commune indépen-
dante, soumise au suffrage populaire quant
à son administration, établissant, répartis-
sant et percevant elle-même les impôts ; si
bien que l'ordre, la paix publique étaient ga-
rantis, autant que le peuvent comporter des
institutions humaines.

Et ce qui démontre l'excellence de ce
système, ce qui prouve à quel point les
Genevois furent ingrats lorsqu'ils chassèrent
leurs évêques pour admettre le gouverne-

ment tyrannique des Réformateurs, que suivit bientôt le despotisme sanglant et infâme de Calvin, ce sont les aveux des écrivains protestants :

« Libres sous la souveraineté plutôt nominale qu'effective d'un prince essentiellement et presque nécessairement pacifique, dit M. Gallife dans son remarquable ouvrage *Matériaux pour servir à l'histoire de Genève*, les Genevois en profitaient pour faire un commerce immense et très-lucratif, qui les conduisait ordinairement, en peu d'années, à toutes les prérogatives et à toutes les jouissances de la noblesse féodale, car ils acquéraient des terres seigneuriales, et formaient des alliances illustres. La ville était d'ailleurs remplie de gentilshommes et de chevaliers des plus grandes maisons, qui tenaient à honneur ou à avantage de s'intituler citoyens de Genève. »

Dans le *Précis sur l'histoire de Genève,*

Monsieur James Fazy s'exprime en termes plus vigoureux encore :

« Pendant plus de huit cents ans, dit-il, l'accord entre la cause du peuple et celle de la religion fit de Genève une ville très-avancée : les lois y étaient douces ; les violences qui déshonoraient d'autres pays y étaient moins répétées ; à peine si la torture y était appliquée. La confiscation des biens n'y existait pas, et il ne reste aucune trace dans cette période de ces procès monstrueux faits aux opinions, ou de ces supplices affreux infligés à des malheureux soupçonnés d'être en rapport avec les démons. »

La torture y était rarement appliquée, dit M. Fazy.

En effet, dans les causes criminelles, les syndics (il est curieux de retrouver, si avant dans les siècles, les institutions modernes !), les syndics devaient être assistés de quatre jurés élus par les citoyens, et l'article XIII des Franchises ordonnait que la torture, lorsqu'elle était donnée, le fût *non pas durement, mais au plus gracieusement qu'on peut.*

Et ne laissons pas échapper cette occasion de dire que, si la torture ne fut abolie en France que par Louis XVI, depuis longtemps les papes s'efforçaient de la supprimer, en en rendant l'application difficile par toute sorte de prohibitions. Ainsi Léon X ne la tolérait que pour les crimes majeurs ; Paul III ordonna qu'elle ne serait appliquée que sur de graves indices de culpabilité; Pie IV voulut qu'avant de l'ordonner, les juges communiquassent à l'accusé toutes les pièces du procès, afin qu'il pût se défendre.

Enfin citons encore Sénebier, qui, en 1691, disait dans le *Journal de Genève*:

« La plupart de nos évêques s'intéressèrent avec chaleur et avec succès à Genève, et lui conservèrent ses droits, aux dépens de leurs

revenus, qu'ils sacrifièrent. Il faut le dire
avec reconnaissance : nous devons à plusieurs
d'entr'eux notre liberté temporelle. »

Eh bien ! que l'on compare aux huit premiers siècles de l'histoire de Genève, les trois
siècles et demi qui se sont écoulés depuis
que Pierre de la Baume, le dernier de ses
pasteurs qui y résida, fut contraint de se retirer devant ses sujets révoltés ; que l'on compare au gouvernement sage, paternel des
Fabre, des Compey, des Champion, les actes
insensés de Calvin, les proscriptions, les supplices, les châtiments disproportionnés aux
délits, les querelles religieuses, les émeutes,
les guerres civiles, les échafauds toujours
dressés, le bûcher de Servet, les potences
élevées « pour qui dirait du mal de Monsieur
Calvin ! » Et que l'on examine l'état actuel
de cette ville, repaire de tous les réfugiés de
la Commune de Paris, asile de tous les dé-
classés, et qui renouvelle, grâce au prodi-

gieux Carteret, les persécutions odieuses qui inaugurèrent le règne de l'hérésie calviniste ! Et l'on verra que l'histoire est, de tous les enseignements, le plus irréfutable ; et l'on se persuadera que Genève ne devrait plus oser se parer de sa devise : *Post tenebras lux*, car ce n'est pas la lumière qui y règne, mais l'intolérant Carteret, qui est le contraire de la lumière.....

Au double pouvoir épiscopal et communal s'adjoignit un troisième pouvoir, par suite de circonstances qu'il est nécessaire de rapporter afin de faire bien comprendre l'épisode autour duquel nous groupons tous ces menus détails de l'histoire, trop négligés par les historiens.

Genève avait de redoutables voisins : les comtes, qui devinrent plus tard les ducs de Savoie.

Dès le treizième siècle, elle eut à lutter contre le génie ambitieux de ces princes. En 1285, Amédée V le Grand déclara à ses bourgeois qu'il les prenait sous sa protection, et, le siége épiscopal ayant vaqué par la mort de Robert de Genève, Amédée s'empara du château de l'Ile, forteresse communale de la cité, et en expulsa non les gens de l'évêque, mais ceux du comte de Genève, qui l'occupaient aussi à titre de conquête (1).

D'ailleurs Amédée V possédait déjà dans la ville haute le château du Bourg de Four, acheté par le comte Pierre le Petit Charlemagne, son oncle, vers 1250. Le successeur de l'évêque Robert, Guillaume de Duingt, publia divers monitoires contre le comte de Savoie pour le forcer à rendre ce dont il s'était injustement saisi, et, ces actes de conciliation n'ayant produit aucun résultat, il l'excommunia par sentence du 10 janvier 1290, dont le comte appela au pape Nicolas IV. Après bien des débats, intervint une convention qui fut

(1) V. CIBRARIO : *Della storia di Ginevra e di alcune fonti poco note della medesima.*

passée à Asti le 19 septembre 1290, et par laquelle, en échange des droits de pêche et de péage restitués par Amédée V à l'évêque, celui-ci accordait au prince le château de l'Ile et l'investiture du vidomnat.

Or, le vidomnat, qui avait été jusqu'alors inféodé aux comtes de Genève, était une charge importante. Le mot de *vidomne*, VICE DOMINUS, en désigne la grandeur.

« Les attributions du vidomne comprenaient : 1° la connaissance des causes purement personnelles et pécuniaires qui se décident sommairement et sans solennité; 2° la punition des maléfices mineurs commis par les laïques, c'est-à-dire des infractions n'emportant ni la peine du sang ni celle de la confiscation des biens; 3° l'instruction de toutes les procédures, également dirigées contre les laïques, à raison de quelque crime que ce fût, et partant le droit de faire arrêter les personnes ou de les relâcher sous bonne caution » (1).

Vers la fin du quatrième siècle, la maison des comtes de Genève s'éteignit en la personne de Pierre, frère de l'antipape Clément VII, qui mourut sans enfants; le fils de sa sœur Marie, Humbert de Thoire–Villars, seigneur de Rossillon et d'Annonay, fut son héritier testamentaire.

Cet Humbert mourut en 1400, laissant le comté de Genève à son oncle, Odo de Villars, seigneur de Baux, comte d'Avelino, qui, par titre daté de Paris, à l'hôtel de Nesles, le 5 août 1401, céda le comté de Genève et tous les droits afférents à cette seigneurie en Grésivaudan, Viennois et Dauphiné, à Amédée VIII, comte de Savoie, moyennant la seigneurie de Châteauneuf en Valromey, le rachat de celle de Lompnes et quarante–cinq mille écus d'or (2).

(1) *Des origines féodales dans les Alpes occidentales*, par Léon Ménabrea.
(2) Guichenon, *histoire généalogique de la maison de Savoie*.

Le même comte Amédée VIII obtint du pape Martin V, en 1419, une bulle « en vertu de laquelle la souveraineté de Genève lui devait être transférée à la condition que l'évêque de Genève, alors Jean de Pierrecise, y consentirait » (1).

Ce Jean de Pierrecise, de son vrai nom Jean de Rochetaillé, était un enfant du peuple parvenu aux plus hautes dignités de l'Eglise par son savoir et ses vertus. Ainsi il était, en même temps qu'évêque de Genève, patriarche de Constantinople, référendaire du Siége apostolique; il devint ensuite archevêque de Rouen, cardinal du titre de Saint-Laurent *in Lucinâ*, vice-chancelier de l'Eglise.

Jean de Rochetaillé convoqua donc le conseil de la commune de Genève et lui soumit la requête présentée par Amédée VIII

---

(1) AMÉDÉE ROGET, *Les Suisses et Genève.* L'évêque qu'il appelle Jean de Pierrecise, est évidemment Jean de Rochetaillé, successeur de Jean de Bertrand, transféré à l'archevêché de Tarentaise, et prédécesseur de Jean de Courtecuisse, d'abord évêque de Paris, puis de Genève.

(créé duc en 1416 par l'empereur Sigismond) et approuvée par le pape. L'assemblée, composée de syndics, du corps municipal, du chapitre, des curés des sept paroisses et de tous les représentants de la commune, formula la réponse suivante, qui fut votée à l'unanimité :

« Depuis plus de quatre siècles, Genéve et ses dépendances ont toujours été, avec tous leurs habitants, sous l'entière autorité de l'Eglise et de l'évêque, qui en est le chef. Les habitants n'ont jamais été traités par lui, ainsi que leurs ancêtres, qu'avec douceur, bienveillance et bonté, et ils ont toujours été gouvernés dans un esprit de paix et de tranquillité. Ils ne peuvent, ne doivent et ne veulent reconnaître d'autre seigneur sans l'ordre exprès de l'évêque. Rien ne commande un tel échange, à une époque où les citoyens n'ont plus pour voisin que le duc de Savoie, prince ami de la justice, de l'ordre et de la paix, des prélats surtout et des ministres de l'Eglise, prudent, zélé catholique, et prêtant à la ville aussi bien qu'à son Église l'appui bienveillant et amical qu'elles ont toujours trouvé auprès de ses ancêtres. Pour eux (*les citoyens*), loin de consentir à aucun échange, ils sont décidés à vivre et à mourir, comme leurs pères, sous l'autorité de l'Eglise de Genève; et si l'évêque promet de ne jamais consentir à une aliénation quelconque, ils promettent, de leur côté, de l'aider envers et contre tous de leur soumission, de leurs conseils, de leurs biens et de leurs personnes » (1).

Quel spectacle ! un souverain faisant son peuple juge de sa souveraineté et l'appelant à en décider !... Ce fait est peut-être unique dans les fastes de l'histoire. Et quand on songe que les petits-fils de ces mêmes bourgeois— qui trouvaient la crosse pastorale un

. (1) MAGNIN. V. *suprà.*

joug moins lourd que la glorieuse épée des
chefs militaires, qui reconnaissaient les bien-
faits sans nombre qu'ils avaient reçus d'une
longue suite de pasteurs·— se révoltèrent,
moins d'un siècle plus tard, contre cette autorité si paternelle, secouèrent le joug léger !
Et pourquoi ? Pour s'abaisser et se proster -
ner sous la plume et sous le bâton d'un bourgeois picard, simoniaque, apostat, clerc
sacrilége, et qui leur apportait, en échange
de leurs libertés, un despotisme non-seulement odieux, mais encore ridicule.

Ah! combien Jean Calvin avait raison de
mépriser ses ouailles genevoises et de s'enor-
gueillir d'un triomphe que rien ne saurait
expliquer, si l'on niait l'influence de l'ordre
surnaturel sur les révolutions de ce monde.
On a dit de Genève qu'elle est la Rome pro-
testante. Rome bien déchue, si l'on se rappelle
cet axiome que l'on inscrivait sur les plans
de cette ville, que l'on se répétait de l'un à

l'autre dans tout son voisinage : « Ne connaissez Genève que pour l'abhorrer et la fuir! »

Nous venons d'expliquer, avec autant de
clarté que nous l'avons pu, la constitution
politique de Genève ; nous avons montré
quelles furent les origines des trois pouvoirs
qui s'y réunissaient : l'évêque, la commune,
le duc de Savoie. Il nous reste à dire quelques
mots de l'histoire ecclésiastique de ce vaste
diocèse, avant d'assister à l'élection de l'un
de ses évêques, sujet propre de cette étude.

Le premier évêque de Genève fut saint Paracode, probablement grec de nation, auquel
le pape Victor Ier écrivit en 198, et qui assista
au concile de Lyon, sous saint Irénée, en 191.

Le cardinal Jean de Brogny fut le quatre-
vingtième successeur de Paracode, et son
nom est un des plus illustres dans l'histoire
de son temps.

Parmi les nombreux prélats qui furent in-
tronisés sur ce siége qui datait des premiers

temps du christianisme, il en est beaucoup
qui mériteraient d'être plus connus : Aymon
du Quart, Pierre de Cessons, Guillaume de
Lornay, François de Miez, Guillaume de
Marcossey jouèrent un rôle très-grand dans
l'histoire de l'Eglise universelle. Pour la plupart, ils étaient élus par le peuple, qui s'atta-
chait à ne point choisir parmi les princes
voisins, afin de ne pas se créer ce qu'on
pourrait appeler une dynastie épiscopale.
Cependant il arriva que la maison de Savoie
usurpa ce privilége exorbitant d'imposer une
série de membres de sa famille, et voici dans
quelles circonstances.

On sait que dans la primitive Eglise, les
évêques étaient élus par tous les fidèles, et
que, sous les Mérovingiens, le roi sanctionnait
seul l'élection.

Au douzième siècle, les chanoines tentèrent
de s'emparer du droit d'élection; le concile
de Saint-Jean de Latran, en 1139, s'y opposa;

2

mais au commencement du siècle suivant, les chapitres eurent gain de cause. Lorsque le duc Amédée VIII, après avoir abdiqué le gouvernement du duché de Savoie et s'être retiré à Ripaille, fut élu pape au mois de novembre 1439 par le conciliabule de Bâle, et exalté sous le nom de Félix V, il créa son fils Louis lieutenant général de ses Etats et donna en apanage à son fils Philippe *les titres* de comte de Genève et de baron de Faucigny. Par ce titre seul de comte de Genève dont il apanageait son fils cadet, il voulait marquer ses droits politiques sur la ville qui, en 1419, sous Jean de Rochetaillé, avait refusé de se donner à lui.

Pendant la durée de son pontificat, François de Miez, religieux bénédictin, évêque de Genève depuis 1428, et cardinal du titre de Saint-Marcel, mourut.

Félix V se déclara aussitôt administrateur de l'évêché, en retint les revenus, et nomma

pour son vicaire Jean de Grolée, prieur de
Saint-Victor, vice-camérier du Siége apostolique. Eugène IV, le pontife déposé par le
concile de Bâle, étant mort, le concile de Florence lui élut pour successeur le chartreux
Thomas de Sarzane, qui s'imposa le nom de
Nicolas V. Félix, quoique de bonne foi, n'était
qu'un antipape, et, l'ayant compris, il se résolut, pour faire cesser le schisme, à se démettre
du pontificat. On convoqua donc un concile
à Lausanne, par ordre de Nicolas V et de
l'empereur Frédéric. Le pape envoya le cardinal Calandrini pour le présider. Félix V,
conduit en grande pompe à la cathédrale, le
15 mai 1449, revêtit ses habits pontificaux et,
en présence d'un immense concours de population, promit et jura de reconnaître pour
légitime souverain pontife, unique vicaire de
Jésus-Christ, le pape Nicolas V. Après quoi
il quitta ses habits et revêtit ceux de simple
prélat. Le cardinal-légat Calandrini publia

ensuite à haute voix, de la part du pape et du
concile, qu'Amédée, ci-devant duc de Savoie,
puis Félix V, était et devait être reconnu car-
dinal-évêque du titre de Sainte-Sabine, légat
perpétuel du Saint-Siége apostolique dans ses
anciens Etats; que dans les conciles, les con-
grégations, les assemblées publiques, il aurait
toujours la première place après le pape; que
le pape se lèverait en sa présence, et lui don-
nerait l'accolade; qu'il resterait administrateur des diocèses de Lausanne et de Genève;
qu'il garderait toutes les marques du pontife
romain, à l'exception de l'anneau du pêcheur,
du baisement des pieds et du privilége de faire
porter devant lui le saint Sacrement; qu'enfin
les vingt-trois cardinaux créés par lui seraient
confirmés dans leur dignité (1).

C'est à ce moment que le pape permit aux
ducs de Savoie de nommer aux bénéfices

---

(1) Voyez l'étude historique, *L'Antipape Félix V,* que nous avons
publiée dans LE FOYER, tome II, N° 28 et suivants.

consistoriaux dans leurs Etats, c'est-à-dire
aux archevêchés, évêchés, abbayes et prieurés
de Savoie et de Piémont. C'était faciliter à
ces princes le moyen de s'emparer tout à fait
du pouvoir politique à Genéve, et de se faire
enfin les maîtres de cette ville, dont ils con-
voitaient la possession depuis si longtemps.
Aussi, dès 1450, Amédée VIII se retira pour
la seconde fois à Ripaille, et, de son autorité
de légat d'abord, par une bulle arraché eà Nicolas V ensuite, il résigna l'évêché de Genève à son petit-fils Pierre de Savoie, fils de
Louis Ier, duc de Savoie, et d'Anne de Chypre
Lusignan. Pierre avait à peine huit ans ; il
était déjà protonotaire apostolique et abbé de
Saint-André de Verceil. On lui donna pour
administrateur vicaire un Cypriote, Thomas
de Sur, archevêque de Tarentaise. Pierre de
Savoie mourut à quinze ans. Il eut pour successeur son propre frère, Jean-Louis de Savoie, protonotaire apostolique, administrateur

2.

perpétuel des abbayes d'Ivrée, de Staffarde, de Canobe, d'Ambronay, de Saint–Oyen de Joux, des prieurés de Contamines, de Payerne, de Nantua, des commanderies de Saint-Antoine et Saint-Dalmace de Turin. A sa mort, en 1482, le chapitre voulut rétablir l'ancienne discipline et écarter un prince savoyard. Il élut donc Urbain de Chevron, abbé de Tamié. Aussitôt le duc de Savoie envoya un ambassadeur aux chanoines pour leur signifier que, la nomination de l'évêque lui appartenant comme seigneur de Genève, il avait pourvu de ce bénéfice François de Savoie, archevêque d'Auch, frère du défunt. Le pape Sixte IV, auquel le différend fut soumis, voulut trancher la question sans favoriser aucune des deux parties, et nomma son neveu Dominique de la Rovère, déjà archevêque de Tarentaise et cardinal du titre de Saint-Clément, qui céda sa nomination à l'évêque de Turin.

Celui–ci, Jean de Compey, fils de Jean de Compey, seigneur de Gruffy et Prangins, ambassadeur en France, et d'Antoinette de la Palud Varembon, était abbé de Sixt, de Saint–Etienne de Verceil, d'Aulps et de Chesery, et grand chancelier de Savoie, charge dans laquelle il avait succédé en 1462 à Jacques de Valpergne. Le débat fut circonscrit entre M. de Compey et M. de Chevron, l'archevêque d'Auch ayant jugé plus habile de se retirer. Chevron fut condamné en consistoire à Rome. Compey obtint les bulles d'institution canonique, vint à Genève, fut mal reçu. François de Savoie se fit aussitôt céder par Urbain de Chevron ses prétentions et alors se mit en mesure de prendre par la force ce qu'il n'avait pu avoir par le droit. Jean de Compey était à Genève depuis un an, lorsque, apprenant les intrigues de son compétiteur, il se résigna à lui céder la place *en fait*, se réservant de lutter contre lui, quand il y trouverait son avantage.

Il quitta donc la ville épiscopale « et s'en alla d'illec premièrement à Salanche où l'archevêque d'Aulx luy manda premièrement une ambassade pour luy dire que si luy vouloyt renoncer son droit de l'évêché, yl luy donneroit bonne récompense, mais de Compey ne sy voulut oncques accorder. Pourquoy M. d'Aulx avec son nepveu le duc Charles (de Savoie) premier de ce nom usèrent d'autorité de prince et mirent garnison en l'évêchée et au seau, et aulssi aux chasteaulx appartenants à l'évêché. Et entends que les commissaires de cette affaire étoient Amé de Gingin, Amé de Grilly, gentilshommes de Savoie, Hanchin Coppin, citoïen de Genève et Jehan Antoine Gamba de la diocèse de Thurin, car la bulle par laquelle Pape Sixte mist l'interdit à Genève les nomme ainsi » (1).

Jean de Compey avait, en effet, porté ses

(1) FRANÇOIS DE BONIVARD, *Chroniques de Genève*, t. II, livre II, ch. v.

plaintes à Rome. Le pape les fit examiner dans un consistoire, qui déclara Compey le seul légitime évêque de Genève, ordonna au métropolitain, l'archevêque de Vienne de le rétablir, et de jeter l'interdit sur la ville en cas de résistance.

L'archevêque obéit; mais, comme il se rendait à Genève, il fut arrêté sur la route par Philippe-Monsieur, comte de Bresse, frère de François de Savoie, qui protestait que, celui-ci se croyant justement le seul évêque institué canoniquement, il le défendrait envers et contre tous, même par la force. L'archevêque retourna donc sur ses pas, et, de retour à Vienne, fulmina l'interdit contre la ville de Genève, et envoya à tous les curés du diocèse l'ordre de le publier. Mais le cardinal Pierre de Foix, passant en Savoie, s'employa à accommoder ce différent. Il y réussit, en promettant à Jean de Compey une compensation. En effet, ce prélat fut nommé, la même année, archevêque de Tarentaise. Il succédait, chose étrange ! sur ce siége, à son ancien compétiteur Urbain de Chevron-Villette. Le 25 juillet 1484, François de Savoie fit son entrée solennelle à Genève. Bonivard, le chroniqueur genevois, qui fut depuis l'un des premiers apostats qui embrassèrent la Réforme, nous en a laissé une description.

« Quant yl marcha sur le pont d'Arve, yl trouva sur icelluy diverses bestes sauvages et des chiens qui les chassoient, et au bout du pont sur ung chariot cinq tours. Au milieu en avoit une d'une lance de haut et au sommet d'icelle avoit ung tonneau enflambé de feu : lequel charriot marchoit tousjours devant luy jusques en Palaix. Et d'aultre cousté avoit de fort belles histoires et riches que commencèrent depuis le pont d'Arve jusques en sa maison devant Rive, montant par la rue Verdonne, tirant au Bourg de Four, et despuis le Bourg de Four tirant vers la maison de la ville, tirant jusques à la grandt porte de Saint-Pierre, et cela estoit tout historié. Et quant yl fuct devant ladicte église, yl trouva les channoines qui le reçurent tous revestus de chappes de drap d'or et de soye, avec croix et reliques, comme en tel cas appartient. »

François de Savoie ne régna pas longtemps sur Genève; il mourut en 1490, à Turin, où il s'était rendu pour partager avec la duchesse Blanche de Montferrat, veuve de Charles Ier, la tutelle du jeune duc Charles–Jean–Amédée.

Ce fut à ce moment que se passa l'épisode peu connu que nous allons rapporter et qui doit justifier le titre de notre petit roman historique.

On n'a pas oublié sans doute que Genève subissait une triple domination : celle de l'évêque, celle de la commune et celle du duc de Savoie. Ce dernier prétendait avoir la nomination aux bénéfices, par conséquent le droit de désigner un successeur à l'évêque défunt; de son côté le chapitre, pour repousser cette prétention, voulait élire le nouvel évêque; enfin le peuple prenait aussi part à la lutte en soutenant la candidature de qui savait lui plaire. Le prévôt de la cathédrale de Genève était alors Guillaume de Fitignié; le chantre, révérend André de Malvenda, prieur commendataire d'Aix et de Thonon, doyen d'Aubonne; parmi les chanoines, plusieurs appartenaient à la noblesse de Savoie: Pierre de Viry, François de Sacconay, François de Charansonay, trois Lornay, Richard de Rossillon, Aymon de Divonne, Louis de Gerbaix.

Le duc de Savoie régnant était Charles II (Jean-Amédée), enfant encore à la mamelle et pour qui gouvernaient sa mère Blanche de Montferrat et surtout son grand-oncle le comte de Bresse.

C'est un caractère qui mériterait une étude spéciale, que celui de Philippe de Savoie, comte de Bresse, qui joua un rôle si actif dans l'histoire de son temps. Il est nécessaire que nous en disions ici quelques mots. Cinquième fils du duc Louis et d'Anne de Chypre, Philippe, né au château de Chambéry en 1438, fut appelé dans sa jeunesse Philippe-Monsieur et prit lui-même le nom de Philippe Sans-Terre, parce que jusqu'à l'âge de vingt-deux ans il n'eut aucun apanage; « et ayant l'esprit tendu et aspirant à choses hautes, dit le naïf Guillaume Paradin, en sa *Chronique de Savoie*, fit quelques factions avec les gentils-hommes et sujets de Savoie, à la domination et préjudice des droits de son père et de son frère aîné. En quoi il procéda tellement que tout le peuple et Etats de Savoie lui courait après, ayant admiration de sa noble indole et de la gentillesse de son esprit d'autant qu'ils avaient en mépris la simplesse et somnolence

3

de son frère Amé, qui semblait mieux un religieux, que prince nay au régime de République ou maniement des armes. »

Mais le duc Louis, son père, par patentes datées de Quiers, 26 février 1460, lui donna les seigneuries de Baugé, de la Valbonne et de Revermont avec le titre de comte, et l'envoya, l'année suivante, assister au sacre de Louis XI de France, à Reims.

Philippe de Bresse fut ensuite mêlé aux troubles qui agitèrent la Savoie à propos des favoris cypriote de sa mère, la duchesse Anne de Chypre, et à l'expulsion desquels il contribua pour une large part.

C'est lui qui fit assassiner le maréchal de Saint-Sorlin, arrêter, juger et condamner Jacques de Valpergue, chancelier de Savoie, qui fut noyé dans le lac de Genève. Il retourna ensuite auprès du rois de France, qui, ayant épousé sa sœur Charlotte de Savoie, était son beau-frère; mais Louis le fit arrêter, l'envoya

au château de Loches et fit enfermer au donjon de Vincennes son maître d'hôtel et Louis
de Genost, son écuyer. Le comte de Bresse
resta prisonnier à Loches deux ans; puis,
après sa délivrance, il se mêla très-activement
aux affaires politiques et militaires de son
temps. Sa devise peint son caractère : c'était
un serpent ayant quitté sa dépouille, avec ce
seul mot en exergue : PARATIOR. Il avait
épousé en premières noces Marguerite, fille
de Charles, duc de Bourbon, grand chancelier
de France et d'Agnès de Bourgogne, et en
secondes, Claudine de Brosse, fille de Jean,
comte de Penthièvre, et de Nicole de Bretagne.
Il fut le père de Louise de Savoie, mère de
François Ier.

Tel était donc le prince qui gouvernait le
duché de Savoie pendant la minorité de
Charles-Jean-Amédée.

Quant à la duchesse régente, sa mère, voici
le portrait qu'en trace Paradin : « Il n'y eut

rien qui tant amena les rebelles à la raison, que la bonne conduite de Madame la duchesse, qui surpassait par miracle tout entendement féminin, se montrant douce et humble aux bons sujets, et terrible et formidable aux mutins et rebelles » (1).

Or, parmi les pages de Madame Blanche de Montferrat se trouvait un jeune garçon nommé Pierre du Terrail, seigneur de Bayard. Il était du Dauphiné et appartenait à une bonne famille d'antique lignage ; tous les Terrail moururent pauvres, a dit leur historiographe ; mais leurs successions à tous, de père en fils, s'ouvrirent sur le champ de bataille.

L'évêque de Grenoble, son oncle, de la maison des Alemans, le donna au duc de Savoie, Charles le Guerrier, dont la cour était une des plus brillantes et des plus chevaleresques de l'Europe.

« Le bon chevalier, dit le Loyal Serviteur,

(1) Voyez notre roman historique *Philippe-Monsieur*.

son biographe, fut page du duc Charles de
Savoie l'espace de six mois; il se fit tant aimer des grands et des petits que jamais jeune
enfant ne le fut plus. Il était si serviable aux
seigneurs et aux dames que c'était merveille.
En aucune chose il n'y avait ni jeune page ni
seigneur qui pût lui être comparé, car il con-
tait, luttait et chevauchait, le mieux possible;
aussi son maître le prit-il en aussi grand
amour que s'il eût été son fils. »

Bayard, étant resté quelque temps encore
auprès de la veuve de son maître, fut, quoiqu'il eût à peine seize ans, choisi pour aller
à Genève diriger l'élection du successeur de
François de Savoie. Deux candidats étaient
en présence : Charles de Seyssel, supérieur
des Antonins de Chambéry, candidat du chapitre, et Antoine Champion, parent de Jean
Champion, maître d'hôtel du comte de Bresse,
que protégeait spécialement celui-ci.

Charles de Seyssel appartenait à une fa-

mille illustre qui remontait au douzième
siècle et en laquelle s'était fondue la grande
maison de la Chambre, de si haut lignage,
qu'elle prenait pour devise : *Altissimus nos
fundavit*. Il était le parent du maréchal de
Seyssel, l'un des plus ardents ennemis, et de
l'un des plus dangereux antagonistes du comte
de Bresse, le comte de la Chambre (1).

Antoine Champion, s'il était d'extraction
moins illustre et de naissance plus humble
que son concurrent, occupait les plus éminentes charges de l'Etat. Cependant il était

(1) Durant le cours du siècle suivant plusieurs membres de la
famille de Seyssel occupèrent d'importantes dignités dans l'Eglise.
Claude de Seyssel d'Aix fut évêque de Marseille en 1515, puis archevêque de Turin en 1520. Philippe de la Chambre Seyssel, religieux
bénédictin et abbé de Corbie, prieur de Nantua et de Léon, évêque
de Boulogne, cardinal du titre de Saint-Martin *in montibus*, évêque de Belley ; Antoine de Seyssel, évêque de Belley, doyen de
Saint-Appollinaire de Meximieux ; Charles de la Chambre Seyssel,
abbé de Bonnevaux, évêque de Mondovi ; Philippe de la Chambre
Seyssel, prieur de Contammes, évêque d'Orange ; Louis de la
Chambre Seyssel, abbé de Vendôme, grand prieur d'Auvergne. Le
père du cardinal Philippe était Louis, comte de la Chambre, vicomte
de Maurienne, qui épousa 1° Jeanne, fille de Louis de Châlons,
prince d'Orange, et d'Eléonore d'Armagnac; 2° Anne de la Tour,
veuve d'Alexandre Stuart, duc d'Albany, et fille de Bertrand de la
Tour, comte de Boulogne et d'Auvergne, et de Louise de la Trémouille.

noble, car il portait, en son écu : *de gueules à un champion contourné et monté d'argent tenant une épée nue à la main droite de même*. Il avait été sénateur, puis premier président au Sénat de Savoie, et succéda en 1482, comme chancelier de Savoie, à Jean Clopet. Il fut aussi ambassadeur auprès des Suisses de la duchesse Yolande de France, sœur de Louis XI, régente durant la minorité de son fils Philibert le Chasseur. Il était marié et avait plusieurs enfants ; mais, devenu veuf, il embrassa l'état ecclésiastique, fut créé protonotaire apostolique, et fut nommé ensuite à l'évêché de Mondovi. En 1491, il était donc évêque de Mondovi et chancelier, car Amédée de Romagnan ne lui succéda dans ce dernier office qu'en 1495. Il était fort dévoué au comte de Bresse, qui probablement se réservait de le remplacer, plus tard, sur le siége de Genève, par quelque prince de sa maison.

Le petit seigneur de Bayard avait mission de recommander au chapitre Antoine Champion, le comte de Bresse tolérant pour cette fois que l'évêque de Genève fût élu, et non nommé par le duc, celui-ci étant mineur. « Si y eu pour ce, dit Bonivard, grosses bendes et partialités, non-seulement à Genève mais par toutte la Savoie à cause qu'ils étoient tous deulx (les candidats) de grande aucthorité, le chancelier pour son office, jaçoit qu'il fut de basse main, de Seyssel à cause de la grandeur de sa maison. »

Aussi les chanoines furent-ils fort embarrassés et ne surent–ils auquel entendre. Ils ne voulaient pas perdre la faveur du prince, ils désiraient maintenir les droits du chapitre, et il leur semblait que ce fût par moquerie qu'on leur eût envoyé un ambassadeur de quinze ans, qui n'était pas encore hors de page.

Bayard, voyant qu'il se heurterait à mille

obstacles s'il contrecarrait les secrets desseins des chanoines, feignit de se laisser gagner par eux, leur persuada de nommer Charles de Seyssel et expédia sur le champ un courrier à Philippe-Monsieur. Le conseil, qui était de cet avis, mais n'osait le dire, se rendit à la maison capitulaire et supplia les révérends seigneurs chanoines d'élire pour évêque « un homme agréable à Dieu et à la ville. »

Aussitôt le chapitre élut Charles de Seyssel. Mais trois jours plus tard survinrent des lettres de recommandation du comte de Bresse et de la duchesse régente en faveur du chancelier Champion. Presque en même temps, on apprenait par une lettre du roi de France, Charles VIII, qu'il se prononçait en faveur de Seyssel et priait les syndics de tenir la main à ce qu'il ne fût pas mécontenté. Le différend s'aggravait donc. Les syndics, ayant délibéré, déclarèrent qu'ils étaient in-compétents, mais qu'ils étaient prêts à secon-

3.

der le chapitre et à appuyer la décision à intervenir du pontife romain.

Le pape, Innocent VIII, écrivit à son tour aux syndics pour leur dire que son choix était tombé sur Antoine Champion et qu'il le nommait à l'évêché de Genève à la prière du comte Philippe et de la duchesse Blanche, et la bulle pontificale commençait ainsi : AD PRECES *dilectorum filiorum nobilium Ducisse et Philippi de Sabaudia transtulimus*, etc. Le pape revenait à deux fois sur cette considération. Il regrettait, assurait-il, de contrarier en cela les vues du roi de France ; mais il ne pouvait méconnaître des mérites d'un homme qui avait si bien servi les intérêts de la maison de Savoie (1).

Charles de Seyssel n'hésita pas à appeler ses partisans à le défendre par la force des armes. Son parent, le comte de la Chambre,

(1) L'abbé FLEURY. *Réfutation d'un chapitre de* PATRIA, ouvrage du pasteur Gaberel (opuscule).

son frère, le baron d'Aix, un grand nombre
de gentilshommes du pays de Vaud et de la
Savoie se réunirent avec bon nombre de gens
d'armes et il fut décidé qu'on livrerait bataille
à tous ceux qui se présenteraient pour soutenir la cause d'Antoine Champion. Que devint pendant ces débats le gentil seigneur de
Bayard ? Il nous a été impossible de suivre
son rôle de plus près dans cette singulière
affaire, dont, au reste, aucun de ses historiens
n'a jamais parlé ! Ce qui ne fait pas un doute
pour nous c'est que s'il fut donné au roi
Charles VIII par le duc Philippe, et non,
comme on l'a dit, par le duc Charles, ce fut
parce qu'il avait mal servi dans cette circonstance les intérêts qui lui étaient confiés.

En se faisant le tenant des ambitions de
Seyssel, le comte de la Chambre n'obéissait
pas seulement à des considérations de famille.
Depuis longtemps déjà on réservait aux Piémontais les grandes charges de l'Etat et l'on

en écartait les seigneurs savoyards. Bien plus, la duchesse Blanche, pour échapper à l'influence de la cour de France, avait transporté la capitale de ses Etats de Chambéry à Turin. La Chambre donc emporta Chambéry d'assaut, marcha sur Genève et l'occupa sans coup férir. Aussitôt le comte de Bresse, à la tête d'un corps d'armée considérable, passa les monts, reprit Chambéry, et, suivant la même route que la Chambre, se dirigea sur Genève.

Les deux armées se rencontrèrent à Chancy, à peu de distance de la ville épiscopale. Un combat terrible s'engagea. Philippe de Savoie fut vainqueur, dispersa les troupes du grand vassal révolté, entra à Genève. Seyssel abandonna aussitôt ses prétentions. Mais le comte de Bresse alla assiéger le château d'Aix, s'en empara, et comme la Chambre s'était retiré en France, il lui fit raser tous ses châteaux; en outre le sénat de Turin lui fit un procès

comme criminel de lèse-majesté et le con-
damna à la confiscation de ses biens, sentence qui eût été promptement exécutée, si la
Chambre n'avait obtenu sa grâce par l'intercession du roi de France.

Après que ces troubles furent apaisés,
Antoine Champion envoya comme procureur
à Genève Jean Arbalétrier, prévôt de Berne,
qui présenta ses lettres de crédit au nom de
l'évêque le 9 octobre 1491 et prit pour lui
possession de l'évêché. Champion ne vint à
Genève qu'en 1493. Le 12 avril de cette année,
le conseil, impatient de connaître enfin son
prince, députa à l'évêque le citoyen Léonard
Acquinaz, porteur du message suivant:

« Pour çe que sy devant par plusieurs fois
leur à rescript (Monseigneur l'évêque) qu'il
voudroit visiter ses églises, cité et subjects, et
donner ordre à sa justice et ses affaires, ont
déclaré renvoyer le visiter, car ils n'ont
nulles nouvelles seures de sa venue, la—

quelle leur est bien désirée et seroyt fort joyeuse. » Le 17 mai, Champion annonça son arrivée, et la commune décida qu'il serait reçu avec le même cérémonial que son prédécesseur Jean de Compey.

Le 29 mai, il fit son entrée dans la ville, accompagné du comte de Bresse et d'une foule d'autres grands personnages. Il alla prêter le même jour, dans la cathédrale de Saint-Pierre, le serment de respecter, comme ses prédécesseurs, les franchises de la cité. Les syndics, en cette année, étaient Pierre du Nant, Guigue Prévost, Michel Lingot, Pierre Gachet. Le comte de Bresse reçut à cette occasion un présent de malvoisie, dragées et torches. Antoine Champion jouit donc paisiblement de son évêché jusqu'en 1495, qu'il mourut à Turin le 29 juillet.

Charles de Seyssel, « qui étoit ung bon hommeau, tendant plustost à simplicité que à finesse, » ne devint évêque de Genève qu'en l'an 1510, et voici comment.

A la mort de Champion, la duchesse Claudine de Bresse, femme de Philippe de Bresse, qui était devenu duc de Savoie par la mort de son neveu Charles-Jean-Amédée, fit prier le chapitre d'élire son cinquième fils, Philippe de Savoie, qui n'était âgé que de sept ans. Le chapitre obéit, pour éviter les contestations qui s'étaient produites à la récente vacance. Alexandre II, en confirmant cette nomination, donna au trop jeune commendataire pour administrateur, Aymon de Montfalcon, évêque de Lausanne. A dix-huit ans, le jeune évêque combattit à la bataille d'Agnadel, et, comme il n'était point entré dans les ordres, il témoigna à son père le désir de quitter l'état ecclésiastique. Il se démit donc en faveur de Charles de Seyssel, et fut créé comte de Genève, le duc Philippe s'étant réservé le fief et la principale souveraineté de la ville.

Ainsi fut menée à bonne fin, moyennant
un siècle de travail, la politique de la maison
de Savoie vis-à-vis de Genève. Ce Philippe,
qui d'évêque devint un grand guerrier, fut
créé duc de Nemours par son neveu Fran-
çois Ier, et de son mariage avec Louise d'Orléans Longueville naquit ce Jacques de Savoie,
duc de Nemours, qui épousa la veuve du
grand-duc François de Guise, et de qui Brantôme a tracé ce portrait éloquent : « C'était
un prince très-beau, vaillant, accortable,
bien disant, bien écrivant autant en rime
qu'en prose. Il était pourvu d'un grand sens
et esprit. Ses avis étaient les meilleurs au
conseil. Il excellait en toutes sortes d'exercices, parfait en tout; *si bien que qui n'a vu
Savoie-Nemours en ses gaies années, n'a
rien vu; et qui l'a vu, le peut baptiser par
tout le monde,* LA FLEUR DE LA CHEVALERIE. »

Quoique son but fût atteint, la maison de
Savoie voulut consacrer le fait accompli, en

nommant évêque de Genève, à la mort de
Charles de Seyssel, en 1513, Jean de Savoie,
prieur de Cilingy, qui céda au duc Charles III
tous les droits et toute la juridiction temporelle qu'il avait dans Genève en qualité d'é-
vêque; cette cession fut confirmée par le pape
Léon X. Mais en mourant, ce prélat adressa
à son futur successeur ces paroles significa-
tives : *Si perveneris huic episcopatui, noli,
oro te, gressus meos insequi, nec ut ego feci,
te gerere ; imò vero Civitatis libertatem con-
servare et defendere, ideo patior, et ultio-
nem divinam percipio et sentio quœ mihi
condonabit in purgatorio.*

Le successeur de Jean de Savoie fut, en
effet, le dernier évêque qui résida à Genève
et celui que chassèrent les huguenots : Pierre
de la Baume-Montrevel, protonotaire apostolique, abbé commendataire de Saint-Oyen
de Joux, de Saint-Just de Suze, de Notre-

Dame de Pignerol, prieur de Lemenc et d'Arbois, chanoine-comte de Lyon, évêque de Tarse et coadjuteur, puis évêque de Genéve.

CHARLES BUET.

Décembre 1870, Saint-Jean de Maurienne

LA
MITRE ET L'ÉPÉE

I

Pourquoi maître Philippe Maubuisson était à la fois triste et joyeux, et du désarroi qui régna, pour cette cause, en l'hôtellerie de L'HOMME SANS TÊTE.

Le dimanche vingt-cinquième jour de l'an du Seigneur 1484, il y avait grande rumeur en la ville de Genève. L'on voyait circuler dans les rues étroites et mal odorantes de la vieille cité, un grand nombre de gens sur le visage desquels on pouvait lire cette curiosité qui perdit Eve, notre mère.

Il s'y mêlait beaucoup de cette joie de ne rien faire, de jouir de sa paresse et de l'étaler aux yeux de tous, que ressentent bourgeois et peuple, si d'aventure survient quelque événement de nature à troubler la quiétude de leur existence.

Tout ce monde était paré des vêtements réservés aux grandes fêtes. Les rangs se confondaient volontiers : de graves docteurs, drapés dans leurs garnaches de couleur sombre, le capuchon rejeté sur l'épaule, marchaient côte à côte avec de sémillantes fillettes vêtues de robes grises, d'où leur vint un surnom bien déshonoré aujourd'hui ; les écoliers, mutins jeunes hommes peu faciles à conduire, cheminaient par bandes nombreuses, et ne songeaient nullement à larder de méchantes épigrammes, parfois traduites en méchant latin, les bons bourgeois et leurs épouses, ordinaires plastrons de leurs plaisanteries ; des seigneurs vêtus richement, escortés de pages, d'écuyers, de valets, aux splendides livrées, chevauchaient à travers la foule, peu soucieux d'écraser çà et là quelque manant.

Tous suivaient la même direction et se dirigeaient vers le faubourg de Saint-Léger.

Par intervalles, des compagnies d'archers s'ouvraient un passage à coups de hampes de piques dans les rangs serrés de la foule.

La rue de Verdonne regorgeait de gens endimanchés qui passaient, les uns parlant à demi-voix, les autres vociférant à tue-tête, d'aucuns chantant en chœur des complaintes ou les virelais alors en vogue.

Ces cris, ces murmures, ces rires et ces voix se mêlaient au bruit des pas, au cliquetis des armes, aux hennissements des chevaux, aux aboiements des chiens, ensemble qui produisait un concert cacophonique assez éclatant pour briser le plus robuste tympan.

D'où venait cet émoi général? Nous l'apprendrons plus tard.

— Çà! mon voisin Philippe, d'où vient cette morne tristesse qui se peint sur votre front, alternant avec l'expression d'une folle gaieté? Si bien que vous ressemblez d'abord à un plaideur sûr de gagner son procès, ensuite au même plaideur, furieux de l'avoir perdu.

— Ah! ne m'en parlez pas, Antoine Fribert, répliqua l'interpellé d'un ton dolent; ma servante Simonne a pris la clef des champs; Jobin Torchon s'est esquivé par la petite porte du jardin; ma femme boude là-haut dans son retrait, et ma fille est en train de s'attifer, pour aller à la fête... Je suis abandonné... Et ce n'est pas tout! Voyez, mon voisin, pas de feu dans l'âtre, pas de feu dans les fourneaux; venaison, poisson du lac et volailles moisissent dans le garde-manger... Une demi-douzaine d'écoliers boivent dans la salle... à crédit!.. C'est désolant, par tous les saints du Paradis!

— Alors, pourquoi vous montrez-vous joyeux?

— C'est que la cause de ma tristesse est aussi, mon compère, celle de ma joie. Ne comptez-vous pas vous divertir un peu, Antoine, en ce jour béni qui voit la fin de nos dissensions?

— Certainement!

— Et moi, donc! Je suis heureux de prendre part à la fête, et malheureux de ce que mes pratiques préfèrent le plaisir d'aller voir les belles machines que vous avez édifiées sur le pont d'Arve, au plaisir de venir boire mon vin et manger mes poulets à la sauce cameline.

— Et voilà pourquoi vous avez un œil qui rit et l'autre qui pleure?

— Vous avez deviné, maître Antoine Fribert.

— Un bon conseil, en ce cas, guérira votre chagrin.

— J'écoute.

— Mettez les vantaux sur vos fenêtres, les volets aux portes, fermez bien la maison; endossez votre justaucorps de camelot brun, votre haut-de-chausses à la flamande; prenez sous un bras dame Renée, sous l'autre la gentille Gilberte, et venez avec moi jusqu'au pont d'Arve, où nous assisterons à la merveilleuse entrée du cortége, après quoi nous reviendrons souper chez vous.

Maître Philippe exhala un profond soupir et répondit:

— Ainsi ferai-je, aussitôt que ces braillards d'écoliers auront vu le fond de leurs brocs.

Ce dialogue avait lieu devant la porte de l'hôtellerie de *l'Homme sans tête,* entre maître Philippe Maubuisson, propriétaire de cet utile établissement, et son compère Antoine Fribert, menuisier tablétier, dont la boutique, à l'enseigne de *l'Ours bernois,* occupait le rez-de-chaussée de la maison contiguë.

Antoine Fribert, petit homme fluet, touchait à la soixantaine. Sa bonne humeur était devenue proverbiale, ainsi que son habileté. Toujours content, malgré le vent, la pluie, le froid, la chaleur, le chômage ou le surcroît de travail, il devint le boute-en-train de tout le voisinage.

Sa probité scrupuleuse, l'amour de l'ordre, l'activité, furent les causes de la fortune considérable qu'il acquit et qu'il devait laisser à sa filleule Gilberte, héritière présomptive de l'hôtellerie.

L'artisan, veuf de bonne heure, n'avait point voulu se remarier, afin, disaient les plaisants, de pouvoir toujours conserver son inaltérable gaieté.

Levé dès l'aube, il se mettait aussitôt à son établi, ne dédaignant point de soigner les plus humbles ouvrages, rabotant les planches, taillant des mortaises, réparant les meubles, tout ainsi que le plus pauvre compagnon.

Pourtant, il se piquait d'être un maître en son art et de travailler le bois aussi bien qu'un imagier de France. On lui reconnaissait, en effet, beaucoup de talent, car Messieurs du conseil de Genève

l'occupaient à confectionner les décorations nécessaires aux fêtes publiques, aux réceptions des
princes.

On le jalousait quelque peu, on l'enviait plus
encore ; mais envieux et jaloux se voyaient forcés
de l'estimer, et comme homme privé, et comme
artisan.

La corporation des menuisiers se glorifiait de
l'avoir pour prieur ; celle des tabletiers l'avait élu
porte-bannière, et l'on tenait pour certain qu'Antoine Fribert s'assiérait un jour dans l'un des
quarante siéges de la Maison Commune.

Philippe Maubuisson, lui, jouissait d'une grande
considération ; mais son caractère quinteux, maus-
sade, sa jactance, l'étalage qu'il faisait d'un luxe
que ne comportait nullement sa condition, une certaine morgue vis-à-vis de ses inférieurs et même
de ses égaux, avaient éloigné peu à peu ses amis.

Ces défauts, il les devait en grande partie à son
épouse, dame Renée Cuiseau, laquelle tirait vanité
d'être née dans la boutique d'un parfumeur.

Acariâtre, revêche, impérieuse, pingre, bavarde,
cette femme régnait en souveraine dans la maison
de son mari, le conduisant à sa guise, morigénant,
grondant, tracassant fille, époux, marmiton, servante, sans trêve et sans relâche.

L'auberge avait acquis pourtant une clientèle
nombreuse ; elle ne logeait que des gens de qualité,

des chevaliers, des prélats, rarement les riches
marchands anglais ou florentins qui parcouraient
l'Europe en temps de paix ; les simples bourgeois,
les artisans, les ouvriers, compagnons ou apprentis,
n'étaient point reçus dans les domaines de dame
Renée.

Elle les envoyait, avec un dédain manifeste,
demander un asile à l'auberge de *la Tête rouge*,
au cabaret de *la Bovate*, à *la Truite d'argent*,
maisons de bas étage qu'elle avait en grand mépris.

L'hôtellerie était une antique maison, haute de
trois étages, desquels chacun s'éclairait au moyen
de cinq fenêtres assez régulièrement alignées,
contre l'usage du temps. Entourées de meneaux
en pierre blanche, délicatement sculptés, ces ou-
vertures s'arrondissaient en arc outre-passé, d'après
les règles du style mauresque, devenu le style gothique de par le génie des architectes du nord.

Deux corps de logis en retour saillaient sur une
vaste cour intérieure qu'une belle grille en fer forgé
séparait d'un jardin potager orné de plates-bandes
et de parterres, ombragé par de grands platanes,
sous lesquels on dressait quelquefois des tables.

La remise, les écuries, la buanderie et les com-
muns se trouvaient dans une autre cour, au delà de
l'aile droite, et ne communiquaient point avec les
bâtiments destinés aux voyageurs.

4

Le rez-de-chaussée contenait une vaste cuisine, entourée de dressoirs et de crédences chargés de vaisselle d'étain, luisante comme de l'argent, et d'assiettes de faïence génoise. Une batterie complète de casseroles, rangées par rang de taille, couvrait l'une des parois. L'autre était occupée dans toute sa largeur par une vaste cheminée, flanquée de deux panneaux. Cette cuisine communiquait d'un côté avec le couloir conduisant de la rue à la cour, et de l'autre avec une salle immense meublée de tables et d'escabeaux en bois de chêne. A la suite de celle-ci venaient deux étroits cabinets, réservés aux clients de choix.

L'escalier en colimaçon, montant aux étages supérieurs, remplissait une tourelle octogone, en saillie sur la rue de Verdonne. Les huit pans de cet élégant tourillon étaient chargés de mignonnes sculptures : enroulements, guirlandes de feuillage, figurines, arabesques, fouillés avec une exquise délicatesse dans une sorte d'albâtre anhydre assez commun en Savoie. Il se couronnait de légers créneaux, d'entre lesquels s'élançait, légère, svelte, hardie, une flèche fleuronnée. La façade de cette maison, qui serait de nos jours un palais digne de loger un prince, se terminait en manière de fronton. Au-dessus de l'angle formé par la rencontre des pentes du toit, un cul-de-lampe, surmonté d'un beau dais ouvré à jour, supportait une statue vêtue à la romaine, et dont la tête avait été abattue, soit par accident, soit pour un motif resté mystérieux.

Lorsque le père de Philippe Maubuisson acquit cette maison de Messire Jean de Lestelley, conseiller du duc de Savoie, Amédée VIII, il trouva son enseigne toute faite.

Il se borna donc à faire peindre sur une plaque de tôle, en lettres blanches sur un fond rouge, cette légende :

A l'homme sans tête
on loge a pied et a cheval.

Puis il suspendit cette inscription à une tringle de fer scellée dans la muraille, au-dessous de la statue.

Si bien que l'image d'un grand homme inconnu devint — vicissitude des choses humaines ! — l'enseigne d'une auberge.

Maintenant que nous avons esquissé le portrait de deux héros de notre histoire, et décrit le théâtre futur de notre action, rien ne nous empêche de revenir aux deux bourgeois, l'un geignant de sa mauvaise fortune, l'autre joyeux quand même.

L'intéressant entretien des deux compères fut interrompu soudain par une scène assez curieuse.

Au moment où les écoliers sortaient de l'hôtellerie de l'*Homme sans tête*, où ils avaient fait d'amples libations à Bacchus, une escouade d'archers, commandée par un jeune cadet richement vêtu, déboucha au coin de la rue Bourg-de-Four et pénétra dans la rue Verdonne.

Les deux petites troupes se rencontrèrent. Chacune voulut garder le haut du pavé. Il y eut un léger conflit, et les écoliers furent bientôt repoussés ; mais ils revinrent à la charge.

— Holà ! s'écria l'officier, bousculez-moi ces manants qui fêtent sans vergogne le petit vin d'Aïse, en un tel jour.

— Va donc ! riposta l'un des écoliers, va donc, muguet de cour ! valet de comte ! avec ton affreux tympanon qui me brise les oreilles... Où diable nos aïeux avaient-ils la tête d'emprunter la mode des tambours aux sauvages Sarrasins ?

— Franc taupin ! hurla un de ses compagnons, *talparius !* va travailler avec les taupes, c'est ton métier.

— Ah! si je savais la chanson de maître Villon sur l'archer de Bagnolet! ajouta d'un ton rageur un troisième écolier.

— J'en sais une autre, moi! reprit le premier.

Et, d'une voix sonore, qui domina le fracas du tambour, il se mit à chanter, avec des gestes narquois, ces deux couplets de la fameuse complainte :

Un franc taupin, un si bel homme étoit,
Borgne et boiteux, pour mieux prendre visée,
Et si avoit un fourreau sans épée,
Mais il avoit les mulles au tallon.
Deviron,
Vignette sur Vignon.

Un franc taupin un arc de frêne avoit,
Tout vermoulu, sa corde renouée;
Sa flèche étoit de papier empennée,
Ferrée au bout d'un ergot de chapon.
Deviron,
Vignette sur Vignon.

L'officier s'était arrêté pour écouter les injures de ces étourdis. Il eut assez d'esprit pour ne point s'en fâcher. Il se mit à rire, et dit au chanteur, d'un ton goguenard :

— Ta voix est jolie, mon jeune coq, mais prends garde qu'elle ne retentisse pas un jour sur l'éminence de Champel !

Et il poursuivit son chemin, laissant les écoliers tout penauds de son adieu. Champel était le lieu où l'on exécutait les condamnés à mort. Les jeunes gens se mêlèrent à la foule; cette allusion désagréable dissipa les vapeurs du vin et les rendit plus circonspects. Dix minutes après cette scène, la rue de Verdonne était déserte. Maître Philippe se hâta de clore les huis de l'hôtellerie; son compère fut assez obligeant pour l'aider à repousser les lourds vantaux sur les fenêtres; il assura les clavettes, ferma les portes avec soin, et s'étant assuré, par un dernier coup d'œil, qu'il ne restait

4.

plus une issue assez large pour donner passage à un chat, il se mit à crier d'une voix retentissante :

— Holà ! ma femme, et vous, Gilberte, on n'attend plus que vous !

Il achevait à peine ces mots qu'une étroite porte percée dans l'une des parois de la tourelle s'ouvrit en grinçant sur ses gonds. Une voix aigre riposta en même temps :

— Il est donc bien nécessaire de crier de façon à faire fuir les loups, Philippe ? Est-ce ainsi, je vous prie, que l'on parle à une honnête bourgeoise ? Voyez si maître Pomini, l'apothicaire juré de la Corraterie, s'exprime en pareils termes...

— Bon ! bon ! Ma femme, laissez-là votre mercuriale. Si vous bavardez encore comme une pie borgne, nous arriverons justement pour voir passer les marmitons de Monseigneur.

Dame Renée Maubuisson était une femme de taille moyenne, douée d'un embonpoint excessif, au visage bouffi, au teint rouge, complétement dépourvue de charmes extérieurs, et d'un caractère en parfait rapport avec les apparences physiques.

Elle avait dépassé depuis longtemps l'âge où les personnes de son sexe peuvent sans ridicule se donner des airs évaporés ; autant elle était rogue vis-à-vis de son mari, autant elle se montrait familière dans ses rapports avec les étrangers logés

à l'hôtellerie, hautaine et dédaigneuse vis-à-vis de
ses pareils.

Elle prétendait jouer à la châtelaine, imitant la
démarche et les allures des nobles dames de la
cour, affectant un langage choisi, se servant de locutions qu'elle comprenait à peine, et les plaçant le
plus souvent de manière à en dénaturer le sens.

Elle portait une cotte de futaine écarlate, bordée
d'un large galon de velours noir, sur laquelle retombait une seconde jupe, un peu plus courte, de léger
drap vert. Son corsage avait des manches fort longues, tailladées à outrance ; un escoffion de fine
toile blanche enserrait son front et cachait ses
cheveux.

La fille offrait un frappant contraste avec la
mère. Gilberte, jeune fille de seize à dix-sept ans,
ressemblait à ces blondes vierges, pures, chastes et
simples, que le peintre d'Urbin devait, quelques
années plus tard, léguer au monde chrétien. Sa
beauté était de celles qui ne peuvent se décrire. Elle
résidait surtout dans la belle expression de can-
deur et de sérénité empreinte sur ses traits. Pieuse,
obéissante, charitable pour les pauvres, cette enfant était l'unique amour de ses parents, l'unique
lien qui les assujettit l'un à l'autre, et devant lequel s'évanouissait tout dissentiment. Avec sa
robe de laine bleue, Gilberte était cent fois plus
parée que dame Renée avec ses brillants atours. La

résille qui emprisonnait ses cheveux d'un blond cendré, seyait à son front mieux qu'un diadème de comtesse.

Elle s'appuya sur le bras de son parrain, tandis que Philippe Maubuisson offrait le sien à sa femme, et tous les quatre se dirigèrent vers le point où convergeait la foule, et où nous ne tarderons pas à les retrouver.

II

Comment l'évêque de Genève fut reçu dans la capitale de son diocèse.

— Par ainsi, maître Urbain Talichet, nous allons voir enfin un évêque? Il était bien temps de terminer ces dissensions.

— Oui, Gaspard.. Hum!... Hum! Je trouve pourtant que Monsieur le duc de Savoie se montre bien glorieuxde nous envoyer des princes de sa maison pour nous gouverner...

Gaspard se retourna, et se trouva face à face avec le menuisier tabletier, qui souriait malicieusement. Il y eut un échange de politesse entre dame Renée et dame Gaspard. Philippe Maubuisson tendit la main au mari de celle-ci; Gilberte fit une révérence modeste, et les deux groupes se confondirent en un seul.

— D'où vient, mon cher Antoine, interrogea de nouveau le vieux Gaspard, très-riche meunier de Varembé, fort libéral par opinion, envieux des priviléges accordés aux métiers urbains, d'où vient que vous n'êtes pas à la tête de votre corporation, tabart écarlate sur l'épaule, avec la bannière à la main, et les massiers vous escortant?

— Parce que, mon ami Gaspard, les corporations genevoises ne reconnaissent nullement en droit l'autorité qu'elles sont forcées d'admettre en fait. Monsieur Jean de Compey avait été nommé notre évêque par le Pape, et nous voulions Compey; le clergé voulait Monsieur de Chevron; ce que voyant, notre Saint-Père voulut imposer son neveu, afin de trancher le différend. La Rovère ne fut accepté ni par le peuple ni par les prêtres, et voilà que le duc de Savoie nous envoie Monsieur son oncle, digne prélat et galant homme du reste, mais qui se trouve dans la même position que la Rovère. Or, comme il n'y aurait pas de raison pour que cela finît, il a fallu recevoir un évêque de la main de Charles III.

— A quelle heure doit-il arriver?

— Bientôt, je pense, car, si grand seigneur qu'il soit, il ne se fera pas attendre.

Ceci se passait aux environs du pont d'Arve, où devait avoir lieu la réception du nouvel évêque de Genève. Ce pont, jeté sur un torrent impétueux qui descend des montagnes du Faucigny, et prend sa source auprès de l'hospice du col de la Balme, était fort ancien. Il se composait de trois arches de largeur égale, mais dont l'une se trouvait exhaussée de manière à donner au tablier la forme appelée dos d'âne en termes architecturaux. Du côté de Genève, deux légères tourelles, reliées par une courtine percée d'une porte ogivale, en fermaient l'accès en cas de guerre. Le percepteur du péage habitait l'un de ces tourillons.

Sur les deux rives, plantées de saules et de peupliers, une foule immense était accourue et remplissait les vastes prairies situées entre la rivière et les remparts. De l'autre côté se pressaient les populations des villages environnants, paysans, laboureurs, dont les costumes bizarres formaient un coup d'œil curieux. Les murailles du faubourg Saint-Léger se couvraient aussi d'une multitude compacte, et l'on apercevait jusque sur les clochers des églises des groupes de spectateurs. Le peuple riait et se divertissait on ne saurait plus : il est des gens qui prennent un plaisir inouï à se faire écraser dans ces foules.

Cet endroit était déjà célèbre par les réceptions fastueuses dont il avait été le témoin. Le chroniqueur Perrinet-Dupin nous a transmis les détails de celle qui fut faite, vers la fin du quatorzième siècle, au comte Rouge de Savoie, par le comte Pierre de Genevois, et l'évêque Guillaume de Lornay.

L'on y joua « maintes histoyres par personnages, plaisantes et moult délectables à regarder. »

Des tentures de damas aux couleurs de Savoie, c'est-à-dire blanc et rouge, décoraient les parapets du vieux pont. Les tourelles étaient chargées d'oriflammes, de drapeaux et de bannières, sur lesquelles on avait brodé des devises chevaleresques, des allégories ingénieuses, si goûtées à cette époque. Des portières d'étoffes orientales drapaient la porte gothique ; des écussons, des guirlandes s'entrelaçaient partout et c'eût été le cas de dire, avec le sieur Despréaux :

Ce n'étaient que festons, ce n'étaient qu'astragales.

Au delà du pont, un immense chariot supportait cinq tours construites en charpente, dont l'une, haute d'une lance, était surmontée d'un tonneau rempli de goudron, destiné à représenter la colonne de flamme qui guida les Hébreux dans le désert. Deux panthères, un tigre, un lion, plusieurs ours étaient disposés avec beaucoup d'art sur des estrades plantées d'arbres fantastiques, ornées de fleurs bizarrement découpées, trop étranges pour être naturelles. L'amour de la vérité nous oblige à dire que ces carnassiers avaient été probablement empaillés, et que les arbres et les plantes n'étaient que du carton peint.

Vers trois heures, retentirent les sons éclatants de la trompette. La foule ondula. Des cris de joie se firent entendre.

— Ah! ah! dit Philippe Maubuisson, voici la procession qui s'avance.

— Elle eût été bien plus belle si les soixante-deux corps de métiers eussent voulu y prendre part, observa Gaspard, d'un ton de regret. Tiens ! continua le meunier avec l'accent bienveillant d'un protecteur vis-à-vis de son protégé, que faites-vous ici, Perceval des Plans ? Chez quel fripier avez-vous acheté cette souquenille de tabis et ce beau chaperon cramoisi ?

Ces paroles s'adressaient à un jeune homme d'une taille élancée, mais d'une excessive maigreur, dont la paleur blême, les épaules voûtées, le front dégarni de cheveux, les membres grêles, accusaient de secrètes privations. Pourtant, cette misère apparente se trouvait démentie par un somptueux costume, qu'il semblait porter avec une certaine gêne.

— Je n'achète rien chez les fripiers, mon cher, riposta le jeune homme, d'une voix brève et tranchante, à la question de maître Gaspard. Ces habits m'ont été donnés en présent par Messire Charles de Seyssel, qui m'honore de son amitié.

— Comment allez-vous, mon garçon ? dit à son tour l'hôtelier. Dame Fortune, je le vois, vous a favorisé d'une visite.

— Et c'est pourquoi, reprit Perceval, de son ton caustique, vous daignez me reconnaître. Dame

5

Renée, j'en suis sûr, va rendre hommage aux broderies de mon chaperon, à la fine soie de ma robe. On n'est impertinent qu'avec les vêtements râpés.

La reine de *l'Homme sans tête* fit, en effet, un gracieux compliment au jeune homme, et Gilberte lui fit un petit signe de tête amical. Perceval des Plans lui répondit par un regard d'intelligence, fit un brusque salut à la compagnie et se perdit dans les groupes.

— Il est bien fier aujourd'hui ! dit Gaspard en secouant la tête ; l'orgueil perdra ce garçonnet.

— Il est honnête, pétri de talent ! s'écria Antoine Fribert avec vivacité; il ne souffre pas qu'on l'humilie, en quoi je lui donne raison. Vous ne l'eussiez pas honoré d'un regard, maître Gaspard, s'il avait eu pour toute parure son justaucorps lie-de-vin et ses chausses rapiécées.

— Messire Charles de Seyssel, murmura Gilberte, un peu confuse de prendre la parole sans être interrogée, l'a chargé de composer les farces et moralités que les baladins d'Italie doivent jouer devant Monseigneur. Perceval a beaucoup d'esprit... C'est un bon cœur... Je suis heureuse de le voir sorti de la...

— Taisez-vous, sotte ! interrompit dame Renée avec véhémence. Avant de vous occuper de ce vagabond, sachez d'abord si Messire de Seyssel continuera à le protéger.

— Les voici ! les voici ! vociférait la foule en se massant le long de la route que devait parcourir le cortége.

La procession défilait, en effet, s'avançant lentement à travers les rangs pressés de la multitude.

Les bannières déployées ondulaient au souffle de la brise ; les encensoirs lançaient des jets de fumée odorante ; les tambours battaient aux champs et les trompettes sonnaient, mêlant aux doux sons du rebec et de la viole des orchestres leurs fanfares guerrières.

Une compagnie d'arquebusiers ouvrait la marche ; venaient ensuite les chanoines de la collégiale des Macchabées, fondée par le cardinal de Brogny en 1406, précédés par leur doyen ; le clergé et les confréries des sept paroisses de Genève : Sainte-Croix, Notre-Dame-la-Neuve, Saint-Germain, la Madelaine, Saint-Gervais, Saint-Léger et Saint-Victor ; le prieur de Saint-Victor, Amé de Charansonnay, accompagné de ses religieux ; les cordeliers de Rive, les dominicains de Grand-Palais, les antonins, les bénédictins de Saint-Jean hors les murs.

Un groupe nombreux d'ecclésiastiques, montés sur des chevaux de parade, apparaissait ensuite ; c'étaient les abbés de Filly, de Talloires, de Sixt, le plébain de Thonon, les titulaires des commanderies du diocèse, hauts dignitaires appartenant, pour la plupart, à la noblesse de Savoie.

Enfin les nobles syndics de Genève, les membres du conseil de commune, le sautier, le chevalier du guet et ses acolytes, les hérauts de la ville, les juges, les huissiers et les fonctionnaires de tous grades, terminaient le cortége.

Les syndics étaient revêtus du manteau mi-parti gris et noir, insigne de leur dignité.

Ils furent accueillis par un profond silence.

Le peuple, généralement, déteste ceux qui le gouvernent; après le plaisir d'élire, il n'en est pas de plus grand pour lui que de renverser les élus.

Une seule acclamation retentit, mais la foule entière s'y associa :

— Vive Loys de Lestelley !

L'un des membres du conseil souleva sa toque de velours et salua gravement.

— Il paraît que vous êtes populaire, Messire, lui dit le premier syndic avec un accent où perçait une secrète envie.

Bientôt une clameur immense s'éleva vers le ciel; un nuage de poussière obscurcissait l'air du côté de Saint-Julien, et l'on voyait, à travers cette nuée de poudre grise, briller les cuirasses, ondoyer les panaches et chatoyer les pierreries.

Monseigneur François de Savoie chevauchait à quelques pas de sa suite. C'était un beau cavalier, fièrement campé sur son palefroi, dont la housse, frangée de crépines d'or, trainait jusqu'à terre.

Comme la plupart des prélats de cette époque, François de Savoie participait à la fois du prêtre et du soldat.

L'habileté politique, la sagacité, la résolution, vertus héréditaires dans sa royale maison, se lisaient ou plutôt se laissaient deviner dans son regard ; ses traits respiraient le courage et l'énergie, tempérés par une bienveillance sans morgue et sans hauteur. Son front, un peu bombé, annonçait de l'entêtement. Sa pose et son maintien, pleins d'une dignité sans affectation, en imposaient même à ses familiers.

En le voyant ainsi jeune, ardent, gracieux, droit sur la selle ciselée de son alezan, la foule fut séduite ; elle s'attendait à un prince morose, grave, rendu sombre par les soucis de la politique, tel, en un mot, que le frère de François et son prédécesseur, l'évêque Jean-Louis, lui était apparu.

L'on s'était concerté pour lui faire une froide réception, en harmonie avec les sentiments du peuple, et qui équivalût à une injure. Un revirement subit changea ces dispositions hostiles en enthousiasme. Des cris mille fois répétés acclamèrent le jeune évêque ; les bras se tendirent vers lui ; les têtes se découvrirent, et la foule, rompant les barrières, vint se presser autour de son cheval.

Les seigneurs qui accompagnaient le prince, et
parmi lesquels on remarquait les représentants de
la plus illustre noblesse de Savoie, se renvoyaient
des regards stupéfaits. Ils s'attendaient à une défaite : ils assistèrent à un triomphe.

Les sourdes menées des partisans de Compey et
de Chevron, les intrigues du parti de la révolte
aboutissaient à un résultat contraire. Ils n'en purent croire leurs yeux tout d'abord et craignirent
qu'un serpent ne fût caché sous les fleurs, et que le
peuple ne voulût étouffer son souverain par ses
embrassements ; ils ne tardèrent pas à comprendre
que cette joie n'était nullement feinte, que ces accla-
mations étaient sincères. Dès lors, ils firent lar-
gesse à la foule.

Quand le calme fut rétabli, Messieurs les syndics s'avancèrent et haranguèrent le prélat. Celui-
ci parut les écouter avec une attention soutenue,
tandis qu'il méditait dans son for intérieur sur
l'instabilité des choses humaines.

Cette flatterie lui concilia l'affection des élus du
peuple, comme sa bonne grâce lui avait attiré celle
du peuple lui-même.

Il répondit par un petit discours plein de bonnes
promesses, ce dont sont prodigues les princes nouvellement arrivés au pouvoir; il exprima sa reconnaissance de cet accueil inespéré en termes fort
courtois, glissa un compliment à l'adresse de Mes-

sieurs du conseil, et, finalement, tendit sa main à baiser aux syndics.

Le cortége se dirigea vers la porte Saint-Léger; seulement la procession fut mise en grand désarroi : peuple, noblesse, gens de robe, écoliers, tout marchait pêle-mêle à la suite du prélat, et le fracas des cloches sonnant à toute volée ne parvenait pas à couvrir le bruit des clameurs, des vivats et des noëls.

Soudain retentit une voix fraîche, sonore.

— Vive Jean de Compey! criait cette voix, honte à l'intrus!

Il y eut scandale. Une lutte s'engagea tout auprès des fossés. Le peuple s'arrêta, pétrifié d'étonnement. L'évêque fronça légèrement le sourcil. Deux hommes s'avancèrent, tenant chacun par un bras un jeune garçon vêtu des lambeaux d'une robe de drap bleu, le visage souillé de poussière, tête nue.

— C'est vous, mon fils, qui m'avez jeté cette injure? interrogea François de Savoie d'une voix aussi calme que si l'injure ne se fût point adressée à lui.

— Monseigneur, c'est moi.

— Comment vous nommez-vous?

— Urbain de Compey.

— C'est bien, dit François avec bonhomie. Laissez-le aller, continua-t-il en s'adressant à ceux qui le retenaient ; c'est un enfant étourdi : l'expérience lui viendra avec l'âge.

Et il poursuivit son chemin, heureux d'avoir eu l'occasion de témoigner de sa clémence en présence de ses sujets.

Le cortége suivit le faubourg Saint-Léger, remonta la rue de Verdonne, celle du Petit-Bourg-de-Four et arriva devant le portail de la cathédrale, où les chanoines attendaient l'évêque, revêtus de chapes de drap d'or.

Après le *Te Deum*, l'évêque fut reconduit à son palais par la foule, et s'arrêta, chemin faisant, à diverses reprises, pour entendre les farces, les soties et les moralités composées par Perceval des Plans.

Il daigna les trouver fort belles, se fit présenter la jeune poëte, lui remit une bague d'un grand prix et l'invita à venir le voir.

Puis il pénétra sous le porche de l'hôtel épiscopal et disparut aux yeux de la foule, qui s'était prise à l'aimer, comme elle l'avait haï, sans trop savoir pourquoi.

III

Où sont expliqués les deux chapitres précédents.

Les Commentaires de César nous apprennent que
Genève était la dernière ville des Allobroges, et
limitait le pays des Helvètes. Un érudit archéologue
nous a démontré le contraire, et, de ses recherches
longues et minutieuses, il appert que le pays de
Vaud, Lausanne et toute la contrée de la Suisse
romande, appartenait à cette illustre nation des
Allobroges, qui sut lutter avec succès contre les
maîtres du monde, et succomber en rendant la
défaite glorieuse tout ainsi qu'une victoire.

Genève était une ville impériale, l'empereur Sigismond la nommait *Insigne membrum imperii;*
un conseil municipal l'administrait sous la juridiction de l'évêque, « et sous l'autorité supérieure des
ducs de Savoie, lesquels, en leur qualité de comtes
de Genève et de vicaires perpétuels du Saint-Empire
romain, y faisaient battre monnaie, y accordaient

5.

grâce pour les peines capitales, y convoquaient l'assemblée des États généraux de Savoie, et y publiaient leurs lois. »

Cette souveraineté existait donc légitimement.

En 1285, les conseils et prud'hommes de Genève reconnurent le comte Amédée V pour leur protecteur. En 1400, le dernier des comtes de Genève, Humbert de Thoire-Villars, légua le comté à son oncle Odon, qui le céda, par acte du 5 août 1401, à Amédée VIII de Savoie.

Les droits des descendants de celui-ci étaient donc incontestables selon eux ; ils furent incontestés pendant une longue suite d'années, et sans la Réforme, qui fut, avant tout, une simple machination politique, une immense conspiration contre l'autorité, Genève aurait suivi les destinées du duché de Savoie.

Mais, dès le commencement du xve siècle, des ferments de révolte furent jetés parmi le peuple de cette ville. Il y eut d'abord des menées contre Charles le Téméraire, qui rêvait de réunir à ses Etats la Savoie et les cantons suisses, afin de se tailler un royaume en Europe ; s'il eût réussi, Charles de Bourgogne devenait l'égal des grands politiques dont l'histoire burina les noms sur le Livre de l'Immortalité. Il fut vaincu.

Ce furent ensuite les astucieuses machinations du grand Louis XI, profond penseur, dont la postérité méconnaît la valeur, et que la vile calomnie, stipendiée par les ennemis de la vérité, a flétri injustement (1).

Puis le courant d'idées mis en vogue en Allemagne par les premiers hérésiarques, Jean Huss et Zyska, les taborites et calixtins, pénétra même au delà des Alpes helvétiques, et fit naître des sentiments en désaccord avec les principes catholiques et monarchiques, base indiscutable de toute société bien organisée.

La dualité des pouvoirs, divisés entre l'évêque et le prince, amena souvent des conflits sérieux; le conseil et les syndics parfois aussi prétendaient gouverner d'eux-mêmes, sans l'appui de l'un, sans le contrôle de l'autre.

Le peuple prit parti, suivant les temps et selon les hommes, pour le prélat, le duc ou la commune. Il admit l'impériale suzeraineté; il voulut des évêques élus, et se conduisit de façon à s'en faire imposer d'autres nommés par le Pape ou présentés par le pouvoir civil.

Il se mutina doucettement d'abord, pour se divertir, sans y méditer; puis de la mutinerie il en vint à la révolte au grand jour, et de là, réprimé dans ses erreurs, contenu dans ses volontés, vaincu, humilié, aux complots qui se trament dans l'ombre,

(1) V. l'admirable *Histoire de Louis XI* qu'a récemment publiée M. Urbain Legeay.

bassement, lâchement, et qui se dénouent sur un échafaud.

La maison de Savoie lutta péniblement contre ces tendances.

Pendant les premiers siècles de son existence, elle n'eut point le temps de s'occuper des affaires intérieures.

Elle prit part aux croisades, aux guerres françaises, aux conquêtes italiennes, aux expéditions lointaines, à toutes les questions militaires, politiques ou religieuses que l'Europe agita pendant la durée du moyen âge.

Elle avait de dangereux voisins et se fortifia contre eux ; à cheval sur les Alpes, elle convoitait le Piémont et jalousait la France.

Tous ses efforts convergeaient à un seul but : agrandissement du territoire, augmentation de puissance.

Heureusement, elle eut ce que peu de maisons royales possédèrent : des conseillers sincères, désintéressés, habiles, d'une grande probité politique, honnêtes. Ils surent, eux, en disant la vérité sans peur, en travaillant sans relâche, développer dans le sein de la nation les grandes vertus qui font les grands peuples. Ils surent inspirer aux Savoyards cet amour pour leurs maîtres, cette fidélité inébranlable, cette confiance et ce dévouement qui se conservèrent intacts pendant un laps de huit siècles, et qui certainement existent encore, un peu affaiblis peut-être, dans cette Savoie que son annexion à la France a rendue française.

Dès qu'éclatèrent les premiers symptômes d'une rébellion sourde, mais continue, systématique, dans le diocèse de Genève, les ducs de Savoie songèrent à mettre un frein à cette œuvre corruptrice.

Ils résolurent alors de rendre plus accessible aux princes de leur maison le premier siége épiscopal de leurs Etats. C'était sans nul doute rendre le joug bien léger que de le confier aux mains d'un prêtre obligé de régner par la mansuétude et de convaincre par la persuasion.

La maison de Savoie ne voulait point assurer sa domination, usurper les pouvoirs communaux, soumettre Genève à la servitude, la rendre leur vassale; vicaires du Saint-Empire, ils voulaient simplement l'empêcher de se soustraire au Saint-Empire pour se donner au premier roi venu.

Les antagonistes de ces princes voulurent voir dans ces mesures de prudence une ambition personnelle, attendant pour se démasquer le moment propice.

De nos jours encore les historiens protestants déblatèrent volontiers contre nos ducs, les accusant d'avoir prétendu réduire en esclavage cette ville de laquelle un proverbe assez connu dans nos mon-

tagnes dit : « Ne connaissez Genève que pour
l'abhorrer et la fuir. »

Et pourtant l'un des apostats du seizième siècle,
l'un des ardents sectateurs de la Réforme, jeune
homme libertin, brouillon, spirituel, caustique, sans
valeur sérieuse, bouffon de Calvin, moine renégat
dont Byron fait un martyr, François de Bonivard,
dit à ce propos dans ses Chroniques : « L'évêque
Jean-Louis, bien qu'il fût de la maison de Savoie,
si ne voulait-il toutefois que le duc ni ses autres
frères *missent le museau dans sa soupe.* »

Notre lecteur a maintenant compris notre thèse.
Elle se résume en ceci : les ducs de Savoie ne voulaient point que Genève se séparât violemment de
l'Empire, niât leurs droits sur elle, commençât
une révolution perpétuelle contre ses évêques.

Afin d'entraver, dans cette voie, les opérations
secrètes des agitateurs allemands ou français, elle
désira que l'évêché de Genève appartint à l'un de
ses membres, dont beaucoup entraient dans l'état
ecclésiastique.

Le Saint-Siége accéda volontiers à ce désir,
tenant compte naturellement des vertus et des
qualités des princes présentés à sa nomination.

Telle fut la cause des agitations qui troublèrent
Genève à la mort de l'évêque Jean-Louis de Savoie,
homme juste, pieux, habile, qui sut tromper à la
fois Louis XI et Charles de Bourgogne, afin d'em-

pêcher l'invasion de sa patrie, et qui gouverna son peuple avec une sage sévérité (1).

Jean-Louis de Savoie mourut à Turin, le 4 juillet 1482.

A peine les chanoines eurent-ils appris cette nouvelle, qu'ils se hâtèrent de se réunir en assemblée capitulaire dans l'église de Jussy, lieu désigné sous les Romains par le titre d'*Oppidum*, et où l'évêque de Genève possédait un château.

Là, par acte passé le 19 juillet, ils élurent pour évêque Messire Urbain de Chevron, protonotaire apostolique, abbé de Tamié (2), conseiller du duc de Savoie.

Ce prélat, doué d'éminentes qualités, appartenait à une illustre maison qui donna un pape à l'Eglise, Nicolas II (3), trois archevêques à la Tarentaise, un évêque à Aoste, un grand nombre de capitaines, de légistes et d'hommes politiques à l'Etat.

Cette famille, alliée aux princes de Savoie, aux comtes de Genève, remontait jusqu'au temps des

---

(1) V. Cibrario : *Inst. di Savoia*, tome II, p. 280.

(2) *Stamedum*, sous les Romains. Ce monastère fut fondé en 1132 par Saint-Pierre, archevêque de Tarentaise. — Eugène Burnier : *Hist. de l'abbaye de Tamié*.

(3) Gérald de Chevron. — On l'appelle communément Gérald de Bourgogne ; cependant Uguelli, dans son *Italia sacra*, le déclare être *natione Burgundio*, sive *sabaudiensis*. — V. Muratori : *Scriptores rerum Ital.*, III, part. I.

rois de Bourgogne. L'élection de l'un de ses représentants les plus distingués devait donc à la fois satisfaire la noblesse et le peuple.

Malheureusement, le chapitre avait outre-passé ses droits. Jusque vers les commencements du treizième siècle, le peuple participait à l'élection de l'évêque, lequel jurait, en retour, de respecter ses privilèges ; mais le quatrième Concile de Latran, en 1215, fit cesser toute intervention populaire dans l'élection des évêques, désormais exclusivement attribuée aux chapitres. Martin V, au concile de Constance, en 1418, réserva au Pape la nomination aux siéges vacants, dépouillant ainsi les chanoines du droit d'élire leurs prélats, ce qui donnait lieu trop souvent à des abus regrettables (1).

Le duc Charles, ayant appris l'élection de l'abbé de Tamié, envoya aussitôt à Genève Antoine Martigue, vicaire général de Turin, avec la mission de désavouer les chanoines et de leur signifier qu'il avait déjà pourvu de l'évêché vacant son oncle l'archevêque d'Auch et que, par conséquent, leurs actes se trouvaient entachés de nullité.

---

(1) « En 1589, Lefranc, conseiller de Genève, allant au nom de sa République recevoir le serment de fidélité des habitants de Boëge, trouva dans les archives des seigneurs de Montvuagnard le manuscrit des actes du Concile de Constance, et déposa ce précieux document historique dans la bibliothèque de Genève, qui le possède encore aujourd'hui. » — Marquis Costa : *Familles historique de Savoie.*

Les chanoines protestèrent avec une grande énergie ; le conseil des Cinquante, les Ligues suisses, les Magnifiques Seigneurs de Berne et de Fribourg maintinrent leurs prétentions.

Ces derniers, ennemis mortels des princes de Savoie, espéraient un échec et voulaient contre-carrer ce qu'ils pensaient être leurs convenances politiques.

Le pape Sixte IV, arbitre souverain de toutes les questions de ce genre, crut trancher la diffi-culté en ne donnant tort ou raison ni au duc de Sa-voie ni au Chapitre de Genève.

Il nomma son neveu Dominique de la Rovère, déjà chanoine de Lausanne et d'Ivrée, prieur de Saint-André, gouverneur du château Saint-Ange, camérier du Pape, prévôt de Turin, de Saint-An-toine, de Saint-Dalmace, de Carignan, de Rivoli, abbé de Saint-Christophe de Voluret, archiprêtre de la basilique Vaticane, cardinal du titre de Saint-Clément et archevêque de Tarentaise, siége sur le-quel il avait succédé à son frère le cardinal Christophe.

Il est à remarquer que l'abbé de Tamié, à la mort de celui-ci, en 1478, avait été élu déjà archevêque de Tarentaise, et que le Souverain Pontife avait cassé l'élection au profit du frère du défunt (1).

(2) Besson, *Mémoires sur l'Histoire ecclésiastique de Savoie.* — Levrier, *Chronologie historique des comtes de Genevois*, tom. II, p. 59.

Notre lecteur ne doit point s'étonner de cette avalanche de titres, de dignités et de bénéfices pleuvant sur un même personnage.

« Contrairement aux sages règlements de l'Église, dit à ce sujet un grave historien de l'école catholique, il était alors très-fréquent de voir de hauts personnages, qui n'avaient d'ecclésiastique que l'habit et le nom, réunir dans leurs mains avides les revenus de maintes églises, abbayes ou prieurés dont la faveur leur confiait l'administration temporelle ; c'était souvent au grand scandale de la religion, et au détriment des communautés que ces abbés commendataires unissaient à la *mense épiscopale* d'un ou deux évêchés, la *quittance* de quatre ou cinq monastères. »

Ces abus ont été réformés et sont devenus impossibles, disons-le en passant.

Le cardinal de la Rovère, homme d'un esprit timide et fort irrésolu, craignit, en acceptant ce nouveau bienfait, procédant d'un acte de népotisme, de tomber dans la disgrâce du souverain.

Il ne se sentait point de taille, tout neveu du Pape qu'il fût, à entrer en lutte avec Charles le Güerrier ; sa finesse italienne lui suggéra une idée qui paraîtra singulière, mais dont profitèrent beaucoup d'autres prélats en semblable circonstance. Il proposa à l'évêque de Turin, Jean de Compey, de permuter son siége avec lui.

Ce dernier, issu d'une famille puissante qui possédait vingt-quatre seigneuries, avec le sénéchalat de Lausanne, avait été chancelier de Savoie sous le règne d'Amédée le Bienheureux. Allié aux Viry, aux Lucinges, aux Montchenu, il se savait appuyé d'une clientèle nombreuse, de proches intéressés à son élévation.

Il accepta donc volontiers la proposition du cardinal, fut approuvé par la cour de Rome et se disposa à prendre immédiate possession du siége de Genève.

Urbain de Chevron, soutenu par le chapitre, lui opposa une vive résistance.

Le duc, obligé par sa politique à ne point céder, le peuple, las d'assister à des conflits aussi scandaleux, s'efforcèrent de faire valoir leurs droits, faux ou réels.

Enfin, dans un consistoire présidé par Sixte IV, l'abbé de Tamié fut condamné; il se soumit aussitôt, et Compey se rendit à Genève sans perdre un instant.

Le duc envoya des commissaires pour saisir les revenus de l'évêque et placer les armoiries ducales au fronton du palais; c'étaient Amé de Gingins, Amé de Grilly, Amelin Choppin (1), citoyen de Genève, et le Turinois Garelli. Compey enleva de

_____

(1) Bonivard le nomme Hanecchin.

ses propres mains les écussons et les déposa respectueusement dans sa chambre à coucher, à côté de la sainte Vierge (1). Alors Charles Ier mit des garnisons, au nom de son oncle, dans le palais et les châteaux épiscopaux.

Ces mesures violentes excitèrent un mécontentement général.

De son côté, l'archevêque d'Auch intéressa à son succès le comte de Bresse, Philippe-Monsieur, son frère, prince intrigant et brouillon qui fut le Gaston d'Orléans de la dynastie savoyarde, et menaça son légitime compétiteur d'en appeler à la force pour le renverser.

« L'évêque de Compey s'en allant à Rome, dit Bonivard, où il fit son plaintif, pourquoi pape Sixte mit à Genève l'interdit, après excommuniement, aggravement et réaggravement, ainsi qu'il est coutume de faire. »

Charles Ier envoya une ambassade au Souverain Pontife; il eut l'habileté de circonvenir Sixte IV, caractère inflexible, et François de Savoie fut définitivement accepté.

L'on indemnisa Compey en lui donnant l'archevêché de Tarentaise, et Chevron, en lui en promettant la survivance. Ainsi finit cette querelle qui avait duré deux ans.

(1) Picot, *Histoire de Genève*, tom. I, p. 166.

IV

De l'inconvénient qu'il y a à laisser les portes
ouvertes, et comme quoi la parole ne fut
donnée à l'homme que pour déguiser sa
pensée.

Ce serait un curieux spectacle assurément qu'une
ville ayant conservé toute son originalité, une ville
du moyen âge surgissant à nos yeux, vivante anti-
thèse de nos immenses capitales, ruches dont les
alvéoles sont construits pour des pygmées, étroites,
mesquines, somptueuses au dehors, misérables au
dedans, confortables, ornées d'un faux luxe, dénuées
de véritable magnificence, où l'on n'habite pas,
mais où l'on perche, où l'on ne vit pas, où l'on
végète.

A l'extrémité de la rue de Verdonne s'ouvrait
une ruelle tortueuse dans laquelle trois hommes
n'eussent pas passé de front, calme, silencieuse, et
qui débouchait sur l'une des principales artères du
vieux Genève, le Bourg de Four.

La nuit tombait; l'on était au mois d'octobre, et le jour baissait rapidement; l'obscurité succédait sans transition au crépuscule.

Une pluie fine, pénétrante, glaciale, bruissait sur les ardoises des toits; le ciel, chargé de nuages, présentait une surface d'un gris sombre, çà et là diaprée de flocons blanchâtres.

Le pavé, couvert d'une boue gluante, parsemé de tas d'immondices, entrecoupé de flaques d'eau, reflétait les rayons des rares lanternes suspendues par les bourgeois au-dessus des portes de leurs maisons, pittoresquement jetées en avant, en arrière, sans aucune symétrie, sans nul souci de l'alignement.

Ces lourdes masses, aux toits aigus, se profilant en noir sur le ciel, aux légères poivrières pointues, s'enchevêtraient les unes dans les autres, formant un étrange tableau, faiblement éclairé par quelque lueur de lampe filtrant au travers de vitraux poussiéreux.

Le vent soufflait avec violence, mêlant ses sifflements aigus au sourd grondement du lac, aux cris des girouettes grinçant sur leurs tiges, aux volets cliquetants contre les murs.

Ce temps affreux clouait chacun dans son logis, et, du reste, bientôt le couvre-feu devait sonner, car le marteau de fer venait de frapper les coups retentissants sur le timbre de l'horloge.

Donc, faubourgs, places, rues et ruelles, impasses et passages se trouvaient déserts.

Pourtant, à cet instant même, un homme remontait la rue de Verdonne, passait, en rasant les murailles, en face de l'hôtellerie de *l'Homme sans tête*, et pénétrait dans la ruelle obscure au delà de laquelle s'ouvrait le Bourg de Four.

Ce promeneur nocturne, qui paraissait vouloir se cacher, était vêtu d'une cape de gros drap noir tombant jusqu'aux genoux et chaussé d'énormes houseaux, bottes évasées plus spécialement réservées aux militaires.

Un chaperon masquait son visage. Il n'avait point cette allure pimpante, cette démarche aisée qu'affectionnent les jeunes coureurs d'aventures ; à sa démarche alourdie, l'on devinait un vieillard ; à la façon dont il portait sa cape et traînait ses lourdes bottes, on voyait clairement qu'il ne revêtait point d'habitude un tel costume.

Ce mystérieux inconnu s'arrêta devant une maison flanquée de deux énormes tours carrées dont l'on avait anciennement démoli la partie supérieure, car elles s'arrêtaient au niveau du toit. Il frappa plusieurs coups précipités.

— Ah ! ah ! je vous y prends, révérend seigneur ! s'écria soudain une voix moqueuse qui fit tressaillir l'inconnu. C'est ainsi que vous courez les ruelles à l'heure où tout vénérable chanoine doit dormir du plus profond sommeil en attendant que sonnent les matines ?

Un nouveau personnage sortit alors de l'ombre et marcha décidément vers celui qu'il venait d'interpeller ainsi, et qui tremblait de tous ses membres, balbutiant des mots sans suite.

— Bonne Vierge Marie ! gronda une formidable voix de basse qui partait de l'angle d'une maison voisine... que voilà donc une rue noire et quel abominable temps !...

— Eh ! reprit la voix moqueuse, on dirait, Dieu me pardonne, que l'illustrissime chapitre de Genève tient maintenant ses assises en cette ruelle.

Une porte s'ouvrit en criant sur ses gonds.

Sur la dernière marche d'un escalier intérieur apparut une vieille femme vêtue d'amples vêtements de couleur sombre et coiffée d'une cornette blanche à tuyaux, et qui tenait à la main une lampe dont la vive clarté permit à nos trois compagnons de se regarder et de se reconnaître.

Ils poussèrent tous les trois un joyeux éclat de rire, tandis que la servante, ébahie, murmurait à part elle.

— Pas possible !... pas possible !... Messire Louis de Gerbaix... Messire... en si piteux équipage... C'est une illusion de mes yeux... un tour de Satan... Brrrom !... quel nom vais-je prononcer là !

— Bonsoir, Justine, reprit le plus jeune des visiteurs, celui-là même qui avait fait si grand peur au mystérieux vieillard. Eclairez-nous ; votre maître nous attend, et il n'est guère agréable de recevoir cette averse et de glisser sur le pavé.

— Seigneur ! seigneur ! grommela Justine, j'en vois de belles ce soir !

— Ne grondez pas et n'ayez nulle crainte. Vous nous reconnaissez bien malgré ces loques à la cavalière ?

— Oh! oui.

— Donc, entrons. Monsieur de Malvendaz, entrez le premier, je vous prie...

— Monsieur Gavit, je ne souffrirai pas que vous soyez mouillé plus longtemps.

Lorsqu'ils eurent pénétré dans la maison, la servante ferma soigneusement la porte, tourna l'énorme clef dans la serrure, assujettit les verrous.

Puis elle parcourut un couloir, toujours suivie des trois visiteurs, et les introduisit dans une vaste chambre où son maître les attendait.

C'était une pièce carrée, haute d'étage. Les murs étaient tendus d'anciennes tapisseries de haute lice, représentant des scènes de l'Ancien Testament : Moïse sauvé des eaux, les dix plaies d'Egypte, mais déjà fanées, usées, montrant la corde.

Deux vastes bahuts en poirier noir, aux corniches délicatement sculptées, recélaient un amas de papiers, de parchemins, de chartes des siècles pré-

6

cédents. Une crédence élégante supportait une foule de curiosités.

Une table chargée de livres occupait le centre de la chambre ; auprès d'elle, sur un guéridon carré, l'on voyait une sphère grossièrement enluminée, des cartes géographiques, un compas et un astrolabe.

Quelques tableaux de sainteté décoraient les murailles ; un crucifix d'ivoire était appendu à la place d'honneur.

Entre la table et la cheminée de granit rouge chargée d'écussons et d'emblèmes héraldiques, dans laquelle brûlait un grand feu, un pauvre fauteuil de bois sans coussin et sans couverture servait de siége au maître de la maison, Messire Guillaume de Fitignié, prévôt du chapitre de Genève.

Un observateur eût facilement compris le caractère du maître après avoir considéré son appartement.

Il devait être casanier, exercer le culte du souvenir, parcimonieux envers lui-même, satisfait de peu, indifférent en ce qui touche la vie matérielle, ardent au travail, curieux d'histoire ancienne, versé dans les sciences géographiques, profondément religieux....

Tel était, en effet, Messire de Fitignié.

Cette chambre, son père l'avait habitée avant lui ; le fils n'y changea pas un meuble. Dans ce lit à baldaquin, enseveli comme un tombeau sous

d'épais rideaux de brocart éraillé, le père du prévôt
avait rendu le dernier soupir, et le prévôt lui-
même comptait bien y mourir.

Il y avait apporté son chartier, ses livres et vivait
là, partageant les heures de la journée entre le
travail et la prière. Il ne sortait que pour se rendre
aux offices, n'allait jamais dans le monde, recevait
peu de visites, et semblait se préoccuper uniquement
de son salut d'abord, de ses études ensuite.

Guillaume de Fitignié touchait aux extrêmes limites de l'âge ; néanmoins sa vie régulière, sobre,
à l'abri de toute émotion violente, ralentissait pour
lui le cours des années : Dieu lui faisait une
heureuse vieillesse, couronnement d'une existence
bien remplie, durant laquelle cet homme de bien
n'avait eu à se reprocher aucun excès, aucune
faute grave ; il possédait encore un regard vif, une
prestance majestueuse ; aucune infirmité ne l'ac-
cablait ; d'épaisses boucles de cheveux blancs flottaient autour de son visage ; lorsque ses lèvres
s'entr'ouvraient en un bienveillant sourire, l'on ad-
mirait l'émail inaltéré de ses dents ; seulement son
corps penchait vers la terre, voûté, presque plié
en deux.

Les trois visiteurs que Justine venait d'introduire en présence de son maître, appartenaient
aussi au vénérable chapitre cathédral de Genève.

André de Malvendaz, celui que nous avons suivi

depuis la rue de Verdonne, et qui portait la cape et les houseaux d'un cavalier d'aventures, réunissait les titres de vicaire général du diocèse, de chantre, de doyen d'Aubonne et de prieur commendataire d'Aix et de Thonon. Il avait depuis longtemps dépassé la soixantaine.

Doux et charitable, il voilait ces belles qualités sous une grande modestie, se faisait humble et petit pour se grandir à la hauteur des plus humbles. Ses bénéfices faisaient vivre de nombreuses familles, si bien qu'il se voyait souvent obligé de mendier ou d'emprunter pour vivre lui-même.

L'homme à la voix moqueuse était le chanoine Louis de Gerbaix (1).

Jeune encore, issu d'une illustre maison qui fournit un grand maître à l'Ordre du Temple, ce dignitaire ecclésiastique brillait par un esprit fin, délié, délicat, parfois caustique.

Savant théologien, casuiste érudit, jurisconsulte éminent, il méritait la haute position dont il était redevable à la faveur du cardinal d'Ostie, lequel devint depuis lors pape sous le nom de Jules II.

Enfin Messire Amédée Gavit, collègue de ces deux personnages, représentait dans le chapitre l'élément bourgeois. Il possédait une fort belle

---

(1) Les chanoines de Fitignié, de Malvendaz et Gavit sont mentionnés dans l'acte d'installation canonicale de Louis de Gerbaix, laquelle eut lieu le 20 février 1483. — Archives de Genève.

voix de basse-taille, agrément de peu de valeur s'il n'eût été joint à de solides qualités.

Recommandable par de hautes vertus, ce chanoine avait la réputation d'être un homme de bon sens, de jugement sérieux, disert, dialecticien de première force, perspicace, observateur.

— Messieurs, dit Guillaume de Fitignié après avoir échangé avec ses collègues les politesses d'usage, ne soyez point étonnés si j'ai pris la liberté de vous appeler auprès de moi, à cette heure, et sous un déguisement d'ailleurs peu en rapport avec le caractère sacré dont nous avons l'honneur d'être revêtus.

Ces paroles, prononcées avec beaucoup de gravité, reçurent pour toute réponse une profonde révérence.

Après une courte pause, le prévôt reprit:

— A l'issue de l'office, je vous ai annoncé, dans le plus grand secret, une mauvaise nouvelle. Monseigneur notre évêque est mort à Turin le 2 octobre courant. Un courrier, envoyé par le comte de la Chambre, m'en a prévenu, et sans doute cette nouvelle demeurera ignorée pendant quelques jours encore. Hélas ! voilà le septième pontife que je vois mourir sur le siège de saint Paracode.... et j'espère que Dieu ne tardera pas à me rappeler à lui, car je me fais bien vieux.... Messieurs...

— Vous avez agi sagement, répondit Amédée

6.

Gavit, en taisant au chapitre cette mort inattendue. Nous avons à nous défier des intrigues et des cabales ; il y a six ans à peine que nos dernières querelles se sont apaisées. Puissions-nous ne pas les voir se renouveler !

— Et c'est précisément dans cette vue que je vous ai convoqués, Messieurs, dans le plus grand secret. Nos démarches, soyez-en sûrs, sont épiées par les agents de Son Altesse.... Il faut profiter des premiers instants.

— Hâtons-nous donc, Monsieur le prévôt, dit à son tour André de Malvendaz. N'exprimons point des regrets superflus et dont nous contesterions nous-mêmes la sincérité.

— Feu Sa Grâce, ajouta Louis de Gerbaix d'un ton grave, ne fut point pour nous l'*antistes*, le *sacerdos magnus*, le père, *mitis et humilis corde*, à qui l'Église confie l'administration d'un diocèse, la garde du troupeau. Il fut élevé par la politique ombrageuse de ses neveux et servit cette politique, indifférent en apparence aux devoirs de sa charge. Sauf la confirmation des franchises et priviléges du mandement de Thy...

— Lequel fut cédé aux évêques de Genève, en vertu d'un testament, par Ardutius, fils de Rodolphe de Faucigny, interrompit le prévôt, incapable de laisser échapper l'occasion de rappeler un fait historique.

— François de Savoie n'a rien fait pour ses sujets, poursuivit Gerbaix avec un léger sourire. En revanche, il accompagna le duc, son neveu, en ce fameux voyage de France, et devint gouverneur de Savoie pour soulager de sa tutelle difficile Madame Blanche de Savoie, mère de Son Altesse régnante. — Que Dieu la conserve! (1)

— Dans tous les cas, reprit Amédée Gavit, nous n'avons à craindre aucun prince de la maison de Savoie. Il ne reste aucun des frères du feu duc; Philippe-Monsieur n'a que des enfants en bas âge...

— Ceci n'est point un empêchement, observa M. de Fitignié. L'évêque Pierre, frère du défunt Monseigneur, reçut en commende Genève à huit ans, et mourut avant d'avoir obtenu les ordres sacrés.

— Il est peu probable que le comte de Bresse destine l'un de ses fils à l'Eglise, dit à son tour le vicaire général. Ce prince prévoit l'éventualité d'une succession au trône : son fils Philibert a seul atteint l'âge de raison. Non, toute crainte à cet égard serait vraiment chimérique.

— Alors, continua le prévôt, il faut croire que l'on essayera de nous imposer quelque grand sei-

---

(1) Blanche de Montferrat, veuve de Charles le Guerrier, mort en 1489, et mère de Charles-Jean-Amédée, qui mourut à huit ans.

gneur dévoué aux intérêts de Son Altesse, et le
mal serait pire.

— Pourquoi ?

— Parce qu'il est des intrigues qu'un prince
dédaigne, mais dont un gentilhomme fait son profit. D'autre part, si le premier songe à augmenter
la gloire de sa maison, le second prétend, avant
tout, faire la fortune de la sienne.

— Il nous faut choisir alors ?...

— Attendons, interrompit Gavit. Savoir attendre
est la science du sage. Rien ne presse ; ne précipi-
tons aucune décision.

Guillaume de Fitignié sourit.

— Au contraire, dit-il, pressons-nous. Madame la
régente, ou plutôt le comte de Bresse, de qui nous
avons le plus à nous méfier, reculera peut-être devant un fait accompli. Dès demain nous réunirons
le chapitre et nous proposerons nos candidats.
Avez-vous quelqu'un en vue, Messire de Gerbaix ?

— Oui, Monsieur le prévôt, l'abbé d'Hautecrêt,
Montfalcon.

— C'est un ambitieux. Il s'agite pour avoir
l'évêché de Lausanne. Passons. Nous avons mieux :
si le prieur de Coligny, Messire le pronotaire de
Châteauvieux (1), n'était pas un des plus dévoués
domestiques de Monseigneur de Bresse, il nous
conviendrait fort. C'est un prêtre en tout digne de

(1) Elu archevêque de Tarentaise en 1497.

ce nom, doué des plus belles vertus et des plus brillantes qualités. Il est bien douloureux, Messieurs, que la politique pèse autant sur notre choix : il nous faut un prince, et non un évêque !

Ces paroles, prononcées avec un accent plein de tristesse, n'obtinrent tout d'abord aucune réponse.

Amédée Gavit, plongé dans une profonde méditation, semblait étranger à ce qui se passait sous ses yeux.

Louis de Gerbaix tisonnait le feu d'un air pensif et jetait de temps à autre, à la dérobée, un regard sur ses interlocuteurs.

Guillaume de Fitignié observa l'effet de ses paroles et comprit qu'il avait fait fausse route

Ses amis ne voulaient plus se fourvoyer dans les choses ardues de la politique ; ils paraissaient témoigner, par leur silence et leur attitude, qu'ils désapprouvaient hautement les errements suivis jusqu'alors.

— Monsieur le prévôt, reprit enfin Louis de Gerbaix, si nous étions tous parfaitement d'accord, s'il ne se produisait dans le chapitre aucune de ces petites divisions qui naissent de si mesquines causes, si nous pouvions compter sur l'appui de la bourgeoisie, nous ferions notre élection sans l'avis de Monseigneur le duc, sans nous soucier des prétentions de la noblesse. Nous prendrions le plus humble et le plus pauvre, et nous le ferions assez grand et assez riche pour que personne, fût-ce un roi, n'osât le toucher impunément.

— Oui ; mais nous n'avons au conseil que Loys de Lestelley, murmura Gavit.

— Un évêque, dit à son tour André de Malvendaz, est un successeur des apôtres ; il doit enseigner les nations, remettre les péchés et administrer les sacrements ; sa puissance ne doit s'étendre que sur les âmes, et si Charlemagne a fait un roi temporel du chef de l'Église, c'est qu'il le fallait pour assurer son indépendance vis-à-vis des grands de la terre. Mais soyez-en persuadés, mes frères, un temps viendra où l'Église refusera aux évêques une juridiction temporelle qui n'est point de droit divin.

— Loys de Lestelley, reprit le prévôt sans répondre aux audacieuses paroles du vicaire général, n'est-il pas le fils de Messire Jean de Lestelley, qui fut chancelier du conseil ducal ?

— Non, répondit Gavit, mais bien du syndic Aymon de Lestelley, lequel mourut ambassadeur en Suisse, et d'une fille du noble syndic Ciclat. C'est un homme d'une vertu éprouvée, sage, vaillant et ferme. Viennent des temps d'orage, il saura se montrer fort contre la tempête.

— Quinze hommes comme lui, Genève serait à

nous et non pas au duc Charles, reprit Gerbaix, avec un soupir.

— Messieurs! Messieurs! accordez-vous! s'écria Guillaume de Fitignié. Distinguez : Genève est à l'empereur, au duc et à l'évêque...

— Et c'est parce qu'elle est à trois maîtres, objecta le chanoine, que nous discutons leurs droits respectifs. Ce pouvoir trilogique devient par trop lourd. Il serait temps, ce me semble, de régler ces questions...

Trois coups frappés à la porte interrompirent cet entretien, qui devenait dangereux et s'accentuait outre mesure.

Justine entr'ouvrit le battant de la porte et maître Antoine Fribert apparut sur le seuil.

— Messire le prévôt, dit-il en entrant, l'évêque François de Savoie vient de mourir, je le sais. En cet instant, un messager de Philippe-Monsieur accourt à Genève. Un marchand florentin, arrivé dans la soirée, m'a donné ces deux nouvelles. Avez-vous besoin de moi?

V

L'on commençait la veillée dans la cuisine de l'hôtellerie de l'*Homme sans tête*.

Il était sept heures ; le couvre-feu venait de sonner, et, par privilége, les aubergistes avaient le droit de veiller jusqu'à dix heures.

A cet instant même, le chanoine André de Malvendaz, le nez dans sa cape, et trébuchant dans ses houseaux, remontait la rue de Verdonne.

Il y avait grande assemblée autour de la vaste cheminée, où flambait un ardent brasier sur une montagne de cendres. Le feu jetait de rouges reflets sur les murailles noircies, les solives sculptées du plafond, et faisait reluire d'un éclat sans pareil les casseroles appendues au mur, les chandeliers de cuivre innombrables rangés en bataille sur le dressoir.

La table du milieu, énorme plateau de noyer, posé sur quatre pieds massifs, était couverte des débris du souper, que l'une des servantes s'occupait à faire disparaître, à la maigre lueur d'un *cruéjus,* sorte de lampe d'une forme romaine, et dont on se sert encore dans nos campagnes.

C'était vraiment un de ces intérieurs bourgeois que les peintres de l'école flamande affectionnaient, et dont ils savaient rendre avec un art merveilleux les plus menus détails.

Ce groupe de personnages, maîtres et valets, pêle-mêle assis autour du feu, dont les clartés pourprées éclairaient étrangement leurs costumes pittoresques, eût fourni à Van Ostade ou à Quentin Metzu quelque délicieux tableau.

Il y avait là Philippe Maubuisson, enfoui dans un vaste fauteuil de cuir, un peu somnolent, tout heureux de n'être point troublé dans sa douce paresse par les gronderies de dame Renée, laquelle avait jugé à propos de s'aller coucher ; auprès de lui, sur une chaise à dossier, se prélassait un homme au teint basané, aux cheveux noirs, vêtu d'un riche pourpoint de velours.

Il se tournait de temps à autre vers Gilberte et lui adressait quelques mots de galanterie avec un accent méridional dénotant son origine italienne.

La jeune fille répondait par monosyllabes et devisait à voix basse avec Perceval des Plans, debout auprès d'elle. A l'autre coin de l'âtre, sous le vaste manteau de la cheminée, il y avait nombreuse compagnie.

Les uns étaient assis par terre ; le plus grand

nombre se tenaient debout. Simonne, la servante, belle Faucigneranne aux formes massives, riait à gorge déployée des niaiseries que débitait d'un ton grave Jobin Torchon, l'apprenti, lequel n'avait point encore tout à fait quinze ans et raisonnait comme un homme.

Le berger Christin se taillait un gobelet dans un morceau de racine de frêne ; c'était plaisir que de le voir fouiller avec la mince lame de son couteau, tailler des figurines, des guirlandes et des chiffres mystérieux, entrelacés de lacs d'amour.

Aussi la vieille Benoîte, sa mère, vachère et femme de charge tout à la fois, jetait-elle des regards complaisants sur son fils, en tournant prestement le fuseau, tandis qu'avec le pied elle faisait manœuvrer son rouet.

La tourbe populaire, garçons d'écurie, lavandières, portefaix, gardeuses d'oies, écureurs de vaisselle se massaient derrière ces quatre personnages, n'osant se mêler à la conversation que pour approuver en chœur les malices de Jobin, les naïvetés de Simonne et les sentences de Benoîte. Christin, lui, ne parlait pas : il sculptait.

Dèux beaux chiens courants, allongés sur les dalles, les yeux fermés et la tête appuyée sur les pattes de devant, attitude commune à ces nobles animaux et aux sphinx de l'antique Egypte, se chauffaient tranquillement, peu soucieux de ce qui se passait autour d'eux.

Le crépitement de la flamme, le bruissement monotone du rouet, les intonations différentes des voix, remplissaient de tumulte cette salle bien close, tandis que le vent soufflait dans les rues et que la pluie clapotait sur le pavé.

—Comme ça, disait Simonne, vous êtes bien sûre qu'on l'a vu, Benoîte?

— Et qui ne l'aurait vu, si ce n'est moi? aussi vrai que voilà mon fils Christin creusant des fleurs dans le frêne tout comme le meilleur imagier d'Allemagne, ma mie. A preuve qu'il avait sa belle robe de tabis de Gênes violet cramoisi et sa belle croix d'or.

— C'est vrai tout de même! s'écrièrent Christin, Jobin Torchon, les lavandières et les garçons, d'une seule voix.

Benoîte secoua la tête et reprit avec mélancolie :

— Pour ce qui est de ça, mes enfants, pas moins que Monseigneur s'en est parti un vendredi, jour de malheur! Et la veille, il y eut un festin en le palais, voire que l'on y servit trente plats des plus fins, le doux seigneur étant un peu.... hum!... oui, sur sa bouche, sauf votre respect! Et si y avait treize convives!... l'un doit mourir dans l'année, pour sûr.

— L'on m'a dit, ajouta le petit Jobin, non sans

trembler un peu, que notre prince rencontra, en la forêt d'Onex et par delà les montagnes, du côté de la ville de Chambéry, un meneur de loups qui courait au clair de la lune, sous les grands arbres....

Il y eut un frisson de terreur dans toute l'assistance.

Jobin Torchon en profita pour attacher l'une à l'autre, avec une brochette de cuivre, la robe de futaine de la femme de charge et le sayon de bure de son fils, ce qui devait nécessairement amener une catastrophe au moment de la couchée.

Christin, lui-même, fut si vivement impressionné, que l'une des saillies de la racine prit incontinent la forme d'une tête de loup, alors qu'il voulait y découper une grappe de raisin.

— A donc, Monseigneur doit être, à cette heure, au pays des trépassés, murmura Simonne en faisant un grand signe de croix.

Un morne silence accueillit cette question, et l'on put entendre grincer la planchette du rouet, dont la roue tournait, tournait avec rapidité.... La Simonne se pencha vers le feu et se mit à remuer les braises, pour cacher sa pâleur.

Pendant ce temps-là, Perceval des Plans continuait de causer avec la gentille Gilberte. Son front de poëte était couvert d'un voile de tristesse et des larmes brillaient dans ses yeux :

— Ainsi, je ne dois plus espérer, Gilberte?

— Le bon Dieu a mis l'espérance {au cœur de l'homme : c'est une fleur qui ne se flétrit jamais, cher ami !

— Oui, vous êtes riche et je suis pauvre, reprit le jeune homme avec amertume, voilà tout le secret du refus de votre mère. Vous aurez un jour l'hôtellerie, la petite ferme de Chancy, les prés et l'héritage de votre parrain... moi, je suis pauvre, sans famille, et mon avenir tout entier repose dans mon travail : un dur travail, Gilberte ! Quand un compagnon menuisier a raboté la journée durant, quand un laboureur a creusé les sillons, exposé au soleil depuis l'aube jusqu'au soir, vienne la nuit ! Ils dorment heureux, confiants. Ils jouissent du repos, ils se délassent.... Mais nous qui vivons d'une existence idéale, nous qui fouillons les vieilles chroniques du passé, nous à qui Dieu permet de créer une œuvre, nous travaillons sans trêve et sans relâche.... Et la nuit, nos yeux ne se ferment point.... nous rêvons, nous élevons notre pensée vers l'infini.... souvent l'aurore splendide éclaire le ciel de ses clartés empourprées, que nous veillons encore, torturés par l'insomnie !

— Pauvre poëte !

— Poëte ? Le suis-je ? Qui le sait ?... Dieu donne aux uns l'inspiration, aux autres le génie... J'eus souvent, ma bien-aimée, des heures terribles à supporter. Le découragement tue, sachez-le ! Que d'horribles souffrances engendre ce don fatal d'être supérieur aux hommes !... J'ai bu jusqu'à la lie cette coupe d'amertume qu'un instinctif dégoût brise entre les dents des profanes.... De mes yeux ont jailli des larmes brûlantes.... J'avais la volonté; il me manquait la puissance. Enfant, gardez votre gai sourire, vos joues rosées, vos lèvres vermeilles.... A vous le bonheur, à moi le combat ! Vous l'avez dit, ma chère, deux malheurs pèsent sur ma destinée : je suis pauvre.... et je suis poëte.

— Vous êtes bon, Perceval.

— Peut-être. Mais je ne suis ni noble, ni riche, ni beau, ni puissant, et votre mère veut un gendre qui soit tout cela. Il faut donc que je vous laisse libre....

Le rouet de Benoîte jetait des cris stridents sous le pied qui lui donnait une impulsion continue.... Le murmure des causeries vibrait entre les murailles sonores.... Philippe Maubuisson pensait à la vendange, et l'étranger au pourpoint de velours parlait seul, pour le plaisir de parler, et faisait des efforts visibles pour ne point paraître écouter l'entretien du poëte et de la jeune fille.

— Vous avez dans le cœur plus de quartiers de noblesse que n'en a le plus illustre comte en son canton d'armoiries, poursuivit Gilberte en levant sur Perceval un de ces regards francs et limpides qui mettent la joie dans l'âme et font penser aux anges. Puis je suis assez riche pour deux.... Prenez patience, mon ami, je ne serai jamais qu'à vous !

— Malgré votre mère ?

— La femme quittera son père et sa mère pour suivre son mari, dit la sainte Écriture. Mais le bon chanoine Gavit, mon directeur, obtiendra ce que mes larmes ne sauraient arracher... Espérez !

— Et si je meurs?

— Il me restera Dieu.

L'hôte de l'*Homme sans tête* conversait de son côté avec maître Philippe et lui parlait de Laurent de Médicis, qui régnait alors à Florence.

— Vous ne sauriez croire, lui disait-il en son mauvais français mêlé de locutions italiennes, combien est magnifique notre prince Lorenzo. Ce n'est plus un homme, c'est plus qu'un prince, c'est presque un Dieu ! Le soudan d'Egypte, *padrone colendissimo*, lui manda, l'an dernier, la plus étrange ambassade.

Il y avait des seigneurs mahométans au visage noir comme de l'ébène, vêtus à la moresque et chargés d'autant de diamants et de perles qu'un âne en pourrait porter.

L'un d'eux aivait au front, au-dessous d'une éblouissante aigrette, une pierre de bézoard. Et savez vous ce que c'est que le bézoard, mon maître? C'est un métal qui guérit toutes les maladies....

Et j'ai vu tout cela, du seuil de ma boutique, l'une des plus belles du *Ponte Vecchio*, à l'angle du *Lung'Arno*, tout auprès du *palazzo della Signoria*, lequel, sur l'ordre des magnifiques seigneurs de Florence, fut commencé en 1298 par Arnolfo di Lapo et terminé en 1434 par l'architecte Michelozzi, propre cousin issu de germain d'un oncle par alliance de ma femme, monna Colomba Corsini.

— Par ma foi! j'en suis bien aise, Maître Ortenzio Platelli, s'écria Philippe Maubuisson, que la loquacité du prolixe marchand ennuyait profondément. Dites-moi, est-ce une plus belle ville que Genève, Florence?

Le Toscan roula des yeux furibonds, joignit les mains, amena sur ses traits une expression mêlée de colère et de pitié.

— *Santa Maria benedetta!* s'écria-t-il d'une voix aigre, avec un accent de surprise indignée, *Corpo di Giove! Barba di Nettuno!* ce qui me fait penser à la statue de ce Dieu façonnée par mon cousin Ammanato (1). — Mais savez-vous, Monsieur le bourgeois de Genève, que Florence a neuf portes ornées de peintures à fresque, quatre ponts, dont le plus jeune date au moins de cent cinquante ans, et le fils de messer Luigi Buonarotti, le petit

(1) Cette statue a six mètres de haut. Elle orne la fontaine de la place de la Seigneurie. Nous commettons ici un anachronisme volontaire, car l'Ammanato ne la termina qu'en 1563.

7.

Michel-Ange, qui s'amuse à tailler des figures de satyres dans tous les blocs de pierre qui lui tombent sous la main, m'a toujours dit que les choses anciennes sont plus belles que les modernes... Et nous avons le dôme, le campanile de Giotto, que l'on devrait mettre sous verre, au dire de Sa Sainteté, laquelle s'y connaît. Et nos trente églises !... Et la porte du baptistère, que maître Laurent Ghiberti mit quarante ans à ciseler, et dont le même petit Michel-Ange me disait un jour que l'on devait bien y veiller, Dieu pouvant avoir fantaisie de la prendre pour clore le paradis...

Cette énumération pompeuse faite avec un ton de triomphe qui fit sortir l'hôtelier de sa somnolence, le marchand florentin poursuivit, en donnant à sa voix bien timbrée l'intonation dédaigneuse qu'il jugea devoir convenir à ses paroles :

— Non, ne comparez pas votre cité mesquine, étroite, sale, tortueuse, resserrée entre ses murailles et son lac — du moins, il n'y a pas de lac à Florence — à cette merveille de l'Italie, la ville des fleurs, la cité des artistes, où les poëtes, les imagiers, les savants accourent de tous les points du monde pour faire à notre prince Laurent une auréole de gloire...

Les yeux de Perceval des Plans brillèrent d'un feu étrange, lorsqu'il entendit ces mots que le hasard, ou plutôt la Providence, semblait faire résonner à ses oreilles comme pour lui indiquer sa voie :

—Messer, demanda-t-il timidement, votre maître accueille-t-il aussi les poëtes étrangers?

Le marchand le regarda, non sans dédain, étonné d'être ainsi questionné par un inconnu.

—Qui êtes-vous ?

— Je suis poëte !

Le front d'Ortenzio Platelli se dérida : un fin sourire se dessina sur ses lèvres. Par un mouvement spontané, plein de grâce, il tendit la main au jeune homme, stupéfait de ce brusque changement, que seule motivait son humble réponse.

—Alors, dit l'Italien, pas n'est besoin d'autre chose. Venez me voir demain, avant dîner, mon jeune ami ; nous causerons.

—Oh ! murmura Perceval en s'adressant à Gilberte, si je pouvais décider ce beau sire à m'emmener avec lui dans cette ville des fleurs, ce paradis terrestre... Ma fortune serait faite, et je pourrais, ma douce fille, réclamer fièrement de ta mère ce que je n'ose lui demander .... misérable, vivant des bontés de M. le protonotaire !

Les valets subalternes avaient regagné l'un après l'autre le dortoir commun.

Les lavandières sommeillaient déjà dans leur chambrette, au-dessus de la buanderie.

Benoîte filait toujours. Christin donnait à son

mignon chef-d'œuvre le dernier coup de ciseau ; il polissait les feuillages, lustrait les nervures, découpait çà et là des parcelles, évidait les arabesques et striait de points losangés la bordure du gobelet.

Jobin Torchon, accroupi entre la vieille et Simonne, dormait tranquillement, tandis que la maritorne causait lessive avec la femme de charge.

Perceval fit ses adieux à la ronde et sortit rayonnant. Il avait enfin un protecteur. L'avenir lui apparaissait souriant. Il voyait déjà, en rêve, les palais de marbre échelonnés sur les rives de l'Arno, les vieux donjons féodaux, les coupoles élancées dans le ciel, les mosaïques splendides, les fleurs, les jardins, les statues de cette brillante Italie de la Renaissance, dont la corruption et l'amour du paganisme nous précipita dans le gouffre de la décadence... Il voyait ces somptueuses salles couvertes de fresques, dorées, parées de brocart, dans lesquelles tourbillonnaient princes, chevaliers, pages, prélats, damoiseaux, poëtes et savants, peintres, politiques, ambassadeurs, courtisans ... Et ce rêve portait le trouble dans son âme, l'ivresse dans son esprit.

Il ne resta dans la salle que Philippe et le marchand florentin, qui jetait les yeux, de cinq minutes en cinq minutes, sur l'horloge bâloise accrochée à la paroi; puis Benoîte, comptant ses fuseaux, Christin le berger admirant son ouvrage, et Jobin Torchon qui dormait, et la grosse Simonne, grandement occupée de la grave question des lessives et calculant ce qu'il fallait de cendre pour blanchir le linge, et de vin pour abreuver les lavandières.

A cette heure il n'y avait plus de lumières qu'aux fenêtres des hôtelleries.

Genève était plongée dans le silence des tombeaux.

Les rafales du vent se brisaient avec violence à l'angle des maisons ; la pluie ruisselait à torrents sur les toits et retombait en cascatelles par le trou des gouttières.

Des pas de chevaux ébranlèrent les pavés de la rue de Verdonne.

Ce bruit éveilla Jobin Torchon :

— Tiens ! s'écria-t-il en s'étirant les bras, ceux du guet font la patrouille.

Le retentissement du fer heurtant la pierre cessa tout à coup.

Le marteau de la porte retentit sur les clous qui la ferraient.

— Ho ! ho ! dit Ortenzio Platelli, sur les lèvres duquel passa un fugitif sourire, il vous arrive du monde, maître Philippe.

Christin et l'apprenti se mirent en devoir d'ôter les barres qui maintenaient les lourds battants.

— Eh bien ! marauds, cria du dehors une voix

fraîche et joyeuse, êtes-vous endormis ?.... Ouvrez,
ventre de biche ! comme dit notre cousin le roi de
France, ou sinon je boute le feu à la masure et vous
brûle dedans comme des parpaillots de Souabe.

Aussitôt l'huis entr'ouvert, le voyageur se précipita dans la salle ; maître Philippe et son hôte ne
purent retenir un geste de surprise. C'était un adolescent, un enfant plutôt, de quatorze à quinze ans,
d'une taille élevée, bien proportionnée, svelte, gracieux dans ses mouvements ; ses yeux bleu foncé
lançaient des éclairs ; il y avait les indices d'une
indomptable volonté, d'une fierté sans bornes, dans
la forme de sa bouche, un peu grande, mais d'un
dessin correct. Une abondante chevelure blonde se
massait autour de son front, carré, blanc, poli, et
descendait en boucles lustrées sur ses épaules. Son
nez offrait cette forme droite, carrée au bout, qui
caractérise la race allobroge, et son menton, brusquement relevé, fendu par une étroite fossette, annonçait l'entêtement particulier aux montagnards.

Il portait un costume de fin drap bleu, à crevés
de soie rouge ; un manteau de bouracan négligem-
ment jeté sur son bras était trempé d'eau et traînait à terre, en y laissant des traces humides. Un
toquet de velours, sans plumes ni galons, lui servait de coiffure.

Derrière lui entra un écuyer, vêtu aux mêmes
couleurs. Sa figure bonasse, placide, indiquait un

caractère mou, peu fait aux fatigues des voyages, sournois, grondeur. La couleur violacée de son teint, les bulbes poilues qui décoraient son nez dénonçaient un fervent adorateur du jus de la treille.

Christin conduisit aussitôt les chevaux à l'écurie.

— Çà ! cria le jeune homme après avoir d'un seul coup d'œil jugé et compris la compagnie assemblée devant l'âtre, çà ! mon hôte, j'arrive de loin ; donc, picotin d'avoine aux chevaux, pitance au maître, soupe au valet. Que m'allez-vous donner pour apaiser la faim dévorante qui me talonne depuis Rumilly ?

L'étranger parlait d'une voix sonore, en grasseyant un peu, d'un ton bref et décidé.

Maître Philippe s'avança, lui souhaita cordialement la bienvenue, sans se presser, comme il en usait d'ordinaire, et finit par répondre, en voyant la colère animer les traits de l'inconnu :

— Messire, le chanoine de Malvendaz a coutume de dire, en fort bon latin, ne vous en déplaise, que les tard-venus ne trouvent plus que les os. Je puis vous accommoder vitement une omelette aux fines herbes, y joindre une tranche de gigot de mouton à l'ail, mais froid, un morceau de venaison cuit à l'étouffée, et un petit potage que Jobin Torchon, mon apprenti, va confectionner avec célérité.

— Bien, le menu me convient. N'oubliez pas

quelques brocs du meilleur vin dela cave : mon
écuyer Josserand cultive la bouteille.

L'enfant s'approcha de la cheminée, jeta toquet
et manteau à la grosse Simonne, tira les oreilles
des chiens, et parut attendre ensuite avec impatience que le souper fût servi.

Le marchand le regardait en silence ; l'étranger
se pencha vers lui et lui dit à l'oreille, profitant du
moment où tout le monde était trop occupé pour
les espionner :

— Vous êtes Ortenzio Platelli?

— Oui.

— Je suis Pierre du Terrail, et j'appartiens à
Philippe-Monsieur. Je viens pour une affaire. Lui
est mort il y a douze jours. Tâchez de me venir
voir incontinent : je dormirai demain.

VI

Dans lequel est démontrée la vérité du proverbe *Fin contre fin ne vaut rien pour doublure.*

Une heure plus tard, toute la maisonnée dormait, à l'hôtellerie de l'*Homme sans tête*, et, bien que notre privilége de romancier ne nous permette pas de deviner les songes d'un chacun, nous pouvons dire que dame Renée rêvait à sa cotte de satin jaune, à sa collerette de dentelle flamande ; Gilberte, à Perceval ; Philippe, à sa vendange ; Benoîte, à son lin ; le berger, à son prochain chef-d'œuvre, et Jobin Torchon, aux fées, aux meneurs de loups et aux farfadets.

Pierre du Terrail, lui, quoiqu'il eût fait ses huit lieues dans la journée, et qu'il sentît ses paupières s'alourdir, ne permettait point au sommeil de le surprendre. Il y avait déjà l'étoffe d'un homme dans cet enfant.

Il avait quitté ses vêtements trempés de pluie et

endossé une robe de chambre fourrée, trop longue
et trop large pour sa taille, et qui provenait sans
doute de la garde-robe de son maître.

Enseveli dans un vaste fauteuil, au coin du feu,
il méditait.

Il ne tarda pas à entendre des pas furtifs effleu-
rer le plancher du corridor. Il fit un bond de sa
place à la porte, l'ouvrit, fit entrer son visiteur et
referma l'huis, sans faire le moindre bruit.

— *Corpo di Giove!* s'exclama l'Italien, vous
êtes leste, signor! Prudent comme un serpent — à
votre âge ! — vous irez loin.

— J'y compte, répliqua séchement Pierre du
Terrail. Tête d'étoupe! Messer Ortenzio, qu'avez-
vous fait céans?

Le marchand lui jeta un fin coup d'œil, puis il
hasarda une question :

— Vous êtes bien jeune, Messire, pour être chargé
d'une telle mission !

— Cela regarde Monseigneur de Bresse; il m'a
jugé capable de la remplir, et peu vous importe de
parlementer avec un damoisel ou un barbon : c'est
tout un ! Ainsi déblatérez.... et vite !

— Eh bien ! je suis arrivé, il y a trois jours, ignorant à quel saint me vouer en cette pétaudière de
bourgeois malotrus qui passent la moitié de leur
vie à conspirer, et l'autre moitié à se repentir d'a-
voir conspiré.

J'ai fait visite à Monsieur Loys de Lestelley ; il m'a fort mal reçu. En revanche, Madame son épouse m'acheta huit aunes de velours de Gênes, une paire de brodequins en cuir de Cordoue, plusieurs affiquets....

—Passez !

— *Lagrime di Bacco* ! Messer, vous n'obtiendrez rien de moi si vous ne me laissez parler à ma guise, s'écria l'astucieux Florentin. Où diable le comte de Bresse est-il allé chercher ce jouvenceau plein de fougue ? murmura-t-il en baissant la voix.

— Loys de Lestelley vous a-t-il promis son concours actif ?

— Non pas. Il s'est borné à me répondre évasivement, à me laisser entendre qu'il s'en tiendrait à ne point vous chercher noise. Mais j'ai longuement conféré avec le prieur de la corporation des menuisiers.

Il y a trente-deux corps de métiers à Genève, et cet homme possède une singulière influence, Messire.... Il cache sous des apparences bonasses beaucoup de qualités sérieuses.

Bref, il est tout à nous, mais à la condition que vous proposerez quelqu'un du tiers état.

—Si j'y comprends un mot !

— C'est bien clair pourtant. Antoine Fribert jouit d'une haute considération, d'un crédit puissant. Il dirige et domine, sans en avoir l'air, tout le tiers

Etat, le peuple, la bourgeoisie.... Lestelley est un
de ses amis les plus attachés. Vous n'ignorez pas,
dam du Terrail, que, hors la noblesse et le clergé,
tout le monde ici déteste la maison de Savoie, à laquelle on attribue, non sans raison peut-être, de
vastes projets de conquéte. Mais il est une haine
plus profondément enracinée, chaque jour aug-
mentée, irritée, conseillée par messieurs des Ligues
suisses, par les agents d'Allemagne, par les es-
pions du roi de France, et cette haine est celle que
professe le peuple à l'égard de la noblesse. Un jour
à venir elle portera ses fruits.

Je sais bien qu'elle est une ingratitude : car, en
aucun pays de l'univers, les seigneurs n'ont été
plus généreux envers leurs gens, vassaux et cor-
véables.

Mais la France, la Suisse et l'Allemagne convoi-
tent Genève, point central d'une haute importance
stratégique, la ville ou le commerce fleurira lorsqu'il ne faudra plus aller chercher aux Indes, en
Afrique, à Venise, à Gênes, les éléments du trafic
national. Or donc, le peuple de Genève ne veut
pas un évêque dont la famille et les alliances puis-
sent être un danger pour ses priviléges et sa liberté.

Il sera pour nous si nous lui donnons un évêque
suivant ses volontés ; contre nous si nous faisons
élire quelque prélat de grande race.

— Et toujours pour le premier venu, si le premier venu sait le prendre par son côté faible, fit observer du Terrail, songeur.

— Vous connaissez les hommes, *signor !* Il m'a fallu trente ans de déceptions, de misère, d'expérience, pour en arriver là.

— Et le chapitre? Nous avons affaire à forte partie, Ortenzio. Platelli, et si nous réussissons, nous aurons bien gagné : vous, des lettres patentes de noblesse; moi, la compagnie de gendarmes, qui nous ont été promises par le comte.

—Je vise plus haut, dit froidement le marchand. Ma fortune s'élève à huit cent mille florins. Les Médicis n'en possédaient pas la moitié lorsqu'ils ont usurpé le trône de Florence. Ce n'est pas la première fois que je rends service. Vienne l'heure de la récompense !

—Vous êtes ambitieux ?

— C'est la passion des grandes âmes... Parmi les révérends chanoines, reprit Ortenzio, il nous suffirait d'avoir à nous Messieurs de Malvendaz, Gavit et Gerbaix. Le prévôt est trop studieux pour être politique, trop vieux pour songer désormais aux luttes de ce monde. Qui prétendez-vous leur proposer, Messire?

Cette question provoqua, de la part du jeune diplomate, un froncement de sourcils accompagné d'un geste significatif. L'enfant ne voulait point dire son secret à l'homme fait. Il gardait pour lui-même ce qui faisait sa force : il savait, et l'autre ne savait pas. Donc, il n'avait à craindre aucun conflit d'intérêt et pouvait commander.

L'Italien n'osa insister. Il prévit qu'un orage éclaterait s'il tentait encore d'intervertir les rôles.

— J'ai embauché un bon agent, reprit-il après un instant de silence, un pauvre garçon qui se prétend poëte : deux mots ont flatté sa vanité. Désormais, il est à moi.

— Nous verrons, dit froidement l'envoyé, si vous pouvez impunément vous jouer d'un homme! Enfin, mon cher, voici le plan auquel je m'arrête : vous irez demain chez les bourgeois avec Antoine Fribert; vous ferez beaucoup de promesses — et cela ne vous coûtera guère! — Vous parlerez à ces gens-là des excellents sentiments que le prince nourrit à leur égard, et vous reviendrez avant midi me rendre compte de vos démarches. Sur ce, bonsoir, mon cher, je suis accablé de fatigue : voilà deux jours et deux nuits que je cours ventre à terre, et, tête d'étoupe! je sens mes yeux se fermer malgré moi. L'homme est une drôle de machine; et foin de moi si dans quelques années je ne sais pas supporter davantage!

Le Florentin prit congé de Pierre du Terrail avec les cérémonies minutieuses exigées par l'étiquette sévère de l'époque, et rentra dans son appartement.

Aussitôt qu'il eut clos la porte derrière lui, il ferma soigneusement les rideaux en épaisse étoffe de laine suspendus aux fenêtres, boucha les trous des serrures avec des tampons de papier, ouvrit promptement un pupitre et se mit à écrire la lettre suivante :

« Monseigneur,

» L'agneau s'est changé en loup, le page en homme d'Etat.

» Vous avez en ce petit hobereau dauphinois un serviteur précieux, qui deviendra, avec le temps, un illustre personnage. Il n'a rien voulu me dire, pas même le nom de qui vous savez. Il me conduit à la baguette, et je m'en amuse fort.

» Du reste, mon déguisement a fait merveille. Je suis de mieux en mieux le marchand Platelli, et nul au monde ne soupçonne sous la peau d'emprunt qui me couvre

> » Votre serviteur très-humble et dévoué cousin,

« ORTENZIO D'IMOLA. »

Le prince auquel le faux marchand (1) adres-

(1) Ce personnage était petit-fils d'Andréa d'Imola, qui épousa Madeleine de Savoie, de la branche des seigneurs de Busque, issue d'un fils naturel de Philippe de Savoie, prince d'Achaïe et de Morée.

sait une telle lettre fut un des plus remarquables du
quinzième siècle.

Déja nous avons, dans des œuvres antérieures (1),
esquissé cettte figure, qui traverse pendant près
d'un siècle notre histoire nationale.

Tour à tour ami de Louis XI et son ennemi, attaché à Charles VIII, trahissant le duc de Bourgogne au profit de son maître, et celui-ci au profit
de celui-là, conspirant contre son père, contre son
frère, contre son neveu, se ménageant un parti en
se mettant à la tête des Piémontais contre les Savoyards, s'alliant tour à tour avec les maisons de
Bourbon et de Bresse Penthièvre, se faisant appeler Philippe Sans-Terre, et sachant obtenir des rois
pensions, apanages et seigneuries, ce prince joua le
rôle d'un cadet aux prises avec la fortune, simula
une inconstance qui lui fit pardonner ses trahisons,
et prit enfin pour devise un serpent qui change de
peau, avec ce mot : *Paratior,* emblème qui dépeint
l'homme.

A la mort de son neveu Charles Ier, il composa
le conseil de régence de seigneurs piémontais et
bressans, donna au duc enfant un gouverneur piémontais et créa général des finances un Piémontais encore.

Si bien que ce mépris des autres sujets du prince

(1) *L'Homme au capuchon rouge. — Philippe-Monsieur.*

engendra une querelle formidable et que les rues de
Turin furent souillées de sang.

La chambre de Pierre du Terrail se trouvait au
second étage de l'hôtellerie, à la gauche de la tourelle en saillie dont nous avons fait une courte description dans un précédent chapitre.

Celle du prétendu marchand florentin était située
au premier étage, mais à la droite du tourillon.

Pierre du Terrail ne dormait point encore. Il vit
sur la maison voisine se projeter un filet de lumière
qui, passant à travers une ouverture des rideaux,
trahissait les occupations nocturnes d'Ortenzio.

L'enfant se mit à rire, et, se portant derrière le
vitrail, il attendit.

Bientôt, le grincement d'un châssis roulant sur
ses gonds troubla le profond silence qui régnait
dans cette partie de la ville.

Ortenzio, enveloppé dans un manteau, monta
sur l'appui de sa croisée, regarda dans toutes les
directions s'il était épié, puis, rassuré, il descendit
le long de la tourelle au moyen des sculptures, des
fleurons et des corniches qui se détachaient en re-
lief sur la muraille.

Il toucha le sol sans avoir fait le moindre bruit.
Alors il recula, jeta un regard sur la fenêtre derrière laquelle Pierre du Terrail suivait chacun de ses
mouvements ; n'apercevant aucune lueur, il pensa
que le jeune homme dormait du sommeil des justes.

8

Il prit sa course dans la direction du faubourg Saint-Léger, comme une heure du matin sonnait à l'horloge de la Cathédrale.

Il arriva devant une petite maison noire, lézardée, construite en charpentes et sommée d'un énorme toit d'ardoise pourrie; le rez-de-chaussée de cette masure était une taverne de bas étage, où les archers de la ville et les arquebusiers de Savoie venaient s'enivrer de compagnie. Aucune lueur ne transparaissait à travers les volets.

Ortenzio s'approcha d'une petite porte pratiquée à l'angle de la bicoque et frappa six coups régulièrement espacés.

Aussitôt la porte s'ouvrit, un homme sortit sans manifester aucun étonnement et suivit l'étranger à quelques pas de là.

— Tu veillais? demanda Ortenzio.

— Oui, Messire.

— J'aime ce zèle. Voici une lettre. Tu la porteras, dès l'aube, à Christophe Beaufils, au village de Plan-les-Ouates, et tu lui diras de laisser chez lui trois messagers toute la journée : j'en aurai peut-être besoin. Tu reviendras te mettre en faction en face de l'hôtellerie de *l'Homme sans tête*.

— Ce sera fait, Messire.

— Voici dix sequins de Gênes; si tu trahis, il y va de la mort.

— J'ai trop intérêt à être fidèle, Monseigneur.

— *Corpo di Bacco !* je ne trouverai donc jamais un dévouement désintéressé ! Presse-toi, mauvais drôle.

Ortenzio tourna le dos à son agent sans plus de cérémonie, et revint lestement sur ses pas, satisfait d'avoir su tromper l'envoyé du comte de Bresse et rempli sa mission de façon à mériter les éloges d'un diplomate émérite.

Comme il pénétrait dans la rue de Verdonne, il entrevit dans l'obscurité une forme noire, qui se coulait le long des maisons et semblait se diriger vers le Bourg-de-Four.

Il fit un pas en arrière et se cacha dans l'angle d'une masure.

Au bout de quelques minutes, il hasarda un coup d'œil : la rue était déserte. Il se mit en marche, arriva sans encombre à la porte de l'hôtellerie, et se disposa à remonter chez lui par l'échelle fleuronnée qui lui avait servi pour descendre.

Soudain une voix railleuse éclata à ses oreilles, et le pétrifia de honte à la fois et d'étonnement.

— Tiens ! disait cette voix, vous vous promenez, seigneur Ortenzio Platelli, et par ce temps orageux ? Tête d'étoupe ! vous avez des goûts particuliers !

Pierre du Terrail sortit de la tourelle, dont la porte entr'ouverte laissait voir, à la lueur d'une lanterne, les degrés de l'escalier.

L'Italien ne sut que répondre, dépité de se voir deviné, furieux d'une rencontre par trop bizarre pour n'être pas préméditée.

— Çà! reprit l'enfant avec une fine ironie, soyez moins modeste, mon cher, vous venez de chanter quelques sérénades à l'espagnole sous les fenêtres d'une bourgeoise folle des sonnets d'Italie?... amoureuse des confitures et des longues aunes de soie enroulées dans votre valise?.... Peuh! *Signor*, les vilains adoptent volontiers les usages des gentils-hommes!

Ortenzio reprit bien vite son sang-froid. L'adversaire jouait serré, il fallait être prompt à la riposte. Aussi répliqua-t-il avec un ton de voix doucereux, en appuyant ostensiblement le poing sur le pommeau de son épée:

— Hé! hé! mon jeune seigneur, vous en dites de belles... à votre âge! Non: j'ai la coutume de me promener souvent, la nuit, au clair de la lune, et j'ai agi ce soir comme si la blonde Phœbé eût illuminé le ciel de ses clartés argentées. D'ailleurs j'ai là une bonne rapière d'Andréa Ferrara, mon compatriote, et je saurais corriger d'importance le maltôtier, ribaud ou truand qui tenterait de me chercher noise.

— Tête d'étoupe! vous me regardez en disant cela comme si vous vouliez mettre flamberge au vent, reprit du Terrail en riant; je ne me laisserais pas embrocher comme une mauviette, Messer le marchand de Florence !

— Je n'en doute nullement, Monsieur le page. Et vous-même, quoique accablé de fatigue, après deux jours et deux nuits passés en selle, au lieu de faire dodo, vous battez le pavé ? Qu'en dirait votre maman ? Ne craindriez-vous pas, si nous étions à Turin, au lieu d'être à Genève, que le gouverneur des pages ne vous donnât les étrivières ? On ne frappe les gentilshommes qu'à la tête ; mais les pages...

Pierre du Terrail rougit. Ses lèvres se relevèrent, laissant entrevoir deux rangées de dents aiguës comme les crocs d'un jeune tigre. Il se ramassa sur lui-même et parut prêt à bondir en avant ; avant que l'Italien eût le temps de se mettre en garde, ses traits se rassérénèrent, ses muscles se détendirent, et il répliqua d'un ton dégagé :

— L'on dirait, mon cher, que vous jouez à me mettre en colère.!... Dites-moi combien se vend, à Florence, l'aune de satin mordoré. Je voudrais me faire tailler un pourpoint et l'orner de passementeries et de canetilles d'argent, avec une cape à manches bouffantes en velours tanné, cela ferait un gentil accoutrement de cour. Avez-vous dans votre boutique un assortiment en ce genre, maître Platelli ?

8.

— Bien sûr! Demain je vous montrerai mes marchandises.

— Est-il vrai qu'en Italie un noble peut faire le commerce sans déroger?

Ortenzio se troubla. La question était directe: il soupçonna que son vrai nom et sa qualité véritable n'étaient plus un secret pour le jeune garçon, et d'un ton sec il répliqua :

— Il y a des marchands, Messer, qui sont de plus haut parage que certains méchants cadets de ma connaissance.

Et, sans ajouter un mot, il rentra vivement et remonta chez lui, laissant Pierre du Terrail maître du terrain.

Ce dernier se mit à rire et regagna, toujours en riant, sa chambrette. Persuadé que cette nuit n'amènerait aucun autre événement, il se jeta sur le lit et dormit jusqu'au matin du sommeil de l'innocence.

Ce jeune homme, cet enfant de quinze ans, qui montrait une énergie, un courage, une puissance de volonté, une habileté politique à un âge où l'on songe plus à jouer à la paume qu'à poursuivre des missions diplomatiques, devait plus tard devenir ce Chevalier sans peur et sans reproche, ce foudre de guerre, ce Bayard, en un mot, auquel la ville de

Grenoble a élevé une si mesquine statue sur la place de Saint-André (1).

Pierre du Terrail était fils d'Aimon du Terrail, seigneur de Bayard, et d'Hélène des Allemands. Son trisaïeul mourut à la bataille de Poitiers, aux pieds du roi Jean; son bisaïeul périt à Azincourt, et son aïeul fut tué à Montlhéry.

La bravoure et la science militaires devaient donc être héréditaires dans une telle famille.

Cet enfant, capricieux, volontaire dans sa plus tendre enfance, devint un exemple de sagesse et de maturité lorsqu'il eut atteint l'âge de raison. Il joignait à une grande vivacité d'esprit un jugement sain, un cœur droit, une fermeté rare, qui firent pressentir en lui l'homme qui devait plus tard devenir l'une des gloires de la France.

Un jour, son oncle, l'évêque de Grenoble, Laurent des Allemands, l'amena au château de Chambéry, chez le duc Charles Ier, auquel il faisait visite. Le duc fut charmé de la gentillesse, des bonnes manières et de la modestie de Pierre. Il demanda à l'évêque de le lui donner pour page.

(1) Nous n'inventons point cette circonstance. L'historien de la province ecclésiastique de Savoie, Besson, dit en propres termes : « Après sa mort (celle de l'évêque François), Philippe de Savoye, son frère, qui était pour lors à Turin, dépêcha sur-le-champ pour Genève le chevalier Baïard pour y porter la nouvelle de la mort de l'évêque et recommander au chapitre, » etc. Bayard naquit en 1476: — il avait donc quatorze ou quinze ans en 1490.

— Monseigneur, répondit Laurent des Allemands en s'inclinant, l'oncle est à vous, le neveu doit bien vous appartenir. Je souhaite qu'il ait un jour le bonheur de rendre de bons services à Votre Grâce.

— Le présent m'est cher, dit le duc avec ce ton affable qui lui conciliait tant d'affection, et je prie Dieu que ce petit enfant marche sur les traces de ses ancêtres, dont je connais le nom et la bravoure (2).

« La cour de Charles Ier était une école parfaite d'honneur et de vertus. » Le fils de Bayard y reçut une brillante éducation. Le comte de Bresse le voulut prendre à son service et le fit recueillir dans sa maison lorsque le duc Charles mourut.

Ce fut là qu'il acheva de se fortifier dans la science et la vertu, et c'est peut-être à ces deux maîtres de sa jeunesse qu'il dut de parcourir une aussi glorieuse carrière et de mériter le surnom de *Chevalier sans peur et sans reproche.*

Le lendemain de cette nuit, qui fut remplie de tant d'événements mystérieux, cause première de faits plus graves enregistrés par l'histoire, dame Renée Maubuisson, vêtue selon sa coutume, avec une richesse de mauvais goût, vint s'asseoir au coin de la vaste cheminée de la cuisine.

De là, après avoir jeté un regard investigateur

(2) Guyard de Berville, *Histoire de Bayard.*

autour d'elle, elle se mit à surveiller les travaux auxquels vaquaient et son mari, et la Simonne, et Jobin Torchon, l'apprenti ; de temps à autre elle les gourmandait pour éveiller leur activité, mais sans daigner leur donner l'exemple, qui est la meilleure de toutes les leçons.

— Allons, disait-elle de sa voix aigre, vos casseroles ne brillent point, ma Simonne. Frottez ! frottez encore !... Vous irez voir tout à l'heure ce que maître Ortenzio Platelli désire pour son déjeûner...

Et à ce propos, mon mari, continua-t-elle en s'adressant à Philippe d'un ton plus gracieux, vous feriez bien, je pense, d'acheter une ou deux pièces de toile de Frise et quelques dix aunes de bon drap padouan pour le trousseau de notre fille... Hein !... Vous ne répondez pas, Philippe ?

Silence vaut acquiescement... Très-bien ! Vous l'achèterez. J'en suis sûre, si vous n'étiez pas toujours fourré avec ces minces bourgeois comme le meunier Gaspard, vous seriez la perle des époux.

— Jobin Torchon, veillez à votre sauce cameline et mettez-y du poivre, du vinaigre et des œufs, au lieu de me regarder des pieds à la tête comme si j'étais cette biche africaine que l'on montra, l'an dernier, hors la porte Cornavin.

L'écuyer de Pierre du Terrail entra sur ces entrefaites.

Le récit que Simonne avait fait à sa maîtresse, en l'habillant, de l'arrivée d'un jeune et beau seigneur, accompagné d'un seul serviteur, à l'hôtellerie de *l'Homme sans tête*, piqua la curiosité de dame Renée. Elle adressa donc à Josserand un sourire accompagné d'un signe de tête plein d'affabilité.

— Venez çà prendre un air de feu, sire écuyer, dit-elle ensuite en montrant un siége vide auprès d'elle. Il a fait cette nuit un orage qui rafraîchit singulièrement la température. Prendriez-vous bien un verre de vin épicé?

—Vous refuser serait chose grossière, ma respectable hôtesse... Eh! le soleil paraît vouloir montrer son nez derrière les brouillards. Nous aurons une belle journée.

— Vous avez fait un long voyage, la pluie sur le dos et les pieds dans la boue, reprit la bonne femme d'un air fin.

— Oui !... la route est longue de Turin ici. Le mont Cenis est déjà couvert de neige et le passage n'est pas des plus agréables.

— Vous venez de Turin en Piémont.

— Oui, dame hôtesse.

— De la cour, peut-être?

— De la cour

— Heureux êtes-vous de pénétrer en ces lieux interdits aux simples mortels ! comme dirait le petit Perceval, un poëte qui se vêt de chausses rapiécées. Et votre maître, quel est-il, mon brave écuyer ?

— Il se nomme Pierre du Terrail, héritier de la sirerie de Bayard.

—Ah ! Il est chevalier?

— Pas encore, non, bonne dame : il est page favori de Monseigneur Philippe de Savoie, comte de Baugé, de Lauraguais, de Villelongue, d'Asti, de Valentinois, de Diois, d'Alisio de Terranova, de Castel San-Angelo et de Castel-Dragone, seigneur de Bresse, de Dombes, de Valbonne, de Revermont, de Chassey, de Sagry, de Cusery, et de Sainte-Julie, chevalier de Saint-Michel et de la Toison d'or, grand-maître et grand-chambellan de France, gouverneur de Guyenne, de Limousin, des deux Bourgognes et de Dauphiné.

Cette énumération de titres sonores, prononcés avec emphase par Josserand, éblouit dame Renée.

— Voilà un bien grand seigneur, dit-elle d'un ton respectueux, et, s'il est aussi riche que noble, ce doit être plaisir de le servir. Faut-il que les uns aient tout et les autres rien? Je me contenterais, moi, de la plus petite et de la plus mesquine de ses seigneuries.

Le marchand montra son visage chafouin à travers la porte entre-bâillée.

Il avait tout entendu.

— Voilà un écuyer bien indiscret ! murmura-t-il. Est-ce par ordre?

VII

Comment Pierre du Terrail, après avoir trompé le Florentin, trompa le peuple, les chanoines, son prince, et finit par se tromper lui-même.

Il n'est rien qui se sache plus vite et plus sûrement qu'une mauvaise nouvelle; on se la dit à l'oreille d'abord, sous le sceau du secret, avec de minutieuses précautions, en suppliant le favorisé d'être discret, sérieusement discret; on la répète ensuite en famille ou dans un cercle d'amis, l'accompagnant de réticences, enjoignant un silence profond; de là, elle se répand peu à peu de maison en maison, d'une manière insensible; elle parcourt le quartier.

On la grossit, on la déforme, on la brode, on l'orne de jolis détails piquants.

Elle gagne de proche en proche, s'élance d'une rue à l'autre, vole, étonne celui-ci, confond celui-là, surprend telle commère, réjouit tel bourgeois; elle traverse la ville, circule dans les faubourgs,

9

remue tout le monde et produit son effet, éclatant enfin telle quelle, menaçante ou terrible, triste ou joyeuse…, et chacun nie l'avoir fait connaître, et chacun feint tout haut de l'ignorer, avouant néanmoins, à voix basse, avec un sourire mystérieux, à son voisin, que cette nouvelle pour lui date du siècle dernier, de la journée précédente, de la matinée même, — ce qui est tout un.

Pierre du Terrail envoya Josserand au prévôt du Chapitre, pour le faire prévenir de son arrivée et du but de son voyage.

L'on était aux aguets. Justine avait écouté aux portes, chez son maître. Antoine Fribert avait annoncé à ses fidèles la mort de Monseigneur l'Évêque.

Messieurs de Malvendaz et de Gerbaix dérogèrent à leurs coutumes prudentes et crurent pouvoir informer confidentiellement leurs amis de l'importante nouvelle.

Bref, l'on sut, avec la rapidité de l'éclair, que François de Savoie n'était plus de ce monde, et l'on devina que l'étranger arrivé la veille à l'hôtellerie de *l'Homme sans tête* intervenait au sujet de la future élection d'un nouveau prélat.

Il n'en fallut pas davantage pour jeter sur le pavé des rues de Genève une foule immense, et produire ce que l'on nommait alors une émotion populaire.

Au lieu d'aller à l'école, écouter docilement les doctes leçons de leurs maîtres, les écoliers retroussèrent bravement les pans de leurs robes, s'armèrent de gourdins et de courtes dagues à large lame, et se réunirent en groupes compactes sous les auvents des boutiques, aux abords des cabarets, dans les salles enfumées des tavernes.

Les artisans fermèrent leurs ateliers et se répandirent dans les rues, armés de haches, de marteaux de forge, de doloires, de tranchets bien aiguisés.

Les bourgeois se mêlèrent aux groupes, vêtus de leurs vieilles cuirasses rouillées, coiffés de casques bosselés et fort empêchés de se mouvoir sous ce lourd attirail de guerre.

Les femmes, suivant leur coutume, circulaient dans la cohue, le visage en feu, sans cesser un seul instant de parler et d'exciter les esprits par leurs discours dénués de bon sens, mais d'autant plus audacieux qu'elles étaient certaines de l'impunité.

D'aucunes, parmi ces commères, traînaient leurs enfants avec elles ; d'autres, faute d'enfants à tourmenter, portaient avec tendresse leurs chats favoris et le berçaient entre leurs bras, charmées de leurs ronronnements joyeux.

Il y avait les marchandes à la voix enrouée par d'incessants appels aux passants ; les femmes du marché au poisson, dont les vêtements exhalaient

une puante odeur de marée ; des commères hautes
en couleur, aux formes massives, vrais piliers am-
bulants, à la voix mugissante, aux gestes libres,
au costume délabré, malpropre.

Ravaudeuses de bas, laveuses de vaisselle, mettant leur talent au service du premier venu, buandiè-
res et fileuses de lin se massaient en bandes nombreuses sur le seuil des maisons. Çà et là passaient,
le visage hâve et les yeux cerclés de noir, des créatures vêtues richement et portant cette ceinture do-
rée qui fit naître un proverbe fameux.

Des laquais en livrée, des pages cachant sous des
capes en velours sombre leurs pourpoints de velours, des apprentis, déserteurs de l'atelier, des
commis, infidèles au comptoir, oubliant leurs divisions, leurs querelles, se confondaient amicalement
pour s'unir contre l'ennemi commun.

L'ennemi, là comme partout, c'était l'autorité.

Donc, les rues, les places, les carrefours, les
impasses, les culs-de-sac, les passages, les allées
de l'antique cité, regorgeaient de monde. Beaucoup
de gens s'empilaient sur les vasques taries des fon-
taines, grimpaient aux arbres desséchés, couvraient
les toits, s'accrochaient aux gouttières, aux gar-
gouilles, emplissaient les chariots abandonnés sur
la voie publique, se hissaient sur les auvents, s'ac-
coudaient aux fenêtres, aux balcons, aux créneaux,
partout enfin où pouvait prendre place une créature

humaine, si bien que le contenu paraissait immensément plus vaste que le contenant, problème soumis à l'appréciation des mathématiciens.

Il va de soi que cette multitude n'était pas sans mener grand tapage : s'agiter, se démener, courir, monter, descendre, frapper, sauter, bondir, grimper, marcher en silence, est un problème plus insoluble encore que le problème ci-dessus mentionné.

Interpellations, hurlements, cris et soupirs, vociférations, retentissaient sans relâche ni trêve. Les apprentis et les pages, enfants malicieux, insoumis, turbulents, apostrophaient avec beaucoup d'esprit peut-être, mais certainement sans aucune politesse, les gens affligés pour leur malheur de quelque difformité physique, et ceux dont le costume, la démarche, les traits, l'âge même, pouvaient prêter à quelque peu de ridicule.

Ces saillies, grossières souvent, provoquaient d'inextinguibles accès d'hilarité, des contorsions grotesques chez les spectateurs, et des reproches mêlés d'injures chez les victimes.

De bruyantes exclamations, le cliquetis des armes, les aboiements des chiens, les cris des enfants, le miaulement des chats éclataient en notes aiguës, sonores, sourdes, mugissantes, si bien que le tumulte était à son comble.

Cette foule remuante, sans cesse en mouvement, ressemblait à l'Océan agité par la tempête, et le fracas de ces bruits divers, s'unissant en un chœur formidable, rendait exacte cette comparaison.

Maintenant, pourquoi ce rassemblement inusité? Parmi la foule, personne vraiment n'aurait pu l'expliquer, à l'exception de quelques meneurs.

L'on descendait dans la rue parce qu'il y avait tumulte, et s'il y avait tumulte c'est que l'on était descendu dans la rue. L'on voulait faire tapage, crier, chanter, se divertir; mais l'on dédaignait s'occuper de la cause.

Beaucoup venaient pour ce motif que leurs voisins, leurs amis, leurs compères, leurs patrons, leurs servantes, leurs femmes ou leurs époux étaient venus.

Les filous et les voleurs, eux, savaient fort bien par quel mobile ils se mêlaient à la cohue. Tire-laine, ils enlevaient des manteaux ; coupe-bourses, ils brisaient les cordons des escarcelles les mieux gonflées.

Au seuil des cabarets, on buvait. Quelle franches lippées! Des tonneaux défoncés coulaient à flots les vins de la Maurienne et de la Combe-de-Savoie : Margillian, Rodour, Saint-Julien, Montmélian, emplissaient tour à tour les verres, et quand le disciple de Bacchus n'avait plus la force de tenir sa coupe fragile, il l'envoyait se casser en mille pièces dans la rue boueuse où piétinaient cent ivrognes comme lui.

Là se hurlaient tous les refrains orduriers, les

virelais obscènes, les couplets bachiques, rimés péniblement par les poëtes q ui cherchent à flatter les
goûts vils de la populace : chansonniers, hélas ! qui
prostituent leurs muses et dont la race — veuille
nous croire le lecteur — existe en France depuis
des siècles.

Une scène de ce genre se passait à la porte de
l'hôtellerie de *l'Homme sans tête*.

Philippe Maubuisson rayonnait; dame Renée,
sans vergogne, se pâmait de joie, ayant mis de
côté pour ce beau jour sa morgue et sa fierté :
angelots, blancs douzains, petits écus affluaient
dans le tiroir de la banque.

La grosse Simonne et Jobin Torchon, l'apprenti,
et le pâtre Christin et la vieille Benoîte, sa mère,
se démenaient, courant de la cave à la salle, du
garde-manger à la cuisine, et de la cuisine aux tables dressées dans la rue, ne pouvant suffire à la
besogne, geignant et suant sans murmurer, grâce
aux promesses de gratification faites dès l'abord par
le maître.

La foule débordait rue de Verdonne et dans les
voies adjacentes; l'acte premier de la comédie se
devait dénouer là.

Lorsque Pierre du Terrail, vêtu d'un somptueux
justaucorps de toile d'argent à crevés de velours
violet, coiffé d'un toquet chargé de plumes blanches,
monté sur un cheval andalou, caparaçonné de da-

mas noir brodé d'argent, apparut sous la voûte ogivale du couloir conduisant à la cour, des cris d'admiration l'acclamèrent.

Il était si beau, si fier, il avait si grande mine, que l'on ne s'apercevait nullement de son âge peu avancé : l'on ne vit plus l'enfant, mais l'homme.

Certes il y avait parmi ces pages, ces écoliers, ces apprentis, des garçonnets plus vieux que lui.

Au coin de la rue de Verdonne et de celle du Bourg-de-Four, un groupe composé d'une centaine d'individus resta sombre et morne.

C'étaient, pour le plus grand nombre, des adolescents imberbes, étudiants, jouvenceaux et varlets, à la tête desquels se trouvait un grand jeune homme, tout vêtu de blanc, malgré la rigueur de la saison, comme pour narguer les partisans de la maison de Savoie, déjà distingués par quelque marque de deuil.

Le visage de ce jeune seigneur dénotait un caractère violent, vindicatif. Un feu sombre éclairait ses yeux ; un sourire amer contractait ses lèvres ; son front, plissé de rides, se levait superbement.

Tout auprès de sa troupe, grouillait un ramassis immonde : faces patibulaires, trognes avinées, haillons sordides, corps dégingandés ou trapus, amas hétéroclite de grotesques, d'affamés, de bandits, lie de la lie populaire, fils des truands et des ribauds du siècle passé, ancêtres de ces mendiants

et de ces coupe-jarrets dont Jacques Callot devait
faire, deux cents ans plus tard, d'un trait de burin,
la caricature.

Une entente cordiale semblait régner entre ces
deux bandes, pourtant composées d'éléments hé-
térogènes.

Si les uns étaient partisans d'une idée politique,
religieuse ou sociale, s'ils représentaient un homme,
une fonction, un principe, les autres venaient là
mus par une haine sans cause, par l'amour du désordre, la rage d'être si bas, l'envie, la cupidité :
passions viles et lâches, qui veulent s'assouvir
et ne le peuvent que par l'émeute, le pillage, l'assassinat, les crimes innommables au milieu desquels s'accomplissent toutes les révolutions.

Lorsque Pierre du Terrail passa devant ces gens,
il se fit un grand silence.

Le seigneur vêtu de blanc fit un pas en avant,
ôta avec une lenteur calculée son gant de soie, le
lança aux pieds de l'ambassadeur, et s'écria d'une
voix retentissante :

— A toi ! champion de Savoie, je jette ce gant
et te défie à pied, à cheval, à la dague, à l'épée, à
la masse, à la hache !

Une clameur immense jaillit aussitôt du groupe
qui entourait l'audacieux jeune homme.

— A mort Savoie ! Compey ! Compey ! criaient
mille voix.

9.

La foule oscilla, s'ébranla, mugit, et redevint calme, immobile. Elle s'attendait à une catastrophe et ne voulait rien perdre du spectacle.

Bayard ne fronça même pas le sourcil, et la multitude applaudit par un murmure à son sang-froid, comme elle avait applaudi à l'audace de l'agresseur par ses cris.

— Peste ! dit-il d'une voix haute, voilà un garçonnet qui paraît avoir le duel facile ! S'il est Compey, l'amour du sang est héréditaire chez lui.

Cette allusion à l'assassinat de Bernard de Menthon par Philibert de Compey, oncle du jeune Urbain, et dont le procès durait encore, fit une profonde impression.

Le crime ne remontait pas à plus de dix ans.

Parmi les gens rassemblés là, il y en avait qui étaient allés demander justice à l'évêque Jean-Louis de Savoie, en portant le cadavre de la victime sur leurs épaules.

Ce sanglant souvenir suffit pour opérer un revirement dans l'opinion.

L'on était maintenant partagé entre Bayard et Compey : une seule goutte d'eau allait faire déborder le vase. Les deux adversaires le comprirent.

L'enfant serra la bride, et fit sauter son cheval par-dessus le gant, sans le toucher.

Furieux, Urbain de Compey s'élança d'un bond, et mit la main sur le bras du cavalier.

— Mon ami, est-ce à moi que vous en voulez ? interrogea Bayard, d'un ton calme.

— Non point à vous, mais à votre maître !

— Je n'ai pas d'autre maître que Dieu et notre seigneur et souverain le duc de Savoie. Haïr le premier, c'est être sacrilége ; haïr le second, c'est être rebelle, et alors, je ne ramasserai point votre gant, Monsieur de Compey, car sacrilége ou rebelle vous appartenez à la justice, et c'est affaire du bourreau de vous punir.

Cette réponse altière flattait les instincts na.urels de droiture du peuple, sa passion pour tout ce qui est jeune, aventureux, hardi.

La fermeté de l'ambassadeur fit contre-poids à la rudesse de l'assaillant, et les partisans même de ce dernier parurent intimidés.

Compey recula, vaincu par ce fantôme du pouvoir qui se dressait entre du Terrail et lui.

L'humiliation lui fut pénible : ce n'est pas en vain que l'on châtie l'orgueil d'un adolescent.

Le courage lui manqua.

Il se baissa, ramassa le gant souillé de boue, le serra un instant dans ses mains crispées, tandis que deux larmes de rage sillonnaient ses joues blêmes; poussant un cri rauque, il le lança au visage de Pierre, se replongea au sein de la foule stupéfaite et disparut.

— C'est dommage! dit froidement Bayard, un tel

homme devrait chercher à mourir ailleurs que sur un échafaud.

Puis il poursuivit son chemin, droit en selle, le point sur la hanche, distribuant à droite, à gauche, des sourires gracieux, des saluts affables.

— Voilà un gaillard fort capable de nous tailler des croupières, murmura l'un des partisans de Compey.

Celui qui venait de parler n'avait cessé, pendant toute la scène précédemment décrite, de donner des marques d'une colère violente. Il fronçait les sourcils, frappait du pied, haussait les épaules, grondait, poussait du coude ses voisins avec une impatience nerveuse.

Il paraissait âgé d'une cinquantaine d'années.

Ses traits réguliers, doués d'une beauté virile, dénotaient une origine que démentaient ses vêtements d'étoffe commune, taillés selon la forme adoptée par les classes laborieuses.

Dans son regard fixe perçait l'habitude du commandement ; il portait la tête haute ; son front large, couvert d'un réseau de rides imperceptibles, décelait un penseur, comme ses mains blanches, mais fortes, un soldat gentilhomme.

En lui, tout imposait le respect, malgré les apparences vulgaires qui lui faisaient un masque.

— Où diable Philippe-Monsieur va-t-il chercher ses ambassadeurs ? pensa-t-il en fendant la foule.

Ce jouvencel est très-fort, sur ma foi ! Peut-être aurons-nous un jour à compter avec lui.

Il interrompit ce soliloque pour donner des ordres à quelques gens disséminés çà et là, en qui un observateur eût facilement reconnu des soudards déguisés.

Un mot prononcé d'une voix basse, un geste, un regard, suffirent pour lui frayer un chemin, et disperser les masses groupées autour de lui.

Cet homme était évidemment le chef des partisans de Compey, peut-être celui d'une faction occulte qui n'attendait que le moment propice pour se montrer au grand jour et faire l'émeute.

Il se mit à la poursuite du jeune seigneur, et, sans doute en signe de reconnaissance, il piqua sur son épaule un large nœud de rubans jaunes.

D'un côté, le syndic des menuisiers-tabletiers, Antoine Fribert, haranguait, avec animation, avec ardeur, avec enthousiasme, le meunier Gaspard, Talichet et nombre d'autres bourgeois.

Au fond, l'on ne savait pas bien en faveur de qui maître Fribert prenait la parole. Six ans auparavant, il avait refusé de faire participer les corporations, où son influence s'exerçait, au triomphe de François. Aujourd'hui, il semblait défendre es intérêts de la maison de Savoie et soutenir son candidat.

— Mes amis, disait-il, Son Altesse a compris nos

besoins et nos désirs. Au lieu de nous donner un prince de sa famille, un courtisan léger, gracieux, mais inféodé au souverain, elle nous propose un homme du peuple, un vieillard disert, savant, pieux et charitable, qui n'ignore aucune de nos misères, les ayant éprouvées dans son enfance, Messire Antoine Champion, déjà évêque de Mondovi.

Un murmure d'approbation se fit entendre. La multitude obéissait à la voix de l'un de ses amis les plus respectés; les dispositions hostiles s'évanouissaient; le caméléon changeait une fois encore de couleur.

— Bourgeois! s'écria l'homme aux couleurs jaunes, on vous leurre, on vous trompe; Antoine de Champion est l'un des plus dévoués serviteurs de notre duc. Il fera de vous des esclaves; n'écoutez point le patelinage de ce manant!

Sur ces mots, il disparut, suivi de près par Ortenzio d'Imola, qui, masqué à la mode vénitienne et drapé des plis étoffés d'un épais manteau, courait de groupe en groupe, écoutant les propos, soulevant des objections, cherchant en un mot à saisir les milliers de fils qui faisaient mouvoir ces milliers de marionnettes.

Cette courte phrase, prononcée d'un ton incisif, railleur, par un inconnu qui pouvait être un ennemi, réveilla toutes les fureurs de cette hydre à cent têtes.

Ces faces rubicondes pâlirent; ces lèvres char-
nues grincèrent; ces inoffensifs bourgeois rugirent.
Maître Fribert dut se taire et subir la honte d'une
défaite. Une immense clameur le déclara vaincu.

L'on ne voulait plus entendre parler du candidat
savoyard. Celui-ci objecta timidement que Champion avait été un sénateur; celui-là mit en doute ses
vertus; un troisième enchérit. Si bien que rue de
Verdonne l'évêque de Mondovi se transformait en
un politique hargneux; trente pas plus loin, c'était
un avare, un ambitieux, un plat valet; au cœur du
faubourg, on en faisait un ogre avide de sang.

L'opinion se basa sur ces folles calomnies. Les
agents de Compey eurent alors beau jeu.

La multitude se dénoua comme un serpent immense tacheté d'une infinité de couleurs. Elle en-
toura les honnêtes bourgeois soucieux des intérêts
de la commune, les siffla, les hua, les accabla de
quolibets et d'injures.

Les buveurs abandonnèrent pour un instant les
cabarets, et vinrent montrer leurs visages enlumi-
nés, leurs yeux hagards, mêler des rires idiots, des
hoquets ignobles, aux vociférations des émeutiers.
La bagarre fut de durée.

Las de crier, enroués, essoufflés, ces gens allè-
rent se ranger devant la maison du prévôt, où
Pierre du Terrail venait d'entrer, et, devenus silencieux, ils attendirent.

Les chanoines étaient rassemblés dans la salle
même où la veille Messire Guillaume de Fitignié
conférait avec ses amis. Gerbaix, Malvandaz et
Gavit étaient là, avec les autres membres du chapitre, Messieurs de Viry, de Sacconay, de Divonne,
de Charansonnay, d'Arlod, de la Biollée, de Lornay, de Villiers, de Saint-Amour et de Rossillon.

— Bonjour, Messieurs, dit en entrant Bayard,
qui se découvrit.

Puis, s'étant assis, il fit part aux chanoines du
but de son voyage, et la discussion commença.

Le candidat présenté par la maison de Savoie,
eût-il été saint, devait déplaire aux mandataires
du clergé, précisément parce qu'il était appuyé par
des princes dont on avait force raisons de se méfier.

Dès les commencements du xiᵉ siècle, les bourgeois de Genève reconnurent que depuis quatre
cents ans, sous la puissance de l'évêque, eux et
leurs prédécesseurs avaient reçu doux et aimable
traitement, et ils s'engagèrent à soutenir son pouvoir temporel, envers et contre tous. De son côté,
l'évêque promit, en son nom et pour ses succes-
seurs (1), de ne jamais céder ce pouvoir à qui que
ce fût. L'on craignait un empiétement de la dynastie savoyarde, et l'on évitait avec soin de lui en
fournir les moyens.

(1) Louis Veuillot, *Pèlerinages de Suisse*, édition Mame.

Il y avait là une erreur. Genève, appartenant à ces princes, aurait eu certainement de plus brillantes destinées que celles qui en ont fait, après trois siècles de luttes, de révoltes, de guerres, le quartier général de la Révolution cosmopolite et le royaume, taillable et corvéable à merci, de la dynastie Carteret.

Pendant que les chanoines délibéraient, Louis de Gerbaix prit à part le jeune ambassadeur, et lui dit :

— Monsieur du Terrail, vous commettez une inconséquence, et votre maître, une erreur. Vous proposeriez au peuple de Genève un saint, venant de votre main, il le refuserait. Feignez de vous laisser corrompre et suivez le mouvement, au lieu de le contrarier. Vous y gagnerez, nous aussi.

— Qui ? demanda finement Bayard, en jouant avec les pointes de ses aiguillettes.

— Notre candidat est le protonotaire d'Aix.

— L'abbé de Bonnevaux ?

— Oui.

— Ah ! c'est donc pour cela que je vis tout à l'heure M. de la Chambre courant les rues, emmitouflé dans sa cape. Il travaillait pour le cousin. Nommez Seyssel, révérend père, nommez-le ! Je ne m'y opposerai point, et même, s'il vous faut mon appui....

Gerbaix fit une profonde révérence au page du

comte de Bresse, et revint prendre sa place auprès
du chanoine de Malvendaz, qui lui lança un regard
plein d'anxiété :

— Hum ! murmura Gerbaix, d'une voix à peine
distincte, il a consenti, mais trop facilement. Je
crains un piége.

— Messieurs, dit Pierre du Terrail, je crois que
Messire Antoine de Champion, quoique fort galant
homme, ne possède pas vos sympathies, et j'ai
peur qu'il n'obtienne pas davantage vos suffrages.
M'est avis de prendre un terme moyen. Vous plaira-
t-il nommer l'abbé de Bonnevaux, Messire le protonotaire Charles de Seyssel ? J'ai pleins pouvoirs
pour arranger cette affaire.

Un mouvement de stupéfaction accueillit cette
brusque ouverture.

Les diplomates n'étant point accoutumés à la
franchise, l'on y vit une provocation indirecte à un
acte qui pouvait être, plus tard, taxé de désobéis-
sance, sinon de haute trahison.

Les chanoines se concertèrent, émus de la nouvelle phase dans laquelle entrait la difficile question qu'ils étaient appelés à résoudre.

Après un entretien court, mais animé, le prévôt
vint droit à Bayard et lui dit avec un accent d'in-
différence bien joué :

— Messire, nous n'avions rien à dire contre le
choix fait par Monseigneur le comte de Bresse ;

pourtant de trop graves intérêts sont engagés dans ces débats pour que nous ne laissions pas s'exprimer toutes les opinions. Le chapitre demande un sursis. Nous ne voulons point agir précipitamment et, pour ainsi dire, à l'improviste. Ce soir, Messire, l'élection sera faite, et j'aurai l'honneur d'aller moi-même vous en apprendre les résultats.

Ces paroles fort habiles contenaient une demi-promesse, et ménageaient au politique seigneur de Fitignié plusieurs échappatoires.

Pierre du Terrail ne discuta rien. Il préféra se retirer et attendre avec patience l'issue de ses négociations.

Un coup d'œil de M. de Gerbaix l'avertit que le succès était certain et qu'il n'eût à craindre aucun incident fâcheux.

Il sortit donc, après avoir salué de la meilleure grâce du monde la pieuse assemblée.

VIII

**Comme quoi Pierre du Terrail trouva d'excel-
lentes raisons pour justifier sa félonie.**

Le peuple de Genève attendait avec impatience
que l'envoyé de Philippe-Monsieur sortit de la
maison prévôtale et lui fit connaître le résultat de
ses négociations et la solution des graves difficultés
que présentait l'élection de son nouveau prince.

Son attente fut vaine, et son espoir déçu ; Josserand l'écuyer vint chercher le cheval de son maître
et le mena par la bride à l'hôtellerie.

Grâce à dame Justine, Pierre du Terrail s'était
dérobé aux importunités de la foule en s'évadant
par une porte de derrière, située au bout d'un dédale
de corridors et de couloirs ; cette issue secrète
ouvrait sur les derrières de la maison Maubuisson.

L'enfant ne manqua pas de relever exactement
les différents passages, nota dans sa mémoire les

lieux où ils aboutissaient, examina la structure des serrures, en les faisant jouer comme par distraction.

Désappointée, la multitude se répandit çà et là.

De nouveau les commères se réunirent en conciliabules devant les portes ; les cabarets s'emplirent de buveurs ; les écoliers coururent les ruelles ; artisans et bourgeois s'assemblèrent sur les places, prêts à tout événement.

En rentrant dans sa chambre de l'hôtellerie de *l'Homme sans tête*, le page du comte de Bresse y trouva nombreuse compagnie.

Dans l'embrasure d'une fenêtre, à demi caché derrière les rideaux, se tenait debout un homme à l'air souffreteux, pâle, assez maigre, dont le visage plein de noblesse exprimait néanmoins la bienveillance et la douceur.

Ce personnage portait une soutane de drap noir, usée, blanchie sur les coutures, sans aucune broderie ni ornements, sur laquelle se drapait un pauvre camail à capuchon.

Ce costume révélait ou la plus honteuse parcimonie ou l'habitude de si bien songer aux autres que l'on oubliait de songer à soi.

La dernière de ces hypothèses était la véritable.

Messire Charles de Seyssel, ou le protonotaire d'Aix, comme on le nommait communément, se dépouillait de tout en faveur des pauvres ; sa charité, son abnégation n'étaient ignorées de personne, et souvent on en abusait.

Auprès de la cheminée, deux autres individus, commodément assis en de grands fauteuils à doseret, se chauffaient. Ils se jetaient l'un à l'autre des regards investigateurs, échangeaient par intervalles quelques monosyllabes ; mais chacun d'eux semblait deviner en son voisin un ennemi.

Reconnaissons d'abord le seigneur Ortenzio d'Imola, cet Italien souple, fin, dissimulé, qui se cachait sous un nom d'emprunt, abritant sa cuirasse de noble chevalier sous la casaque d'un marchand de Florence.

L'autre était ce personnage aux traits accentués que nous avons vu parcourir les rangs pressés de la foule, excitant à la révolte, et portant sur l'épaule, en signe de ralliement, un nœud de rubans jaunes.

Il avait dépouillé son déguisement et apparaissait maintenant sous le costume d'un grand seigneur; un magnifique pourpoint de velours de Gênes couleur amarante, enserrait son torse robuste. Des chausses tailladées, en drap d'or frisé, à crevés de satin vert, retombaient sur des bottes de cuir parfumé, brodées de fils d'argent. Une chaîne de pierreries chatoyait sous son col rabattu à l'italienne.

Il avait fière mine sous ce riche harnois, comme

s'exprimait le naïf langage de l'époque, mais au lieu d'une légère épée de parade, pommeau ciselé par quelque habile orfèvre, il portait une longue rapière à poignée d'argent, lourde, sans élégance, et d'une solidité à toute épreuve.

Ortenzio et M. de Seyssel se levèrent lorsque Bayard entra dans la chambre.

Le seigneur, lui, resta assis, en homme accoutumé à recevoir des hommages, et non point à en rendre.

Pierre du Terrail fronça le sourcil :

— Bonjour, Maître Platelli, dit-il brièvement; Monsieur le protonotaire, je suis votre serviteur....

Puis, s'approchant de l'étranger, qu'il avait reconnu depuis longtemps, il feignit un profond étonnement, et s'écria avec un accent respectueux :

— Quoi! Monseigneur le comte de la Chambre ici! Ah! Monseigneur, croyez que je l'ignorais : je ne me fusse point permis d'offrir mes devoirs à qui que ce fût avant d'avoir eu l'honneur de vous baiser la main.

— Monsieur le page, répliqua le grand seigneur avec une bonhomie trop excessive pour être sincère, depuis quand les princes envoient-ils des enfants en ambassade, s'il vous plaît?

— Depuis que les hommes d'âge font la guerre à leur souverain, n'en déplaise à Votre Seigneurie.

Le comte se mordit les lèvres, à cette allusion

faite si brusquement aux embarras suscités par sa
turbulence aux ducs de Savoie, contre lesquels il
s'était révolté plus d'une fois.

Bayard traîna un fauteuil auprès du feu, s'assit,
et regarda fixement son interlocuteur.

Celui-ci fut troublé par ce calme, ce sang-froid
auxquels il ne s'attendait guère. Il espérait avoir
affaire à un enfant timide, plus au fait des menues
intrigues de cour que des machinations politiques;
à un muguet facile à détourner de son chemin, prêt
à succomber au moindre piége, et il se trouvait en
face d'un adversaire à sa taille, rompu aux finesses
du langage, sans passions, dont la franchise pouvait déconcerter tous ses plans.

Le protonotaire d'Aix ne disait mot; accoudé à
l'angle de la cheminée, il étudiait ces trois figures,
intéressantes chacune à un point de vue différent.
Ce rôle passif convenait à son caractère. Humble
de cœur, timoré, il eût craint de commettre un péché
d'orgueil en s'immisçant dans un débat duquel il
devait être l'objet. Il attendait, confiant en l'habileté de son parent, heureux de voir admis en tiers,
dans cette conférence, Ortenzio Platelli, de qui la
présence empêcherait qu'elle ne dégénérât en dis-
pute. Il s'estimait d'ailleurs bien aise qu'un témoin
auriculaire pût déposer en sa faveur, le cas échéant.

—Damoiseau du Terrail, reprit le comte après
un instant de réflexion, je ne suis pas un diplomate,

10

mais un soldat. Je m'entends mieux à manier l'épée
que la parole, et je dédaigne, comme indignes de
mon rang, les ruses des gens de robe. Je vous le
dirai donc franchement, je viens ici pour assurer à
Monsieur mon cousin de Seyssel l'évêché de Genève.

— Oh ! répondit Bayard avec un geste d'étonnement, ne savez-vous pas....

— Philippe-Monsieur de Savoie, interrompit l'Italien, veut désigner Messire Champion, son ami.

— Je le sais, reprit Louis de la Chambre, et je
prends la liberté de vous faire observer, mon
maître, que je ne m'adresse pas à vous. Monsieur
du Terrail, vous êtes jeune, vous avez de l'esprit,
et vous me plaisez. Que diriez-vous d'une châtelle-
rie dans ma comté, d'une place dans mes grandes
compagnies ?

— L'une et l'autre charge m'honoreraient infini-
ment, gracieux seigneur, surtout si je les devais au
mérite.

— En servant la maison de la Chambre, vous
acquerrez une prompte fortune; à votre âge on est
ambitieux.

— Oui ; mais en restant fidèle à mon prince, je
conserverai le seul bien de ce monde qui soit im-
périssable : l'honneur.

— Bien dit ! s'écria le prétendu marchand florentin avec un sourire de triomphe.

Louis de la Chambre fronça le sourcil ; ses traits revêtirent une expression de suprème hauteur ; il darda sur Ortenzio un regard plein de dépit, et reprit, en comprimant l'éclat de sa colère :

— Ma famille, Monsieur, a toujours noblement servi l'autorité. Ne l'oubliez pas, elle remonte aussi haut que la lignée ducale ; Aymon de la Chambre et le comte Humbert aux blanches mains, égaux par le rang, signèrent tous deux une donation au prieuré du Bourget, en 1097. Richard de la Chambre fut caution de Thomas de Savoie...... Nous sommes alliés à toutes les races royales, et, pouvant être princes (1), nous préférons être comtes ; un *haubeau* (2) de Dauphiné peut donc se mettre à notre solde sans déroger.

— C'est vrai, magnifique seigneur, dit Bayard, que la fierté de la Chambre blessa, car vos ancêtres ont commencé par être des varlets, et tout chevalier doit d'abord être page.

— Voyons, reprit le comte d'un ton conciliant, ne nous faisons point une querelle de mots. Je veux que Monsieur mon cousin soit évêque de Genève et devienne chancelier. Pour moi, je veux la charge

---

(1) *Un altro punto rilevantissimo,* dit Muratori, *sia che essere conte, marchese, o duca, era lo stesso che essere principe.*

(2) On désignait la dernière classe de la noblesse sous le nom d'*haubeaux*, mot dérivant du *haubert* ou chemise de mailles dont tout homme de guerre devait être revêtu. Marquis Costa, *Mémoires historiques,* tome Ier, 196.

de maréchal, qu'ont tenue mon aïeul et mon oncle (1).

— Que ne voulez-vous aussi, reprit Bayard avec un accent railleur, le gouvernement de Savoie pour votre beau-frère Chalant, et les autres grands offices de la couronne pour le reste de votre parenté ? Votre ambition ne me déplaît nullement, sire comte : c'est la passion des grandes âmes. Seulement Son Altesse a deux ans à peine ; le pouvoir est aux mains de sa mère, une femme de vingt ans !

— Non, le maître c'est aujourd'hui Philippe Sans-Terre.

— Oui, votre plus cruel ennemi. Or, Monseigneur, le comte de Bresse ne donnera pas les sceaux et la masse à Monsieur de Seyssel, le bâton de maréchal à Monsieur de la Chambre. En conséquence, pour aboutir au but, vous devez d'abord anéantir le pouvoir du comte de Bresse, et, pour ce faire, il le faut mort. Donc vous conspirez !

— Eh bien ?

— Vous avez superbement prononcé ce mot-là,

(1) La charge de maréchal de Savoie fut instituée par le Comte vert, Amédée VI, en 1350. Il n'y en avait d'abord qu'un seul, puis deux. Cette dignité correspondait à celle de connétable, en France. Il y eut seize maréchaux, tous appartenant à la plus haute noblesse, de 1350 à 1557, époque où la charge fut supprimée par un édit d'Emmanuel-Philibert. En 1730, elle fut rétablie par le roi Victor-Amédée. et enfin le roi Victor-Emmanuel la supprima par une loi du 7 juillet 1851. Le dernier maréchal fut Victor-Amédée Sallier, comte de La Tour, chevalier de l'Annonciade, mort en 1858.

Monseigneur!... Vous conjurez la mort de mon maître, par félonie, par trahison, et vous venez me proposer, à moi, son page, son favori, d'être votre complice!... Ah! vous aviez raison : vous maniez l'épée mieux que la parole... Vous êtes soldat, non diplomate!... Et si je vous dénonçais?

— Vous êtes gentilhomme! s'écria vivement le comte en lui tendant la main.

Pas un muscle de son visage n'avait bougé; il demeura impassible, altier, la tête haute devant une menace qui, réalisée, le pouvait conduire à l'échafaud.

Charles de Seyssel, blême de terreur, effaré, ne remuait non plus qu'une statue.

—Oui, poursuivit le comte avec mélancolie, j'avais rêvé de grandes choses. Notre pays est, depuis le règne du feu duc Louis, le point de mire des ambitions de nos voisins. La France voudra s'emparer de la Savoie, pour se donner des limites naturelles du côté de l'Italie. Nos Alpes sont de puissants remparts !... De son côté, la Suisse aimerait à prédominer chez nous. En portant le dernier coup à Charles de Bourgogne, elle s'est assuré le triomphe, et nous la verrons, quelque jour, se gouverner par elle-même... Ces montagnards sont affamés de liberté. La maison de Savoie nous abandonne ; elle tend à absorber les États italiens, et voudrait se tailler un royaume au delà des monts.

10.

Ne voyons-nous pas les Piémontais, favorisés, devenir peu à peu les maîtres de nos maîtres ?

L'agent secret de M. de Bresse et Pierre du Terrail, subjugués par la parole facile du comte, éloquent à son insu, écoutaient cette appréciation nette et franche de la situation. Un sentiment d'admiration pour les pensées à peine indiquées de cet homme, blanchi sous le harnais, bronzé par trente ans de luttes opiniâtres, les dominait, pour ainsi dire, malgré eux.

—Continuez, murmura le faux marchand, continuez, Monseigneur ; vous nous intéressez plus que je ne puis dire.

—J'avais espéré, reprit Louis de la Chambre, créer à ma patrie de nouvelles destinées, la défendre contre ses propres souverains, contre la France, notre éternelle ennemie. Je hais ces Français vantards, brillants, superficiels ; ils s'imaginent que tout ce qui ne se fait pas en France, ou n'est pas approuvé par la France, est absurde ! Nous verrons bien...

Mais, ajouta-il avec un accent de tristesse, que puis-je faire ? Je ne suis rien. L'on tient ma famille à l'écart : Madame la régente m'honore de sa disgrâce. Ah ! si j'avais l'épée de maréchal de Savoie, moi qui refusai à Louis XIe celle de connétable de France, après la mort de Saint-Pol!... Si j'avais, pour m'aider en ma tâche, un chancelier intelligent, véritablement homme d'Etat ..., je rompais en visière aux prétentions de la fleur de lis... je refoulerais dans leurs vallons et leurs gorges les rustres sauvages d'Helvétie, je maintiendrais haut le noble étendard de mon pays, cette noble Croix blanche, vieille de trois siècles, et je saurais protéger, en sujet dévoué, la couronne de mon prince, qui est mon égal par la naissance, mais auquel Dieu confia le pouvoir ! ...

Il s'était redressé en prononçant d'une voix vibrante ces nobles paroles ; ses yeux brillaient d'un vif éclat ; son front s'empourprait, et le sang, affluant à ses tempes, précipitait sa course et gonflait ses veines, saillant en bleu sombre sur la peau. Il était beau ! ... Sa rude figure de soldat, hâlée par la vie des camps, couverte de rugosités dues aux intempéries du climat, resplendissait d'orgueil, d'énergie, de grandeur. Cette exaltation dura peu ; il se sentit vaincu, baissa la tête et pleura.

— Monseigneur, s'écria Bayard ému, je voudrais que tous nos compatriotes vissent couler ces larmes généreuses, et que tous entendissent vos paroles, dictées par un amour profond, sincère, ardent de la patrie commune. Vous me demandez mon concours, je vous l'accorde. Allez chez le prévôt de Genève et conduisez avec vous Monsieur le protonotaire. Dites aux révérends chanoines....

— Monsieur du Terrail, interrompit Ortenzio, terrifié de voir ses desseins anéantis, vous n'y pensez pas !

— J'y pense beaucoup, au contraire, maître Ortenzio Platelli, riposta l'adolescent en pesant fortement sur ces dernières syllabes. Monsieur de la Chambre peut aller dire au chapitre que, moi, Pierre du Terrail, j'approuve pleinement l'élection à survenir de Charles de Seyssel, soit en mon nom propre, soit en celui de Philippe de Savoie.

La façon dont ces quelques mots furent proférés prévint toute réponse.

Louis de la Chambre ne répondit pas ; il s'élança au cou de Bayard, l'embrassa à plusieurs reprises, et se précipita hors de l'appartement, suivi de son cousin, lequel n'en pouvait croire ses oreilles.

Il a trop été question jusqu'ici des seigneurs de la Chambre pour que nous puissions nous dispenser de donner quelques détails historiques sur cette illustre maison, et nous le ferons avant de rapporter ce qui se passa entre le page de Monsieur de Bresse et l'homme envoyé pour le surveiller.

Le bourg de la Chambre est situé dans une large vallée, au sortir de Saint-Jean-de-Maurienne. C'est un gros village, fort sale et fort mal bâti, faisant tache au milieu d'un beau paysage, et dominé par un escarpement de rochers, se détachant d'un contre-fort des Alpes sur lequel s'élevait le château des marquis dont on voit encore aujourd'hui les décombres.

Dès l'an 1097, la maison de la Chambre apparaît dans l'histoire. Elle portait pour armoiries : *d'azur semé de fleurs de lis d'or, avec une bande de gueules brochant sur le tout*; avec la devise : *Altissimus nos fundavit.*

Alliée à la royale maison de Saxe, aux Miolans, aux Morestel, aux princes de Savoie-Orange, aux marquis de Fiesque, aux Chalon et aux Saluces, elle se fondit en 1425 dans la famille de Seyssel par le mariage de Marguerite de la Chambre avec Jean de Seyssel, seigneur de Barjact et de La Rochette, maréchal de Savoie. Le fils issu de ce mariage fut substitué aux noms et armes de sa mère. Il épousa Marie de Savoie-Raconis, au frère de laquelle il donna sa sœur Catherine en mariage.

La maison de Seyssel, d'antique extraction, possédait l'une des quatre grandes baronnies de Savoie, celle d'Aix.

Elle descendait aussi de la race ducale par Jeanne de Savoie, femme d'Aimé de Poitiers Saint-Vallier (1), dont la fille épousa un Seyssel.

Elle portait : *gironné d'or et d'azur de huit pièces*, avec cette noble devise : *Franc et Léal.*

C'était donc un fort grand seigneur que Louis de

(1) C'est de la même famille que descendait la célèbre duchesse de Valentinois.

Seyssel, comte de la Chambre, de Leuille et de Dammartin, vicomte de Maurienne, vidame de Genève.

Veuf en premières noces de Jeanne de Chalon, fille du prince d'Orange et d'Éléonor d'Armagnac, il avait ensuite épousé Anne de la Tour-Boulogne, veuve d'Alexandre Stuart, duc d'Albany, prince du sang royal d'Écosse, fille du comte d'Armagnac et d'une la Trémouille.

Ces liens de parenté avec les plus illustres familles de France, le rendaient puissant à l'égal d'un souverain.

Il n'était rien qu'il ne pût entreprendre à l'aide de tels appuis.

Riche, aimé de ses vassaux, populaire, il pouvait devenir un ennemi dangereux et lutter avec avantage contre le pouvoir lui-même et l'Etat (1).

Cette digression héraldique achevée, revenons à notre histoire.

Le marchand florentin, après le départ subit du comte et de son parent, ne chercha plus à dissimuler ses sentiments. Il paraissait exaspéré. Dar-

(1) Louis de la Chambre, fut père d'un illustre prélat, Pierre de la Chambre, évêque de Belley et de Boulogne créé cardinal du titre de Saint-Martin aux Monts, par Clément VII, en 1553, présida les Etats-généraux en 1529, participa aux affaires les plus importantes de l'Eglise sous Paul III et Jules III, et mourut à Rome, évêque de Frascati, en 1550. Le marquisat de la Chambre appartient actuellement à la famille piémontaise de Cagnol, devenue française par l'annexion.

dant sur Bayard des regards furieux, il attendait un mot pour laisser éclater sa colère.

L'enfant lui répondait par une attitude railleuse. Les bras croisés sur sa poitrine, il affectait une insouciance moqueuse, et gardait le silence, ne voulant pas donner un avantage à son adversaire par quelques paroles imprudentes.

— Çà ! petit serpenteau ! s'écria enfin Ortenzio, vous avez fait de la belle besogne, *per Mercurio*, dieu des voleurs ! Je m'en vais de ce pas....

— Ecrire au comte de Bresse, interrompit Pierre du Terrail. Le métier d'espion sied aux cousins de Savoie, Messire Ortenzio d'Imola !...

L'Italien demeura comme pétrifié en voyant son secret découvert. Décidément, cet enfant ne pouvait être vaincu.

— Ah ! ah ! poursuivit-il avec un accent plein d'une mordante ironie, vous avez cru, Messire, être si bien caché, que personne au monde ne devinerait un si noble personnage sous le déguisement dont vous vous affublez. Détrompez-vous. Si M. de la Chambre n'a pas su vous reconnaître, vous ne m'avez pas trompé un seul instant. Je connais, depuis mon arrivée, votre nom, et vous n'avez pu me celer aucune de vos démarches. A trompeur trompeur et demi !

— Eh ! que m'importe ? s'écria l'agent secret avec un sourire de défi, tout est perdu maintenant.

Nous verrons si Monseigneur pardonnera la trahison, drôle.

— Je crois que vous perdez le respect! répliqua Bayard d'un ton digne. Monsieur d'Imola, vous avez été joué!...

— *Corbacco*! je le sais bien.

— Et vous me croyez capable de félonie? Allons, vous n'êtes point habile, pour un Italien de.... Florence!

— Que voulez-vous dire? demanda Ortenzio, étonné de cette désinvolture et de cette liberté de langage.

— Vous êtes un sot, mon maître. Vous figurez-vous donc que j'allais me faire un ennemi mortel du comte de la Chambre en lui taillant des croupières? Eh! c'eût été perdre tout!.. La maxime la plus grande en politique est celle-ci : Diviser pour régner. Il est de l'intérêt de nos princes que Genève soit en proie à des troubles à chaque époque d'élection. Les Genevois finiront par se fatiguer de ces luttes continuelles, et se soumettront pour avoir la paix. Nous n'avions pas de concurrent. Le chapitre allait élire le bonhomme Champion, ne sachant quel homme lui opposer. Sur le conseil de mon ami, l'abbé de Gerbaix, qui veut une place au Sénat, j'ai lancé la candidature de Seyssel. Eh bien! ne voyez-vous pas, homme aveugle, qu'avec deux hommes de parti, comme la Chambre et ce petit Urbain de Compey, nous inaugurons une guerre civile?

— Et s'ils réussissent.

— Allons donc!

— Monsieur du Terrail, vous deviendrez un grand homme.

— Je le sais bien. Savez-vous, Monsieur d'Imola, quel bénéfice résultera pour le prince du choc de ces ambitions? Monseigneur ne savait par quel moyen se débarrasser de la Chambre, son plus cruel ennemi. Le pauvre comte va s'enferrer : ce sera le plus beau prétexte pour l'exiler et confisquer ses biens. D'une pierre nous faisons deux coups.

— Et c'est froidement, délibérément, que vous avez médité la perte et la ruine de cet homme!... A votre âge!...

— Ah! Monsieur d'Imola, répondit Bayard, en poussant un grand soupir, il y a des nécessités d'Etat!... Je puis refaire ce que je défais, et j'en souffre, en attendant. Mais le devoir est inflexible.

11

IX

Du danger qu'il y a de se mêler aux émeutes

Genève était plongée dans une profonde obscurité. La nuit l'enveloppait de ses voiles, et depuis long-temps le couvre-feu avait sonné. Tout dormait dans l'antique cité genevoise ; la lune brillait au ciel, en-tourée de son cortége d'étoiles, splendide arabesque d'astres innombrables, brodée sur le firmament par la main du Créateur.

Les blanches lueurs sidérales descendaient en rayons distincts, et noyaient dans une vapeur dia-phane, semblable à un nuage de brouillards, les pignons aigus, les sommets dentelés des toits, les sveltes flèches des églises ; rapprochaient les objets par une illusion d'optique, en jetant çà et là des reflets pâles qui leur donnaient des formes indé-cises.

Le temps était sec, mais froid. Un silence paisi-ble régnait dans la ville endormie, interrom pu seulement par le son des cloches du couvent des Cordeliers, sonnant les matines. Il était près de minuit.

Ce calme, ce silence, à la suite des agitations qui avaient rempli la journée, n'avaient rien de naturel; ordinaires précurseurs de l'orage, annonçaient-ils une tempête nouvelle? Ces maisons, aux fenêtres brillantées par la lune, aux huis soigneusement clos, recélaient-elles des conspirateurs? Il n'y avait pas un souffle dans l'air, et pourtant un promeneur indifférent, quelque peu observateur, eût pressenti une prochaine catastrophe, sans pouvoir se rendre compte de l'instinct qui eût fait germer cette pensée dans son esprit.

L'hôtellerie de *l'Homme sans tête*, silencieuse, sombre, renfermait deux hôtes qui, loin de dormir, veillaient. Ortenzio d'Imola, tapi derrière le vitrail de sa fenêtre, épiait le moment où l'on ferait tinter la cloche d'alarme. Pierre du Terrail, assis au coin de sa cheminée, dont le feu brûlait sous la cendre, attendait aussi, calculant toutes les chances, réfléchissant au rôle qu'il aurait à jouer en cas de tumulte.

La maison voisine, celle d'Antoine Fribert, paraissait tranquille. Pourtant, dans une vaste pièce, occupant le second étage au-dessus de ses ateliers, il y avait une réunion nombreuse.

Cette salle, carrée, basse de plafond, présentait

un coup d'œil remarquable, et eût offert un beau sujet de tableau à quelque peintre de l'Ecole flamande.

Ses murailles noircies par la fumée supportaient, accrochés à des clous rouillés, de nombreux outils, doloires, bisaiguës, haches à équarrir, vilebrequins ciseaux; des rouleaux de câbles s'empilaient dans les coins; des paquets de torches de résine gisaient sur le plancher, dans la poussière.

La cheminée de granit bleu, ornée d'un lambeau de serge découpée en festons, et d'une statuette en bois de saint Joseph, patron des menuisiers, ne contenait point de feu.

Dix à douze hommes, vêtus pour la plupart du costume simple et propre des bourgeois aisés, armés de longues rapières, de brettes, d'épées à deux mains, étaient réunis, les uns debout, les autres assis sur de petits escabeaux autour de Maître Fribert.

La clarté blafarde d'une lampe éclairait cette scène, laissant les angles de cette pièce, sombre comme un caveau, dans l'obscurité. Cette opposition d'ombre et de lumière accentuait avec vigueur les figures mâles, énergiques de ces artisans; ces visages exprimaient des sentiments divers, que dominait pourtant une indomptable résolution.

— Et vous êtes sûr, dit en ce moment un petit

homme vêtu aux couleurs de la corporation des cordonniers, qu'ils ont élu Charles de Seyssel ?

— Mais certainement. Monsieur le protonotaire est venu l'annoncer à Messire du Terrail, et j'écoutais à la porte, avoua niaisement Philippe Maubuisson.

— Perceval des Plans le sut du chanoine de la Biollée, ajouta Fribert d'un ton péremptoire, et nous savons même que si l'abbé de Bonnevaux a été élu, c'est grâce aux intrigues du chanoine de Gerbaix, gagné par la Chambre, qui courait les rues ce matin, et semait l'or dans la foule.

— Si bien que Seyssel est à la tête d'un parti? interrogea un autre bourgeois.

— Oui.

Un instant de silence succéda à ce court dialogue. Puis un riche faïencier, drapé dans une cape de beau drap d'Ecosse, reprit, en s'adressant au syndic des menuisiers :

— Nous expliquerez-vous, Antoine, pourquoi vous soutenez aujourd'hui le seigneur Champion, présenté aux suffrages du chapitre par ceux de Savoie, vous qui fûtes l'ennemi déclaré de Son Altesse, et qui refusâtes de prendre part à la fête d'entrée du défunt évêque.

Cette question éveilla l'attention de l'auditoire. On tendit l'oreille pour écouter mieux.

Fribert promena un regard froid et calme sur ses amis.

— Volontiers, répliqua-t-il séchement. Si tant est que les libertés de Genève doivent succomber, et la bonne ville subir le joug d'un maître, je préfère à tout autre le duc de Savoie. Si la Chambre impose à son parent de renier nos franchises, ou de se séparer de l'empire, ou de nous amener à le reconnaître pour notre seigneur, nous entamerons une guerre séculaire avec nos voisins, et alors, notre commerce est anéanti : pour nous, c'est la mort. Or, avec ces luttes et ces guerres civiles qui se renouvellent à chaque élection, nous nous affaiblissons....

Le jour viendra où Genève sera forcée de chercher un protecteur. Mieux vaut, dès aujourd'hui, travailler pour la maison de Savoie, qui doit tôt ou tard nous posséder ; car le malheur pèse, mes amis, sur un petit Etat enclavé dans un grand. Entre l'ambition d'un homme et celle d'un prince, je n'hésite pas. Sauvons notre pays des griffes d'un vassal... nous verrons ensuite à l'arracher au sceptre d'un tyran.

— Je n'ai pas bien compris, murmura l'hôtelier à l'oreille de son voisin ; mais c'est égal, mon compère parle joliment !

Le faïencier fit un geste d'approbation :

— Eh bien ! reprit-il, que nous conseillez-vous de faire, Antoine ?

— Il faut réclamer avec courage, mes amis, contre l'élection de Seyssel.

— Réclamer ?

— Sans doute. Il faut une manifestation populaire. Vous le savez : ne feignez donc pas de me demander un avis. Il est minuit. Appelez aux armes les gens de vos métiers. Rendez-vous tous, dans une heure, devant la maison du prévôt. Allumez l'incendie par vos cris. Faites sonner les cloches.

— Et après ?

Antoine Fribert se leva, pourpre de colère, et s'écria d'une voix tonnante :

— Après ? Le peuple est une bête fauve : arrêtez-le quand il est lancé ! ... Nous aurons l'émeute dans toute sa splendeur, et nous montrerons à ces prêtres que nous pouvons être forts nous aussi, que nous savons maintenir notre droit, imposer notre volonté !

L'assemblée délibéra sur quelques mesures de détail, puis elle se dispersa.

— Maître Fribert va trop loin, disait le faïencier en secouant la tête d'un air mécontent. Ce marchand de Florence l'a gagné. Il est dangereux de toucher à l'Eglise..... Dieu sait comment tout ceci finira.

— Eh ! repartit un drapier de la rue Saint-Gervais, que nous importe, mon compère ? Vendre du

drap fort cher et l'acheter bon marché, c'est là
tout mon souci. Foin du reste!...

Une heure plus tard, Ortenzio, toujours caché
derrière sa fenêtre, vit passer un groupe compact
d'hommes armés qui remontaient en faisant peu de
bruit la rue de Verdonne.

Un murmure sourd troubla le profond silence de
la nuit; puis tout à coup éclatèrent les tintements
lugubres du tocsin.

— Oh! oh! murmura-t-il, tandis qu'un sourire
machiavélique errait sur ses lèvres minces, en
serrant l'ardillon de son ceinturon, auquel pendaient
une lourde épée de Ferrara et une dague à lame
courte ; le bal va commencer : besoin est de préparer
les violons.

Il prit sur une console un pistolet, arme récemment inventée en Allemagne, et qui devait être
sans doute la première importée à Genève. Il
arma avec soin, renouvela la pierre à feu, la
charge de poudre, et, s'enveloppant alors avec son
manteau, il sortit en se disant :

— Quel puissant levier que cet or maudit, pour
soulever les masses !... Quel lieutenant du diable
que l'orgueil !... Avec cent écus d'or et la pro-
messe de le faire anoblir, j'ai acheté la conscience
d'un fort honnête homme..... Eh ! eh ! ricana-t-il,
promettre et tenir sont deux, comme l'apprit à ses

11.

dépens Monsieur de Bresse du bon roi Louis le onzième. Nous payerons nos dettes !....

Il frappa à la porte de Bayard, et n'obtint d'abord aucune réponse.

Après avoir fait quelque tapage, et comme l'hôtellerie s'emplissait de rumeurs, il entendit une voix semblable à celle d'un homme qui s'éveille, lui crier :

— Qu'est-ce que c'est ? Le feu est-il à Genève ? Pourquoi m'éveille-t-on ?

— L'on va se battre, seigneur du Terrail, répondit Ortenzio, dupe de cette feinte ignorance ; voulez-vous être de la partie ?

— Et pour qui ? demanda le jeune homme en riant sous cape.

— Pour notre Champion.

— Bah ! laissez-les s'entre-tuer, Monsieur d'Imola. Tête d'étoupe ! il fait trop froid pour se lever. Bonsoir !

Ortenzio descendit rapidement, et se mit à courir en suivant la foule qui remplissait maintenant la rue.

Le spectacle ne manquait pas de poésie.

Toutes les fenêtres s'étaient ouvertes ; les habitants se penchaient sur les balustrades, leurs lampes à la main, pour essayer de voir ce qui se passait en bas.

Les hommes s'habillaient à la hâte, et sortaient,

malgré les cris de leurs femmes et les reproches dont elles les accablaient.

L'on s'interrogeait, l'on se répondait d'un bout de la rue à l'autre. Quelques détonations d'armes à feu retentissaient çà et là.

Le sourd grondement de la multitude, le fracas des pas, le bruissement du fer contre le fer, la voix de bronze des cloches, éclataient en un concert d'une harmonie sauvage.

Il faudrait la plume de Dante pour décrire l'harmonie de ces masses confuses, pour traduire en notre langage ces onomatopées singulières d'un tourbillon d'hommes en mouvement.

L'on se rendit d'abord devant la maison du prévôt de Fitignié. La ruelle était trop étroite pour cette agglomération de gens de métier, d'écoliers et de truands, qui venaient là, les premiers, pour protester contre leurs droits méconnus, ou plutôt contre leurs propres intérêts, les autres pour se divertir, les troisièmes, enfin, pour faire, à la faveur des ténèbres et du trouble, amples provisions de bourses dans les poches des badauds.

Le peuple, — on est convenu d'appeler ces multitudes le peuple, — fit entendre sa grande voix.

— Champion! Champion!

— Genève à la clef! Vive Genève!

— A bas le prévôt! mort aux chanoines'...

— Vive Champion! Honte à Seyssel!

Telles étaient les exclamations qui vibraient dans l'air, accompagnées de murmures, de cris, de hurlements, vociférés les unes isolément, les autres par un chœur d'hommes à gages, comme on le pouvait facilement reconnaître.

Antoine Fribert, Maubuisson, leurs amis, leurs apprentis, leurs compagnons, étaient à la tête des émeutiers.

Quelques bourgeois timides essayaient de contenir la foule et de calmer son effervescence. On leur répondait par des horions. C'étaient des gestes fous, des clameurs horribles, des vociférations insensées.

Quelques étudiants chantaient des refrains obscènes; le guet voulut intervenir ; on le menaça : il déguerpit.

Ortenzio Platelli, appuyé contre l'angle d'un mur, les bras croisés, contemplait philosophiquement cette scène, et se disait sans doute qu'il est facile d'ameuter le peuple.

Le prévôt ne parut pas. Ses fenêtres restèrent fermées. Justine elle-même se cacha. Cela suffit à irriter ces gens. Les écoliers parlaient de briser les vitraux à coups de pierres et d'enfoncer les portes.

Une voix s'éleva, reprochant aux Genevois une violation du domicile d'un paisible citoyen :

—N'avez-vous pas de honte, s'écriait cette voix,

de vous attaquer à un vieillard, et de précipiter vers la tombe un homme à cheveux blancs que vos aieux ont connu ? Va-t'en, peuple de Genève, et fais la guerre à qui peut lutter contre toi !

C'était le poëte Perceval qui proférait ces paroles.

La foule obéit à cet appel, en vertu de cette instinctive générosité qui la domine. Elle ne tarda pas à se retirer, en murmurant, il est vrai, mais sans continuer ses menaces. Elle parcourut les rues pleines de curieux, accourus en toute hàte sur le lieu du tumulte, et paraissait disposée à se disperser, lorsque Ortenzio, craignant de voir crouler ses combinaisons, s'écria :

— Chez Gerbaix, amis, chez Gerbaix !

Et il s'élança en avant.

On le suivit sans savoir ce qu'on allait faire. Beaucoup espéraient un pillage. Perceval, effrayé, se mit à courir dans la direction du faubourg de Rive, où demeurait le chanoine, et put le prévenir à temps. Au moment où les émeutiers apparaissaient devant la maison, Louis de Gerbaix s'enfuyait par une porte dérobée. Il put se jeter dans une barque et s'éloigna à force de rames.

Le logis du chanoine était une vieille construction, dont la façade principale longeait une sorte de carrefour où débouchait la route de Thonon ; une rue étroite, aboutissant aux Eaux-Vives et à

Heurtebise, la séparait du lac, et formait une sorte
de quai ayant pour parapet une rangée de pieux.

C'était une vieille construction bâtie en bois, ornée de poutres saillantes, richement sculptées, et
de balcons ouvrés à jour. Elle comportait un seul
étage, avançant au-dessus du rez-de-chaussée et
porté par une rangée de colonnes trapues formées
de gros madriers de chêne.

A peu de distance, on voyait les ruines d'une
chapelle de Saint-Jean de Jérusalem, qu'on nommait
le temple de Rhodes, cet endroit ayant jadis appar-
tenu aux chevaliers Templiers.

Derrière une rangée d'humbles cabanes, habitées
par des pêcheurs et de petits marchands, on apercevait le clocher de la chapelle Saint-Laurent se
découpant en noir sur le ciel.

Enfin, à quelque distance, s'estompaient confu-
sément dans l'ombre les collines étagées, plantées
d'arbres, sur lesquelles s'élevaient les villages de
Cologny et de Vandœuvres.

Le lac, uni comme un miroir, calme, s'étendait
à perte de vue, éclairé par les rayons blafards de
la lune; un peu plus bas, le courant devenait impétueux, l'eau bouillonnait et se frangeait d'écume,
à l'endroit où commençait le cours du Rhône.

Quelques lumières éparses brillaient sur la rive
opposée.

La ville, baignée dans les vapeurs du brouillard,

apparaissait comme voilée d'une gaze, avec ses tours, ses flèches, ses pignons aigus.

La cloche avait cessé de sonner.

En arrivant, la foule, sans perdre une minute à parlementer, se rua sur la maison du chanoine.

En un clin d'œil les portes furent enfoncées.

Les pillards se répandirent dans la maison, brisèrent les fenêtres, jetèrent au dehors les meubles trop lourds pour être emportés, et revinrent enfin chargés de butin.

Les uns portaient d s hanaps d'argent, de belles assiettes en faïence d'Italie, du linge, des vêtements; les autres s'étaient contentés de prendre des manuscrits précieux, quelques livres récemment imprimés à Strasbourg et à Alost par Thierry Martens et les frères Faust.

Un homme s'avança, tenant à la main une torche allumée, et la lança dans la maison.

L'incendie ne tarda pas à se déclarer.

Des flammes serpentaient sur les murailles, les léchant de leurs langues ardentes; un crépitement aigu domina les cris de la multitude; une gerbe d'étincelles plana dans les airs, retombant en pluie scintillante; un panache de fumée jaunâtre ondoya dans l'espace, se tordant en spirale, et se massant en nuages épais entre le ciel et la terre.

Les vandales se livraient à une joie folle, courant autour de la maison incendiée, formant des rondes et dansant.

Le désordre était à son comble.

Une nouvelle troupe de gens armés se précipita sur le théâtre du sinistre.

Elle avait pour chefs Urbain de Compey et Perceval; Monsieur de La Chambre avait jugé prudent de rester chez lui.

Les deux partis en vinrent aux mains aussitôt.

Fribert, à la tête de ses ouvriers, soutint le premier choc, et le combat s'engagea aux lueurs sanglantes de l'incendie.

La vieille maison flambait depuis ses fondements jusqu'au faîte : les poutres craquaient, les toits s'écrasaient, et l'on prévoyait l'instant où elle allait s'abîmer dans un immense brasier.

Le terrible élément dévorait tout.

Des coups de feu se succédaient les uns aux autres sans relâche.

Parmi les hommes de Compey, il y avait une compagnie du guet armée d'escopettes, qui, malgré l'imperfection de cette arme nouvellement inventée, faisaient beaucoup de mal aux émeutiers.

Les archers de la ville faisaient pleuvoir sur ceux-ci une foule de traits.

Le syndic des menuisiers comprit que le sort de la bataille dépendait de la mort des chefs.

Il courut au-devant de Compey, lequel, avec son flamard flamboyant, qu'il maniait avec habileté,

renversait tous les ribauds empressés autour de
lui.

Fribert, soutenu par un certain nombre de gens
de métier, attaqua vivement le jeune homme.

Il levait et abaissait régulièrement sa lourde
hache, et chaque coup faisait un cadavre.

Les deux ennemis se joignirent enfin, et, repre-
nant haleine, se mesurèrent du regard.

— Ah! traître, rugit Compey, te voilà soldat du
prince des marmottes!

— Beau damoisel, vociféra Fribert, ne ris pas!
La mort te tient par les cheveux.

Et, d'un bond prodigieux, il sauta auprès de son
adversaire, para avec le dos de sa hache la lame
qui retombait sur lui, saisit le jeune homme à la
gorge, l'abattit à ses pieds, et, posant le genou sur
sa poitrine, lui fendit le crâne.

— Tu as frappé avec l'épée, murmura Compey
d'une voix semblable à un souffle. Tu mourras par
l'épée!...

Et, penchant la tête, il expira....

La tuerie continuait. Les partisans de Seyssel,
furieux du meurtre de leur chef, redoublaient d'a-
gilité et frappaient avec rage : ils voulaient venger
le malheureux enfant.

Déjà les émeutiers ne combattaient plus que mol-
lement; l'action lâche d'Antoine Fribert les avait
épouvantés. Leur soif de pillage s'était assouvie;

le sang coulait en un large ruisseau ; des cadavres jonchaient le terrain....

Un bruit sourd, un fracas formidable, annoncèrent que la maison de Gerbaix venait de s'écrouler.

Il se fit alors un grand silence, et l'on put entendre une voix éplorée s'écriant :

— Mes frères, cessez ce combat sacrilége !... Vous avez violé la demeure d'un serviteur de Dieu.... Vous avez répandu le sang des hommes. S'il vous faut encore une victime, assassinez-moi !

L'on vit un vénérable vieillard, aux cheveux blancs, revêtu du camail cramoisi des chanoines, et l'on reconnut le prévôt Guillaume de Fitignié.

Il était seul. Il portait à la main un crucifix, qu'il élevait au-dessus de lui, et montrait à la foule son visage sillonné de rides, pâle comme un de ces cadavres couchés dans le sang, inondé de larmes, décelant une souffrance immense ; il est triste de voir pleurer un vieillard.

La foule fit un mouvement et s'inclina, respectueuse, devant cet homme qui venait accomplir une mission sainte.

Un instant, l'on put croire que la lutte avait cessé ; mais les émeutiers, excités par Antoine Fribert, se mirent à accabler d'injures les partisans de Seyssel :

— Couards! s'écraient-ils, couards! les Savoyards se font soutenir par des prêtres... Ils ont peur! Hachons-les! Sus! Sus! Pille!...

Perceval des Plans, le visage enflammé de colère, se retourna vers sa troupe et s'écria d'une voix retentissante :

—Amis, ces rebelles nous insultent!... En avant! Croix blanche! Bonne-Nouvelle!

Le prévôt s'élança entre les deux armées, et, montrant le crucifix, il dit d'une voix suppliante :

— Cessez le combat! Arrêtez! Au nom de Jésus mort en implorant son Père pour ses bourreaux, je vous en prie!...

Fribert ne répondit qu'en donnant aux siens l'ordre de se porter en avant, dussent-ils, dans leur marche, fouler aux pieds ce prêtre.

Alors Fitignié, levant les yeux au ciel, se plaça devant lui, et dit avec un accent irrésistible :

— Retirez-vous! Au nom du Christ, notre maître, je vous l'ordonne!

Antoine Fribert baissa la tête et pâlit. Ses hommes se débandèrent, et, dominés par une invincible terreur, s'enfuirent en abandonnant leurs armes sur le lieu du carnage.

X

Bataille.

A trois lieues de Genève, sur une petite élévation
qui domine le lit du Rhône, dans lequel se jette à
cet endroit la Laire, petite rivière au cours torren-
tueux, se trouve le village de Chancy.

Ce lieu n'est connu dans l'histoire que par l'a-
postasie de son dernier curé, Béchet, qui embrassa
la Réforme en 1536.

En suivant le cours du grand fleuve, l'on rencontre Avully, Cartigny, où se dressait, dans la
presqu'île de Russin, le château des prieurs de
Saint-Victor, qu'Amé de Bonivard avait armé en
1497 de trois pièces de canon pour soutenir la
guerre contre les barons de Viry.

Un peu plus loin, se voient les ruines du château
d'Epeisse, qui fut fortifié par Guichard de Clermont
en 1210, sur l'autorisation des comtes de Genève.

Des bois d'une certaine étendue couvrent le terrain jusqu'au Rhône, dont le cours, décrivant des méandres capricieux, forme des presqu'îles bizarrement découpées, les unes bordées d'arbres touffus disposés en massifs élégants, les autres défendues par des amas de roches abruptes.

L'on arrive enfin par un détour du village de Lancy, placé au confluent de la Laire et de la Drise, qui se précipitent dans le torrent d'Arve, le premier affluent du Rhône.

Lancy est un charmant village, aux maisons blanches enfouies sous la verdure, et rendu célèbre par l'histoire de l'un de ses seigneurs.

En 1464, Jean de Lancy déclara la guerre à Genève pour « réparer et restituer et amender les trèz grands desplaisirs, oultraiges et vilainies, faites par François Crochon, Jehan d'Orsière, Jehan de la Fontaine et aultres, qui sont été gouverneurs de la communalité de Genève. »

Le cartel de cet aventureux gentilhomme — nous ne résistons pas au désir de le reproduire — est conçu en ces termes :

« Je Jehan de Lancie, à vous messeigneurs les » cytoyens, habitans, et à toute la communauté » de la cité de Genève, je vous fais sçavoir par ces » présentes que moy et tous mes devans et aydans » vous poursuivrons et feront maulx et domaiges » à vous et à tous vos aydans, conseillez et al- » liez, advouiers, à cause de vous... et tous bour-

» geois et habitans de ladite ville et cité de Genève,
» au feu et au flamme, en sang et chair, et de tou-
» tes aultres manières, comme en cas de guerre
» mortelle appartient » (1).

Les seigneurs du moyen âge, on le voit, n'y allaient pas de main morte !

Enfin la plaine ondulée, coupée de prairies et
de bois touffus, qui s'étendait de Chancy à Lancy,
était dominée par les cimes arrondies, couvertes
de broussailles et semées de roches, de la colline
sur le versant de laquelle s'étale, frais et pimpant
dans sa rusticité, le hameau de Bernex.

Vers le commencement de décembre de cette
même année, c'est-à-dire un mois et demi après
les scènes décrites aux chapitres précédents, cette
plaine présentait un singulier aspect.

Mamelons et collines étaient cachés sous un
blanc manteau de neige, assez peu épais cependant.
Les bas-fonds, au contraire, durcis par le gel, ne
présentaient qu'une couche transparente de givre.

Au-dessous de la Laire, en deçà de Chancy, une
centaine de tentes se rangeaient en quatre lignes,
entourées d'une palissade construite à la hâte avec
des troncs d'arbres recouverts de leur écorce.

(1) Ce fait historique n'est pas isolé : en 1535, neuf individus, parmi
lesquels on nomme Henri d'Arc, Jean Hablor et les frères Rocken-
bach, envoyèrent un cartel de guerre au canton de Soleure en le
signant : *Les neuf pauvres hommes à qui on refuse justice.*

Une ligne de pieux formait une seconde enceinte, beaucoup plus étendue que la première. Un millier d'hommes environ, archers, estradiots, lansquenets, réunis en bon ordre autour d'immenses feux, se réchauffaient paisiblement, mais en observant le plus grand silence.

Quarante chevaux, attachés les uns après les autres, mangeaient une abondante provende. Enfin, dans un coin, l'on voyait deux étranges machines, que des soldats étaient occupés à manœuvrer, sous la direction d'un officier.

Les pavillons mis en première ligne étaient sommés d'écussons armoriés, parmi lesquels on pouvait reconnaître ceux des familles de Miolans, de Montmayeur, de Viry, d'Oncieu, de Blonay, de Chissé, d'Arves, de Saluces. Ils étaient, en effet, réservés aux chevaliers de Savoie.

Venaient ensuite des tentes des nobles du Piémont et de la Val d'Aoste. Au centre, l'une d'elles, sommée d'une couronne comtale, supportait l'étendard ducal, une croix blanche en champ de gueules.

Ce campement était celui de l'armée de Philippe-Monsieur, comte de Bresse, lequel venait mettre à la raison les Genevois révoltés contre l'autorité de son neveu le duc Charles.

Ce prince, alors âgé de cinquante ans, venait de se rallier franchement au parti patriotique, ne voyant plus entre le trône et lui qu'un enfant chétif et malingre.

Ambitieux, doué de brillantes qualités mêlées à de grands défauts, il avait passé la majeure partie de sa vie à guerroyer contre les siens, à conspirer, à se faire gracier, pour conspirer encore. On l'aimait et on le craignait.

Bon, généreux, observateur, il devinait le talent et le savait récompenser ; mais il usait parfois de procédés indignes de son rang, de ruses italiennes, plaidant le faux pour savoir le vrai, suivant les principes de son illustre maître, Louis XI.

En ce moment, revêtu d'une splendide armure damasquinée, sur laquelle flottait une casaque de velours pourpre à bande d'hermine, il tenait conseil avec ses officiers. Un page, en qui nous reconnaîtrons à sa mine hardie Pierre du Terrail, soutenait entre ses mains son heaume d'acier, orné de figures d'émail, timbré d'un diadème perlé, d'où retombait un panache de plumes blanches. Ortenzio d'Imola, écuyer de Philippe, gardait sa large épée, sur laquelle courait en lettres d'or sa devise : *Paratior.*

— Messieurs, dit le prince, après avoir échangé quelques menus propos avec ses chevaliers, nous deviserons après la bataille. L'ennemi va paraître. Souvenez-vous que j'ai promis au duc, mon neveu, d'anéantir cette rébellion. D'Imola, avez-vous envoyé vos éclaireurs en reconnaissance ?

— Oui, Monseigneur. Ils ont exploré toute la plaine, battu chaque buisson.

— Eh bien?

— L'ennemi s'avance par le petit Lancy. La Chambre se dispose à occuper les hauteurs de Bernex. Il y sera reçu par les archers de Monsieur de Chissé. Le château de Cartigny sera défendu par une troupe de manants commandés par un grimaud du nom de Perceval des Plans : nous n'avons pas à nous en inquiéter.

— Bien! bien! répliqua le comte de Bresse, dont le front se couvrit d'un nuage. Je vous demande la vérité, non des flatteries, Ortenzio.

— Monsieur de Viry, dit-il ensuite, vous prendrez ma compagnie de lansquenets, et vous irez vous poster au-dessous du mamelon de Soral. Menthon appuiera votre gauche avec ses gens armés d'escopettes : ils prendront en écharpe les rebelles que nous attirerons du côté de Chancy, en deçà de la rivière. Monsieur d'Oncieu, au contraire, se portera sur Avully avec nos hommes de pieds; les arbalétriers soutiendront l'aile droite. En avant de l'armée, nous mettrons la canonnerie. Nous formerons ainsi un demi-cercle, un croissant, dont les deux pointes, à un moment donné, se refermeront sur l'ennemi, le cernant, tandis que notre réserve donnera. Avez-vous bien compris mon plan, Messieurs? Allez!

D'un geste royal il congédia la noble assemblée.

Resté seul dans sa tente avec Bayard et M. d'I-
mola, Philippe agrafa son casque sur sa tête, en
baissa la visière, et, prenant des mains du second
son épée, il la suspendit à son baudrier.

Un page amena devant l'élégant pavillon, drapé
de courtines de fine laine, un magnifique cheval
de bataille caparaçonné de fer, harnaché de plumes
blanches et d'un magnifique réseau de bandes de
satin rouge croisées sur d'autres bandes de satin
blanc. Le prince se mit lestement en selle.

Quelques instants plus tard, sa noblesse était de
nouveau réunie autour de lui.

La vaste plaine de Chancy présentait alors un
tableau animé.

Sur la droite, on voyait les lansquenets, bien
vêtus, parfaitement disciplinés, du baron de Viry, se
dirigeant vers Soral.

En diagonale s'alignaient les soldats de M. de
Menthon.

Le premier rang portait sur l'épaule ce lourd
fusil à canon large, alors nommé sclopette ou escopette ; le second rang attendait, mèche allumée,
le moment de mettre le feu au terrible engin, bien
loin encore de la perfection de nos fusils à capsule,
si bien distancés par les nouveaux systèmes inventés
depuis vingt ans.

Au loin, sur l'éminence de Bernex, on apercevait les tirailleurs de Chissé, armés les uns de mousquets, les autres d'arbalètes à crics, d'arcs, avec lesquels ils lançaient des carrelets, des viretons des flèches.

Sur la gauche, se massaient en lignes serrées les gens de pied, formant ce que l'on appelle aujourd'hui l'infanterie : pertuisaniers, hallebardiers, soldats armés de guisarmes, d'épieux, de vouges, de fauchards, de longues piques.

A l'extrémité du camp, sur une hauteur, l'on avait établi une batterie de deux canons.

Voici ce que les naïfs artilleurs de l'époque avaient imaginé pour vaincre l'inclinaison de ces canons, formés de cylindres de fer forgé, emboîtés les uns dans les autres, renforcés par des anneaux, ouverts aux bouts, et complétés par une boîte dans laquelle on mettait la charge de poudre :

L'arme était couchée sur une pièce de bois fixée sur une pièce inférieure par une vis autour de laquelle elle pouvait tourner ; des arcs de fer, percés de trous l'accostaient ; il suffisait pour élever ou abaisser la couleuvrine de passer d'un trou à l'autre une forte cheville.

Il fallait donc un certain nombre d'hommes pour servir ces canons.

Au centre de cette ellipse allongée se tenait la cavalerie : le comte de Bresse, entouré de ses gentilshommes, des pages, des écuyers.

Les fanons de chaque compagnie, les bannières armoriées des seigneurs, les banderoles des pavillons, déroulaient au vent leurs plis multicolores.

Les clairons retentissaient, accompagnés du bruit sourd des tambours.

Bientôt, une masse confuse apparut, se mouvant au bas des collines étagées entre le Rhône et la Laire, en avant de Lancy. Elle ne tarda pas à couvrir, avalanche d'hommes sans ordre ni discipline, les prairies situées au-dessus de Bernex, à la hauteur de Cartigny.

L'on put alors voir flotter le gonfanon fleurdelysé de la Chambre.

L'orgueilleux seigneur vêtu d'une belle cuirasse italienne et d'une cotte à ses armes, précédait son armée, entouré d'un brillant état-major. Ses cousins, les seigneurs d'Aix, de Seyssel, de la Sarraz; ses feudataires et ses vassaux, les de la Balme, de la Salle, Combefort, Saint-Sulpice et quelques nobles de Genève, parents ou alliés des chanoines, composaient le premier corps.

En apercevant, à cinq cents pas de lui, l'armée de Savoie rangée en bataille, et qu'il croyait surprendre dans son camp, un mouvement d'étonnement mêlé de colère lui échappa; son front se plissa et ses sourcils se froncèrent.

12.

Il se hâta de prendre quelques dispositions stratégiques.

Sa troupe était supérieure en nombre à celle de Bresse. Elle comptait environ six cents hommes, gens de métiers, artisans, écoliers, qu'il avait su capter par ses promesses ou gagner à force d'argent, et à peu près autant de soldats enlevés à ses seigneurs.

Ignorant que le plateau de Bernex était occupé par les gens de Chissé, il y envoya deux compagnies, sous la conduite de son cousin le sire de Bourdeaux.

Cent gendarmes se retranchèrent dans les bois, en face d'Avully, protégés par le torrent.

En même temps il lança le gros de son armée sur l'infanterie de Monsieur d'Oncieu.

Se dressant ensuite sur ses étriers, il agita en l'air son gigantesque glaive, et poussa d'une voix retentissante le cri de guerre :

— Fleurs de lys ! en avant !

Les nobles de Savoie répondirent par ces mots :

— Bonne-Nouvelle ! Savoie à la Croix blanche !

Les cavaliers se ruèrent les uns sur les autres, laissant à leurs bandes liberté d'agir sous les ordres de leurs chefs, et le combat s'engagea.

Le mouvement indiquée par Philippe-Monsieur s'exécuta point par point.

L'aile droite, prenant en écharpe les bandes genevoises, troua promptement les lignes, qui se refor-
maient avec la rapidité de l'éclair.

Les escopettiers faisaient rage, chargeant et dé-
chargeant leurs armes, tandis que les archers faisaient pleuvoir une grêle de traits sur l'ennemi.

Les hommes de Chissé, abrités derrière des
quartiers de rochers, eurent bientôt culbuté les
compagnies du seigneur de Bourdeaux. Trois fois
celles-ci remontèrent à l'assaut, trois fois elles
furent obligées de se retirer; l'ennemi, n'ayant
plus de munitions, renversait sur elles les rochers,
des pans de mur, des troncs d'arbres. Elle s'enfuirent décimées.

Les canons battaient en brèche les courtines,
première enceinte de Cartigny. Des créneaux du
castel, Perceval des Plans dirigeait un feu bien
nourri sur l'aile droite. Mais l'un des fauconneaux
achetés naguère par Bonivard, éclata et lui tua
un grand nombre de soldats.

La poudre vint à manquer; alors il se résolut à
sortir avec sa garnison.

D'Oncieu devina ce dessein. Il fit avancer les
pertuisaniers, et un combat très-vif s'engagea
entre eux et la réserve cachée dans les bois.

Afin de débusquer ses adversaires, il fit mettre le
feu aux broussailles, et bientôt l'incendie courut,
dévorant les troncs d'arbres séculaires, écrasant

les Genevois sous une pluie de charbons ardents.

Lorsque Perceval eut franchi les portes du manoir, il se trouva en présence d'un corps de hallebardiers et de lansquenets, qui, sans attendre un ordre précis, fondit sur lui avec impétuosité.

Le poëte, qui pensait à sa douce fiancée, voulut, ne pouvant lui apporter un trésor en dot, l'entourer au moins d'une auréole de gloire. Il se retourna vers les siens et leur adressa une courte harangue, exaltant leur bon droit, faisant un appel à leur bravoure.

Il fut écouté.

Ces braves soldats soutinrent le choc sans broncher. Leur intrépidité les sauva.

Les fantassins de Monsieur d'Oncieu plièrent, et l'on put croire un instant qu'ils perdaient l'avantage. Mais un boulet décida de leur victoire.

Perceval, debout sur un monceau de cadavres, s'escrimait avec fureur : armé d'un lourd fléau d'acier, il abattait autour de lui tous ceux qui s'approchaient de trop près. Nu-tête, les yeux étincelants, les narines gonflées, la bouche entr'ouverte par un rictus féroce, couvert de sang, il frappait sans relâche, poussant à chaque coup un râle rauque, saccadé ; il ressemblait ainsi à l'archange de la destruction.

Tout à coup la pesante masse s'échappa de ses mains ; un flot de sang jaillit de ses lèvres, il tomba mort, sans proférer un mot, un soupir ; un boulet venait de le frapper en pleine poitrine.

Les fantassins vociférèrent un hourra de triomphe, qui se confondit avec le cri de terreur des Genevois.

L'engagement devint encore plus acharné.

Enfin, ces derniers se débandèrent, fuyant en désordre, et d'Oncieu, les poursuivant, tailla en pièces les débris de cette troupe d'élite.

Les chevaliers avaient peu souffert des deux parts. Ils se ménageaient, pour ainsi dire, sauf dans quelques luttes individuelles, terminées en général par la mort de l'un des tenants. Ils attendaient l'issue du combat entre les troupes.

Le comte de Bresse, immobile sur son destrier, dirigeait tout du geste et de la voix.

La bataille durait depuis deux heures.

Fatigués, les deux partis s'arrêtèrent d'un commun accord. Il y eut un instant de trêve.

La fumée des canons et des fusils formait un sombre nuage noirâtre, qui s'interposait entre le ciel et la terre.

Des vapeurs grises couraient dans l'espace. Il neigeait à gros flocons.

Les plaines étaient jonchées de cadavres. De sourds gémissements, des cris soudainement interrompus, le râle des mourants, se mêlaient au sourd murmure des voix.

Les habitants des villages voisins contemplaient à distance, du seuil de leurs maisons, cet affreux spectacle.

— Quelle horrible chose que la guerre! s'écria le comte de Bresse. Ah! si j'étais roi ou duc, oncques ne voudrais mener mes sujets à la guerre.

— Ce sont là jeux de prince! dit en riant Bayard, qui se trouvait auprès de lui. Vous aimez pourtant à frapper d'estoc et de taille, Monseigneur, et l'on connaît vos exploits.

— Les peuples, reprit Philippe en étouffant un soupir, détestent les souverains pacifiques.

En ce moment, Ortenzio d'Imola, ruisselant de sueur, faisait caracoler son cheval pour ne point être surpris par le froid. Il sentit tirer par une main impatiente la manche tailladée de son tabart, et, se retournant, il vit derrière lui, dans une humble attitude, Antoine Fribert, ce joyeux compère d'autrefois, dont l'or avait fait un traître.

Au regard interrogateur du Piémontais, le bourgeois répondit par ces mots :

— Hâtez-vous, Messire, le comte de Chalant va surprendre votre aile droite. Il est sorti par la porte Cornavin avec deux cents hommes, et s'avance le long de Laire. Il n'y a pas de temps à perdre.

— Bon! répliqua Ortenzio avec un éclat de rire ironique, le cas était prévu. Merci de l'avis, noble Antoine! La garnison de Saint-Julien le recevra:

elle est double en nombre ; donc, rassurez-vous.

— Et... interrogea Antoine, dont l'œil brillait de convoitise.

— Oui. Après la bataille, vous me viendrez trouver dans ma tente, et je vous remettrai les lettres patentes qui vous confèrent la châtellenie de l'Ile et mille angelots d'or.

— Holà ! s'écria le comte de Bresse d'une voix tonnante, qui fit pâlir d'effroi le syndic des menuisiers. Gendarmes, enveloppez ces rebelles... Pas de quartier ! Chevaliers, en avant ! et la Vierge nous protège !

Les cavaliers chargèrent, le combat recommença avec une nouvelle furie ; il ne dura pas longtemps. Les Genevois, épuisés par leurs premiers efforts, opposaient une noble résistance.

Les Savoyards, marchant en avant, avec un ordre admirable, les repoussèrent sur le front, et, les forçant à reculer, en décrivant un cercle immense, les acculèrent au Rhône. Un grand nombre des nobles partisans de la Chambre avaient déjà mordu la poussière. La lutte se localisait entre Avully et Cartigny.

Le comte Louis faisait des prodiges de valeur : cerné par une dizaine de cavaliers, il se défendait avec fureur, faisait bondir sa monture par-dessus les cadavres, rompant et revenant avec la rapidité de l'éclair sur les cavaliers ennemis.

Bayard le serrait de près : d'un coup de sa masse d'armes, il brisa l'épée du comte, qui, n'ayant plus qu'un tronçon de fer à la main, se trouva désarmé, à la merci de son adversaire.

— Monseigneur, lui cria le page, émerveillé de sa bravoure, vous êtes un brave ! Rendez-vous!

— Non ! rugit la Chambre, des yeux duquel jaillissaient des larmes brûlantes, arrière!.... Vous m'assassinerez, mais vous ne me prendrez pas !

Il fondit sur l'enfant, évita le choc du marteau, le saisit par le bras, et le jeta en bas de son cheval. Puis, piquant des deux, le rouge de la honte au visage, car il fuyait pour la première fois, il galopa ventre à terre dans la direction de Lancy.

Les Genevois échappés au massacre se rendirent à discrétion.

— Ah ! Messieurs, dit le prince avec un accent navré, en regardant autour de lui, voilà bien des braves gens que mon cousin de la Chambre a conduits à la boucherie!...

Puis, suivi de son cortége de chevaliers, il rentra dans le camp. Comme il mettait pied à terre, une fanfare guerrière se fit entendre. Un régiment aux couleurs de Savoie débouchait par la route de Saint-Julien, conduisant une longue file de prisonniers. Un officier amena près du prince un gentilhomme, nu-tête, mais revêtu d'une cuirasse faussée et tachée de sang. Philippe-Monsieur tendit la main à cet inconnu.

— Ah ! Monsieur le Chalant, lui dit-il, vous avez
commis une grande faute. Sachez-le, ces rébellions
font tomber les têtes et ce n'est pas d'un gentilhomme
que de mourir de la main du bourreau !...Mes amis,
continua-t-il en s'adressant aux chevaliers, nous
entrerons demain à Genève avec Monsieur l'évêque
Champion. Baron de Viry, je vous charge d'aller dès ce soir chercher Sa Seigneurie à Beau-
mont. Le petit Bayard ira prévenir ces manants
de Genève : nous voulons une réception royale.
Quant à Monsieur le protonotaire, il devra se rendre
incontinent à son abbaye de Bonnevaux.

. . . .

La fumée s'était dissipée ; les nuages gris, chargés
de neige, se déchirant en mille morceaux, s'envo-
laient vers l'Orient ; le ciel, d'un bleu clair, semblable à la teinte de l'opale, apparaissait, transparent
et limpide.

Le soleil dardait ses pâles rayons sur la terre,
moirant d'étincelles argentées sa robe de neige, et
faisant resplendir comme des rubis en fusion les
flaques de sang qui la diapraient.

Des tas de corps humains, roidis, aux visages
décomposés par les affres de l'agonie, jalonnaient
la prairie. . . .

Çà et là, des arbres tombés sous la hache, des
buissons écrasés par les chevaux, servaient de

13

couche funèbre à de pauvres soldats, morts pour l'ambition d'un homme....

Des fragments d'armures brisées, des casques dépouillés de leurs plumes, des armes abandonnées, des lambeaux de vêtements, se mêlaient aux membres coupés, aux cadavres mutilés, semés là comme le grain dans un sillon....

De faibles gémissements retentissaient encore par intervalles.

Quelques femmes, des enfants cherchaient à reconnaître, parmi ces victimes, leurs époux, leurs fils, leurs pères....

Des pillards parcouraient la plaine, marchant furtivement, se couchant pour dévaliser les morts sans être vus....

D'autres relevaient les blessés et les transportaient dans les villages voisins....

L'armée savoyarde levait le camp pour se transporter à Chancy....

Le comte et sa suite étaient déjà partis pour le château des prieurs de Saint-Victor....

Ortenzio Platelli, debout dans sa tente, attendait.

Il ne tarda pas à voir la figure rubiconde d'Antoine Fribert se montrer à travers les portières de damas.

Le bourgeois, heureux, content d'avoir accompli sa tâche, venait solliciter sa récompense.

— Bonjour, noble Antoine, dit Ortenzio froidement.

— Messire...

— Vous venez me rappeler ma parole, maître?

Il souleva la draperie, et, d'un geste qui fit frémir le lâche, il lui montra l'aspect que présentait ce lieu, si paisible la veille, si frais, si coquet, si gracieux au printemps.

— Vous méritez beaucoup pour avoir fait cela! reprit le Piémontais avec un sourire amer. Ne craignez-vous pas la vengeance de Dieu?

Et, saisissant un pistolet sous sa casaque, il ajusta froidement le misérable, dont il serrait le bras comme dans un étau.

Le coup partit et fracassa la tête du bourgeois : la cervelle jaillit sur le meurtrier.

Fribert s'affaissa, poussant un cri lamentable, et mourut.

Au bruit, plusieurs soldats accoururent, craignant un malheur.

— Ce n'est rien, leur dit froidement Ortenzio en s'essuyant les mains, c'est un traître que je viens de payer. Enlevez cette charogne.

XI

Gilberte.

Autour de la vaste cheminée, dans la salle basse de l'hôtellerie de l'*Homme sans tête*, nombreuse compagnie était assemblée.

Maître Philippe Maubuisson, assis au coin de droite, sur le grand fauteuil de bois garni de cuir, gardait une immobilité de statue, et ses yeux se fixaient, brillants de larmes contenues, sur les capricieuses images dessinées par le hasard dans la cendre mêlée de charbons ardents.

Il suivait le contours de la flamme se heurtant contre la plaque de fonte, rougissant les chenets, et dardant ses langues tordues, frangées de pourpre, irrisées d'azur.

Dame Renée, assise auprès de lui, travaillait à quelque ouvrage de couture ; la bavarde hôtelière paraissait avoir subi, ce soir-là, le sort de la femme de Loth. Elle piquait l'étoffe par un mouvement machinal, sans oser lever la tête, sans dire un mot, sans pousser un soupir.

De temps à autre elle jetait un regard empreint d'amour sur le visage de sa fille.

Gilberte, accroupie sur ses talons, enveloppée dans les plis serrés d'une robe de laine blanche, dans une attitude gracieuse, chauffait à la flamme ses mains bleuies par le froid. Elle souriait à sa mère.

La gaieté, légèrement teinte de mélancolie peinte sur son charmant visage, la nuance rose de ses joues, son doux sourire, formaient un violent contraste avec la douleur dont les traits vieillis de ses parents gardaient l'expression.

Les serviteurs, indifférents peut-être aux joies comme aux souffrances de leurs maîtres, s'occupaient à divers ouvrages, mais n'osaient point rompre le silence.

Parfois pourtant, l'apprenti Jobin soufflait quelque malice à l'oreille de Simonne, dont le rire était aussitôt réprimé par un regard sévère de Benoîte, la femme de charge, qui filait avec sa gravité coutumière.

Le berger Christin, ce naïf imagier, — notre lecteur s'en souvient, — taillait encore quelque morceau de bois. Il voulait, sans autre outil que son couteau, faire une quenouille pour sa mère, et l'orner de mignonnes figurines, semblables à celles de la flèche de la Vierge, en l'église des religieuses de Sainte-Claire; il creusait sa branche de chêne; le bas, décoré d'arabesques, se terminait

par une fleur de lys ajourée; l'ambition de Christin était de placer tout en haut le portrait de
Berthe au grand pied, la fille de Caribert, comte
de Laon, l'épouse de Pépin le Bref, la mère de
Charlemagne.

Christin ignorait ces détails historiques ; il ne
savait pas que cette reine avait été le sujet d'une
épopée du cycle carlovingien, écrite par le poëte
Adenez; mais la légende populaire lui avait appris
une phrase devenue proverbe : *Du temps que la
reine Berthe filait...*; et ce pauvre artiste voulait
consacrer la renommée de cette royale fileuse.

Absorbé par son travail, il ne remarquait ni le
silence de la famille, ni les sourires de Gilberte, ni
l'austère chagrin marqué en rides profondes sur le
visage de sa mère.

Il taillait son bois, aiguisant de temps à autre
son couteau pointu sur la pierre du foyer, et se disait qu'il serait bien heureux, oh! bien heureux!
s'il parvenait à façonner le manteau fleurdelysé,
à découper sans encombre la petite couronne aux
feuilles d'ache, à ciseler enfin, dans ses détails
menus, les plus déliés, le rouet de la dame aux longs
pieds.

En retrouvant à chaque instant ce surnom dans
sa pensée, l'habile pâtour fut conduit à faire cette
question, qui mit tout le monde en émoi, tant elle
était saugrenue en un pareil moment :

— Pourquoi dit-on que la reine Berthe avait de grands pieds?

— Je ne sais pas, répliqua brusquement Benoîte.

Le charme était rompu; chacun poussa un soupir de soulagement. Jobin Torchon fit un geste furtif à la vieille femme, et s'écria, d'un ton dégagé, comme pour motiver encore l'irrévérence qu'il se permettait, en élevant la voix devant ses maîtres sans être interrogé :

— Par ma foi! les gens de métier ont cejourd'hui reçu bonne frottée!... Ce grand comte de la Chambre s'en est allé, dit-on, par devers Monseigneur le roi de France, craignant que sa tête ne tint pas longtemps à son col!...

— Il y a donc eu bataille? s'écria Gilberte avec anxiété.

— Certes! reprit Jobin Torchon, fier d'avoir su tirer la jeune fille de sa rêverie. Un seigneur de Savoie, parent de feu notre évêque, s'en est venu, en grande compagnie de gens d'armes, pour chasser le nouvel élu, et mettre en sa place un noble de Piémont. Et les métiers de Genève lui ont livré combat dans la plaine de Chancy, en dessous du castel des révérends de Saint-Victor, lesquels n'ont pu obtenir la paix, quelques prières qu'ils aient adressées aux syndics et aux doyens...

— Oh! mon Dieu!...

— Je voulais aller voir, le maître n'a pas voulu, con-

tinua l'enfant d'un ton boudeur. Cependant Nicolas Bonbec et le fils à la Gervaise Maheustre y
sont allés, et ils ont rapporté plein leurs toquets
de beaux écus d'argent tout neufs.

— Tant il y a que beaucoup sont défunts à cette
heure ! ajouta la servante Simonne, en soupirant.

— Oui, dit à son tour un valet; Grégoire Buyot,
le taillandier de la rue aux Fers, le boucher Crollet,
Jacques Menon, sont tombés. Dieu ait leurs âmes
en son paradis !

L'on se signa pieusement. Philippe Maubuisson
s'agitait sur son siége; dame Renée maniait agile-
ment l'aiguille, feignant de ne pas prêter l'oreille
à cet entretien.

— Taisez-vous, murmura Benoîte, en cessant
tout à coup de tourner son fuseau, vous allez me
tuer ma fille Gilberte, da ! Voyez ses pauvres joues
blanches, quasiment comme ma guimpe, sauf respect !

— Ah ! dit la jeune fille, affaissée sur elle-même
et d'une voix brisée. Perceval ! mon Perceval !

— Gilberte, s'écria dame Renée, qui se détourna
pour cacher ses larmes à sa fille, Perceval est
parti pour Florence, avec maître Ortenzio, le
marchand, vous le savez bien !

Elle commettait un mensonge sublime. Apprendre à l'enfant la vérité sans ménagements, eût été
la tuer. Il y a des cœurs qui se brisent sous le

13.

heurt du malheur... Pauvre fiancée! Sa blanche robe, drapée en plis élégants sur son corps, allait devenir un vêtement de deuil, le deuil du premier amour, de cette affection sage, pure, chaste, que Dieu recommande aux époux : la tendresse de Sarah pour Abraham, de Rachel pour Jacob. La vie est soumise à des heures fatales, pendant lesquelles on appelle vainement la mort, parce que le tombeau guérit toutes les douleurs, et que les chrétiens croient à une éternité meilleure, la plus douce espérance, la plus consolante foi.

Il se fit de nouveau dans la salle un morne silence, interrompu seulement par les grésillements de l'âtre et des soupirs étouffés. Christin, joyeux, travaillait avec une sorte de délire. Le bois prenait, sous ses doigts habiles, la forme qu'il désirait. Déjà la figure de Berthe s'ébauchait; le manteau royal, damassé de fleurs de lys entrelacées de lacs d'amour, se drapait en plis somptueux.

Sa mère disait à voix basse le *De profundis*, et Jobin Torchon lui-même, honteux d'avoir, au lieu de la joie, ramené la tristesse, penchait la tête et songeait.

Le bruit sec des fers d'un cheval battant le pavé, provoqua de la part de toute l'assemblée un mouvement de curiosité.

L'on n'attendait personne. En temps de guerre l'on voyage peu.

L'hôtelier, se levant, courut vers le porche. Il entrevit dans l'ombre un cavalier qui mettait pied à terre sans toucher le montoir, et lui dit aussitôt, à voix basse :

—De grâce, ne lui dites rien, Messire, car l'enfant mourrait !

Il y avait un tel accent de supplication, de terreur, dans ces paroles de Maubuisson, que l'étranger frissonna.

— C'est moi, dit-il, c'est moi, Philippe, ne craignez rien.

Atterré, l'aubergiste reconnut Ortenzio, richement vêtu, les traits rembrunis par quelque pensée lugubre. Il songea aux conséquences de l'arrivée d'un tel personnage, qu'il croyait reparti pour son pays natal, et dont il avait découvert le déguisement. Néanmoins, résigné, conservant encore une secrète espérance, il se décida à l'introduire. Les mœurs hospitalières de l'époque lui défendaient d'ailleurs de refuser l'entrée de sa maison à un voyageur.

—Eh bien ! lui demanda-t-il, tandis qu'un valet conduisait le cheval à l'écurie, Genève est aux Savoyards ?

— Non, mais elle est châtiée de sa rebellion.

— Au prix de combien de vies ?... Perceval des Plans a péri, n'est-ce pas ?

— Hélas !... Il y avait du cœur dans ce jeune homme ; je le regrette, mon maître.

—Moi, je le pleure. C'était le fiancé de ma fille.

Ortenzio ne répondit pas. Il entra, précédé de son hôte, qui feignait d'être heureux de le revoir et le complimentait en lui souhaitant la bienvenue.

Gilberte lut dans les yeux de son père un arrêt de mort. Elle considéra froidement cet homme étrange ; elle remarqua son justaucorps de velours noir, sa cape fourrée de zibeline, et parut se demander comment il se faisait qu'un marchand pût étaler un pareil faste. Puis, tout à coup, impétueuse, superbe, elle se dressa devant l'Italien et lui cria d'une voix terrible :

—Qu'avez-vous fait de Perceval ?

Maubuisson lui prit les deux mains, qu'il serra dans les siennes, et répondit en balbutiant ces mots entrecoupés de soupirs :

—Ma fille ... ma fille adorée... Gilberte ! Messire n'avait pas la garde de... de... ton... de notre ami.

— C'est ce que l'infâme Caïn dit à Dieu, qui lui demandait ce qu'il avait fait de son frère.... Ah !... Vous l'avez assassiné par vos rigueurs.

— Mademoiselle ! murmura Ortenzio d'un ton insinuant.

— Assassiné, dis-je ! s'écria-t-elle, arrivée au

paroxysme de l'exaltation. Il était ce matin à Chancy, le drapeau de Genève flottait sur sa tête...Je l'ai vu... Ne m'avez-vous pas dit, ce tantôt, que cet homme l'emmenait avec lui au pays où fleurissent les roses ? Les roses !... Je ne les aime plus... Oh! pauvre Perceval, il dort à cette heure dans le sang, sous la neige... Eh! que m'importaient, à moi, vos querelles, vos guerres ! Allez, je vous hais!... Maman!... Oh! maman!

Elle éclata en sanglots, et tomba sur les genoux de sa mère, qui la serra contre son sein, l'arrosant de ses larmes, et confondant sa douleur avec la sienne, pour adoucir la rudesse de ce coup.

Accablé par ses émotions si longtemps comprimées, Philippe se laissa tomber sur un siége, et se couvrit le visage de ses deux mains.

L'Italien contemplait ce tableau et paraissait en proie à une souffrance réelle. Ce désespoir sincère touchait ce cœur de bronze.

La vieille Benoîte, agenouillée auprès de son enfant chérie, lui prodiguait les soins, les caresses; Jobin Torchon s'arrachait les cheveux et frappait du pied avec rage : c'était sa manière de pleurer.

Enfin le berger Christin regardait, comme frappé de la foudre, les débris de son chef-d'œuvre épars sur les dalles. En voyant tomber Gilberte, qu'il aimait à l'égal d'une sœur et respectait à l'égal d'une sainte, sa précieuse quenouille s'était échappée de ses mains.

— Ah! dit-il, d'une voix éplorée, la reine Berthe est cassée en trois morceaux.

Dédaignant de ramasser les restes de cette création de son burin, il se frappa le front, et courut au dehors chercher du secours pour sa jeune maitresse.

Gilberte gisait évanouie entre les bras de sa mère.

Ortenzio s'approcha de l'aubergiste et lui frappa sur l'épaule.

— Maître Maubuisson, lui dit-il, en le tirant à l'écart, le moment est mal choisi pour une telle démarche, mais je repars demain pour Turin, et, au reste, ce vous sera peut-être une consolation d'entendre ceci... Je me nomme Ortenzio, seigneur d'Imola ; je suis cousin de Savoie, écuyer du comte de Bresse, et je possède une grosse fortune : huit mille livres de revenu. Voulez-vous me donner Gilberte pour femme ?

Ébloui par une telle proposition, l'hôtelier sentit sa langue se coller à son palais et ne put répondre.

Ortenzio avait deviné juste. La richesse, un grand nom, exercent une telle fascination sur les hommes les meilleurs, que ce père ne pensait plus au danger de mort qui menaçait sa fille.

Il la voyait heureuse, châtelaine, reçue à la cour.... Ce brillant mirage effaça le souvenir du fiancé qui, douze heures auparavant, exhalait son dernier soupir sur un champ de bataille.

Il s'avança vers sa femme et lui annonça la surprenante nouvelle :

— Eh ! que m'importe, s'écria dame Renée, pourvu qu'elle vive !

Un jour plus tôt cette alliance inespérée l'eût rendue folle d'orgueil. Entre Perceval vivant et le seigneur d'Imola, elle n'eût pas hésité.

Cette scène abattait sa vanité, effaçait ses ridicules ; elle n'était plus cette bourgeoise rogue, hautaine, que nous avons connue : elle était mère ! Elle eût donné sa fille au bourreau, s'il l'eût fallu, pour la sauver.

Au bout d'un long quart d'heure, Gilberte reprit connaissance. Elle se souleva péniblement, et promena autour d'elle un regard.

— Ma mère, dit-elle d'une voix douce, vous m'accompagnerez à l'autel, n'est-ce pas?.... Je serai belle.... Le prêtre nous bénira ; ses paroles nous promettront un long avenir de bonheur... Oh! mais je souffre, moi !... Mon cœur brûle... Ma tête est en feu... Perceval !...

Elle se débatit, presque suffoquée, entre les bras de sa mère qui la voulait retenir.

— Mon Dieu ! fit Benoîte, mon enfant devient folle !

— Folle! va-t-en! cria la mère courroucée.

Elle repoussa violemment la vieille femme, et se leva, étreignant Gilberte et la pressant avec une sorte de fureur sur sa poitrine.

— Bonne dame, lui dit alors Ortenzio d'Imola, elle a subi un choc terrible et sa raison s'altère, en effet. Laissez-la libre de ses mouvements, et peut-être la sauverai-je.

Elle comprit que cet homme était sincère, et déposa l'enfant sur le sol.

Quand Gilberte reprit ses sens, elle se leva, sans rien voir autour d'elle, et se dirigea lentement vers la porte.

— Mignonne! exclama la mère en tombant à genoux et tendant les mains vers elle.

La jeune fille parut ne point entendre cette voix si chère.

Elle souleva le loquet, l'huis grinça sur ses gonds, elle sortit.

D'un geste impérieux Ortenzio cloua à sa place dame Renée qui voulait s'élancer et la suivre.

Il sortit en modérant le plus possible le bruit de ses pas.

Ainsi qu'il l'avait deviné, Gilberte prit la direction du lac.

Elle marchait d'un pas automatique, égal, glissant sur le pavé enduit de verglas; sa robe blanche flottait autour d'elle : on eût dit un suaire; ses

chevéux dénoués, retombant en boucles rutilantes
sur ses épaules, reluisaient dans l'ombre, semblables au nimbe doré de ces nobles figures de
vierges peintes sur les vitraux des cathédrales.

Elle chantait, d'une voix basse, monotone, sans
cadence, un couplet d'un cantique à Marie.

Le lac étincelait aux rayons de la lune : saphir
azuré, nacré de paillettes d'or, jeté sur une four-
rure d'hermine.

Les nappes argentées de la neige frangeaient
ses bords.

Quelques touffes de joncs desséchés se penchaient
languissamment sur l'eau bleue.

Ortenzio vit errer sur la berge une sorte de fantôme.

C'était Christin, le berger.

Le même cœur battait dans ces deux poitrines;
l'homme à demi-sauvage, le montagnard, cachait
une délicatesse exquise, la suavité d'une sensitive,
sous ses apparences grossières.

Il devançait l'homme policé, le rusé courtisan,
le fin observateur, le diplomate.

La même pensée, le même instinct les conduisait là.

Ortenzio ne dédaigna pas de tendre la main au
pâtour.

Ils échangèrent quelques mots brefs, rapidement.

Gilberte, dans son délire, exaltée par la fièvre, ce sentait bruire en son cerveau une idée fixe : rejoindre au plus vite son bien-aimé.

Elle prenait le chemin le plus court.

Maîtresse d'elle-même, possédant sa lucidité, sa raison, la pieuse enfant, naïve, croyante, eût reculé devant le suicide. A ses yeux, c'eût été le plus grand des crimes, car Dieu n'a pas laissé l'homme libre de choisir l'heure de sa mort.

La créature doit attendre l'appel du Créateur pour abandonner cette existence misérable à laquelle elle est condamnée, préface d'une éternité de jouissances ineffables, si le chrétien la supporte suivant la loi du Rédempteur.

Elle descendit sur le sable, entra dans l'eau, sans détourner la tête, fit quelques pas en avant et tomba.

La sensation du liquide glacé l'éveilla de sa léthargie morale. Elle se sentit mourir et cria :

— Au secours !

Le grand seigneur et le pâtour étaient déjà près d'elle....

Seuls, en face l'un de l'autre, le père et la mère pleuraient.

Les serviteurs, épouvantés, s'étaient cachés.

Dame Renée comptait les secondes. Chaque minute lui durait un siècle, chaque seconde la vieillissait de dix ans.

Elle souffrait ces déchirements aigus qui lacérè-
rent des entrailles maternelles sur le Golgotha, où
chaque femme accomplit, une fois dans sa vie, sa
douloureuse station.

— Reviendra-t-elle?

Philippe restait plongé dans une amère méditation, tressaillant parfois et réfléchissant, écrasé
par l'angoisse. Un cercle de fer enserrait ses tempes et son front; ses paupières battaient; ses dents
mordaient ses lèvres jusqu'à ce que le sang jaillît;
il ressentait au côté une douleur lancinante. Sa
peine était plus physique que morale. Chez la mère
on devinait le contraire : le corps obéissait à l'âme.

Oh! combien elles sont longues, ces heures de
l'attente, quand on est sous le coup d'un événement
malheureux! combien de tortures elles infligent!...
Et le temps, inexorable, marche sans ralentir sa
course, vole sans la précipiter. L'on voudrait arriver au chiffre fatal, et l'on tremble en voyant l'aiguille avancer méthodiquement, sûrement, vers le
but.

Onze heures!

— Voici bien longtemps qu'elle est partie, dit la
mère; il y a bien cent minutes, mon homme!

— Dix à peine, Renée!

— Que fait-elle? Me la ramèneront-ils?

— Espérons.

Ils se renfermèrent de nouveau en eux-mêmes,

s'étonnant d'avoir pu prononcer ces paroles, et se demandant pourquoi la pitié de Dieu ne descendait pas sur eux, en les rappelant aussi.

— Ah! Philippe, reprit dame Renée après un pénible silence, votre avarice est cause de tout ceci.

— Femme, humiliez-vous : l'orgueil est un mauvais conseiller. Si Perceval eût été riche et bourgeois, notre fille serait mariée, et nous verrions notre gendre à nos côtés, au lieu de pleurer ces deux êtres si chers.

Alors ces deux vieillards, n'ayant plus d'espérance aux hommes, se mirent à genoux. Ils implorèrent Celle que nous appelons Consolatrice des affligés, Refuge des pécheurs, Secours des chrétiens. Ils supplièrent cette Mère à qui, sur le Calvaire, toutes les douleurs humaines furent en un instant révélées. Cette prière les rendit calmes, résignés. Déjà leurs larmes ne coulaient plus.

Minuit sonna.

La porte s'ouvrit avec un bruit sec. Ils n'osèrent point regarder, craignant de voir un cadavre. Gilberte était sur le seuil, soutenue par Ortenzio et le pauvre Christin, qui souriait et pleurait ivre de bonheur.

— Ma mère, mon père! dit une voix mélodieuse, qui leur sembla descendre du ciel, Madame sainte Marie a fait un miracle : je suis vivante et guérie!.... Prions!..

XII

Finis coronat opus.

Le lendemain, Messire Antoine de Champion fit son entrée dans Genève, accompagné du comte de Bresse et d'une foule de seigneurs, parmi lesquels on remarquait ses fils, car avant d'entrer dans l'état ecclésiastique, il avait été marié.

Il fut bien accueilli.

La population se porta à sa rencontre et l'acclama avec enthousiasme.

Parmi ceux qui criaient le plus fort, on eût pu reconnaître bon nombre des combattants de la veille.

On s'inquiéta fort peu de l'absence de maître Antoine Fribert. La corporation des menuisiers avait déjà élu un autre doyen dans la matinée.

L'évêque Champion s'est fait peu connaître dans l'histoire.

Les chroniqueurs de Genève nous apprennent

qu'il fut présent à Turin, le 17 septembre 1491, à la confirmation des priviléges accordés par la duchesse Blanche de Monferrat à la famille de Menthon, et témoin des franchises octroyées à la ville de Cluses. Il mourut quatre années plus tard, ayant siégé cinq ans.

Son successeur fut Philippe de Savoie, troisième fils du comte de Bresse, que le chapitre élut à l'âge de sept ans, et qui, s'étant démis de son évêché en faveur de Charles de Seyssel, devint la tige des ducs de Nemours.

Le protonotaire d'Aix devint évêque de Genève vingt ans après les événements qui font le sujet de ce récit. Trente mois après, il mourut. Il était d'une humeur douce et affable, nous dit Spon ; mais il n'avait pas beaucoup d'étude ni un esprit fort pénétrant.

Le comte de la Chambre fut aussi heureux que lui. Philippe-Monsieur s'était emparé du château d'Aix, avait fait raser plusieurs autres de ses manoirs, obtenu contre lui une sentence du Conseil de Turin qui le condamnait pour crime de lèse-majesté, à la peine capitale et à la confiscation de ses biens. Mais le roi de France intercéda pour lui et obtint facilement sa grâce. Il revint donc, mais il passa le reste de sa vie dans l'obscurité.

Le petit duc Charles-Jean Amédée mourut à Montcalier, le 16 avril 1496, d'une chute faite en jouant à la balle.

Philippe-Monsieur, son grand-oncle, lui succéda. Il avait alors cinquante-huit ans. Après avoir été cause de presque tous les troubles du pays pendant les règnes de son père, de son frère, de ses neveux et de ses petits-neveux, il conservait encore les restes de son caractère violent.

Pourtant « l'histoire le loue, dit le marquis Costa, dans ses *Mémoires*, d'avoir pardonné généreusement, lorsqu'il eut le pouvoir en main, à ceux qui l'avaient autrefois traversé dans ses révoltes et ses intrigues. »

Il régna sans éclat et mourut sans gloire.

Un jour que le comte de Bresse vint à Lyon faire visite à son bon cousin le roi Charles VIII, il amena avec lui son page, Pierre du Terrail.

Le jeune homme avait grande mine. Quoique sa famille fût loin d'être riche, il menait beau train, portant, comme le disait, un siècle plus tard, Brantôme des gentilshommes de son temps, les prés et les moulins de son père sur ses épaules.

Ce joli garçon, toujours costumé suivant les lois de la dernière mode, obtint un succès à la cour. Le jeune roi l'aimait pour son esprit et sa vaillance. Il était, du reste, fort bien élevé, disert, adroit aux exercices du corps, dansait élégamment, savait manier une épée, rimer un couplet, faire la révérence, et battait dru ses camarades lorsqu'ils se montraient par trop étourdis.

La cour se trouvait, un soir, réunie dans le préau du vieux palais. Il y avait Madame Anne de France, qui mettait noblement en pratique la devise de son époux : *A tout venant, beau jeu !* le maréchal Trivulce, Lautrec, encore enfant, un grand nombre d'hommes qui s'illustrèrent sous le régne de François Ier, si faussement nommé le Roi-Chevalier.

Des écuyers amenèrent un cheval récemment envoyé de Sardaigne au doge de Venise, et donné par ce prince au roi Charles.

— Venez çà, dit le roi à Bayard, et domptez ce palefroi qui ne se veut laisser monter par personne.

L'enfant obéit, et sauta lestement en selle ; puis, fournissant la carrière, il réussit à faire en peu de temps ce que n'avaient pu faire les plus habiles écuyers.

Emerveillé de l'agilité de Pierre, Charles VIII pria le comte de Bresse de lui céder ce page, et Philippe, qui n'avait jamais pu lui pardonner son ambassade de Genève, y consentit avec joie.

La France avait conquis Bayard !

Comme il ne cessait de jouer de l'éperon, soit à la chasse, soit en course, en criant : « Piquez !» ses camarades finirent par lui imposer ce surnom. Le roi ne le nomma jamais autrement

A dix-sept ans, il eut l'audace de se mesurer

dans un tournoi avec l'un des plus célèbres jouteurs du monde, le chevalier de Vaudrey.

Il eut le bonheur de le désarçonner.

Quelque temps après, il partit pour l'expédition de Naples, et commença les prouesses qui le firent appeler plus tard : le *Chevalier sans peur et sans reproche.*

Maintenant que nous nous sommes acquitté de notre devoir d'historien, il nous importe d'achever notre tâche en traçant le dénouement de ce trop long récit.

Le 7 mai de l'an 1496, une cavalcade nombreuse cheminait sur la route conduisant de Genève à Chambéry, à travers les plaines fertiles de la montagne.

A l'arrière, deux serviteurs en livrée, l'escopette au poing, escortaient une litière vide pour l'instant, et décorée d'armoiries, d'arabesques dorées, de riches sculptures.

En se penchant à l'une des portières de ce véhicule, on eût pu apercevoir un objet reposant sur les coussins de soie, et dont la présence là eût pu exciter quelque étonnement.

C'était une quenouille en bois de chêne, ciselé à jour. Elle se terminait à la pointe supérieure par une statuette de dix pouces de hauteur, représentant une reine au manteau fleurdelysé, de qui le pied, d'une longueur démesurée, se posait sur la

14

planchette d'un rouet en miniature. Des enroulements de feuillage, des guirlandes de fleurs, cise-
lés avec un goût exquis, complétaient l'ornement
de ce petit chef-d'œuvre.

A cinquante pas en avant, un cavalier et une
dame, montés l'un sur un cheval alezan, l'autre
sur une haquenée blanche de robe, à l'œil de feu,
marchaient au pas en devisant gaiement.

L'homme ·était jeune encore; une barbe noire,
des cheveux bouclés encadraient ses traits réguliers, d'une beauté virile, rehaussée en cet instant
par l'expression de bonheur qui les illuminait.

Ses riches vêtements indiquaient un gentilhomme:
des grègues et un pourpoint de drap violet brodé
en soie de même couleur, de larges bottes en cuir
de Cordoue, un chapeau à l'allemande, orné d'une
ganse d'argent, composaient ce costume à la fois
élégant et simple.

La dame, enveloppée d'une longue robe en étoffe
de soie d'un vert sombre, portait un masque semblable à celui que les dames de la cour de Marguerite de Valois devaient adopter un demi-siècle plus
tard, et nommé un *touret de nez*.

Ce lambeau de velours noir empêchait de bien
distinguer ses traits. Mais, à sa chevelure d'un
blond cendré, tordue en nattes épaisses au-dessus
de son front, aux éclairs qui jaillissaient à travers
les trous du masque, on devinait une femme jeune
et belle.

Silencieuse, elle gardait une attitude pleine de mélancolie, et jetait parfois des regards ennuyés sur le magnifique paysage aux indices duquel elle apparaissait, semblable à ces nymphes, à ces déesses que les peintres de la Renaissance aiment à montrer, gracieuses, timides, voilées, dans un des coins de leurs tableaux, sous les arbres, derrière les feuilles.

— Vous semblez triste, ma mie! dit enfin le cavalier d'un ton où perçait une profonde affection. Pourquoi? Voyez s'étager à notre gauche les hauteurs boisées du mont Clergeon. Voyez, là-bas, dans la plaine, le Rhône bondir follement à travers les îles semées d'arbres touffus. Voyez ce beau ciel bleu, comparable au firmament d'azur de mon Italie, qui sera vôtre bientôt... Gilberte, à quoi pensez-vous?

— Je pense, Ortenzio, que j'abandonne une patrie bien chère!

— Oui, mais pour en trouver une bien belle!

— C'est vrai... Cher époux, je pense aux miens, qui pleurent là-bas, déjà bien loin..., à mon père, le pauvre vieillard, qui ne veut point s'éloigner de la croix à l'ombre de laquelle repose ma mère.... à ma vieille Benoîte, que jamais je ne reverrai.... à Christin, ce naïf enfant, qui m'a donné la quenouille de la reine Berthe..., souvenir d'un jour malheureux, hélas!

Le cavalier s'approcha d'elle et lui dit, avec un doux sourire :

— Vou ez-vous retourner en arrière, Gilberte?

Elle lui tendit la main, soupira, et répondit ensuite d'un ton décidé, presque joyeux :

— Non, Ortenzio... Gilberte Maubuisson n'est plus : la comtesse d'Imola se doit à sa nouvelle famille ; et n'avez-vous pas entendu le prêtre qui bénit notre union nous dire : *La femme doit suivre son mari !*

FIN DE LA MITRE ET L'ÉPÉE.

LE VŒU

DU

NOTAIRE TRUCHET

14.

Chronique de l'an 1496

I

Au temps où le bon duc Philippe gouvernait le duché de Savoie, qu'il tenait de son arrière-neveu, le petit duc Charles 11, mort d'une chute qu'il avait faite en jouant dans l'escalier du château de Mont-calier, le 15 janvier de l'an du Seigneur 1496, la grande porte du manoir de la Chambre s'ouvrit, la herse se leva, le pont-levis s'abaissa, livrant passage à trois cavaliers, bien enveloppés de manteaux.

C'était une sombre et triste journée d'hiver ; le ciel, d'un gris de plomb, semblait peser de tout son poids sur les cimes colossales des Alpes, couvertes de neige ; les crêtes aiguës, d'un blanc mat, du col de la Madeleine, se confondaient avec les nuages ; les forêts de sapins qui tapissent les croupes des montagnes diapraient de rayures noires cette blancheur éclatante et uniforme, que striaient, plus

bas, de leur verdure jaunâtre, les genévriers, les
houx, les ronces. Les ruisseaux gelés se taisaient;
les cascatelles bondissant du sommet des rochers,
restaient immobiles, figées par le froid et trans-
formées en brillantes stalactites de cristal. Au lieu
des bouquets parfumés, des saxifrages et du lise-
ron qui les fleurissent dans la belle saison, les rochers roux n'étaient ornés que de plaques de lichen
gris, et, çà et là, d'une guirlande de lierre frisson-
nant sous la brise.

L'Arc, torrent qui traverse cette étroite et pauvre vallée de la Savoie, roulait ses eaux fangeuses,
noircies par les détritus d'ardoise qui les troublent,
entre deux bancs de glace. La plaine, marécage
aux roseaux d'un vert glauque, entrecoupés d'o-
seraies, bordés de saules étêtés, avait un aspect
désolé.

Sous leur couche de neige, les vieilles et laides
maisons du bourg de la Chambre paraissaient
plus noires, plus caduques, plus ruinées. De minces filets de fumée se dégageaient de leurs hautes
cheminées et, se réunissant, formaient une nuée
bleue, ondoyant dans l'espace. L'aspect général
de ce paysage était mélancolique et monotone ; la
lumière terne de ce jour d'hiver jetait des glacis
brillants sur certaines parties de la montagne, des
reflets azuréssur l'arête des pics, des ombres de
couleur cendrée dans le creux des ravins. Les

grand arbres, sapins et cyprès, aux branches
tombantes frangées de brindilles vertes, moiraient
d'arabesques fantasques l'épais tapis de neige qui
voilait le sol ; des oiseaux volaient au-dessus du
marécage, disparaissant parfois dans l'inextricable
fouillis des joncs sveltes aux feuilles luisantes et
des herbes paludéennes qui s'y entrelaçaient. Un
rayon de soleil eût éclairé ce site de myriades d'é-
tincelles.

Un grand silence régnait, que rompaient seulement le grondement sourd de l'Arc roulant des
cailloux et des glaçons, les cris discordants des
buses et des canards sauvages, le sifflement sec,
net, du vent heurtant les angles des roches, secouant les arbres desséchés.

Les trois cavaliers descendirent au petit pas les
rampes qui, du manoir, s'avançaient vers le bourg.
Ils traversèrent le pont rustique jeté sur le ruisseau Bugeon, et s'engagèrent dans l'unique rue,
étroite, tortueuse, de la Chambre. Comme ils passaient, sans presser leur allure, devant le portail
en ogive du prieuré des Bénédictins, un moine qui
en franchissait le seuil vint à eux et dit familiè-
rement à celui qui paraissait être le chef de la
chevauchée :

— Vous sortez de bien bonne heure, sire Aynard
d'Arloz. Où donc allez-vous?

— A Saint-Avre, ne vous déplaise, damp Corneille ! Et ce, pour vilainement besogner, oui-da !

Le moine se joignit résolûment au petit groupe, marchant à côté d'Aynard d'Arloz et devisant de toutes choses, pour cacher sans doute de secrètes préoccupations, car son visage s'était rembruni.

Les deux cavaliers qui escortaient Aynard étaient des hommes d'armes, car sous leurs houppelandes reluisaient les mailles d'acier de leur haubergeon ; ils avaient bourguignotte en tête, avec le panache aux couleurs de la noble maison de la Chambre, rouge et bleu. Ils étaient armés de piques, et le fourreau de leur long espadon à solide poignée de fer, battait les flancs de leur monture.

Aynard, enseveli sous les plis d'une grande cape de drap brun, à capuchon rabattu, ne laissait voir que son visage, une martiale figure, couturée de cicatrices, ornée de longues moustaches retroussées en crocs ; œil loyal et franc, d'un bleu vif, sous d'épais sourcils noirs, bouche vermeille et souriante.

Les traits du bénédictin, homme dans toute la force de l'âge, trahissaient un esprit pénétrant aussi bien qu'un caractère jovial ; on y lisait la paix du cœur, la pure gaîté, le penchant aux douces rêveries ; on y voyait la trace de labeurs continuels. Damp Corneille était le cellérier du prieuré.

En un quart d'heure, la distance qui sépare la Chambre du pauvre hameau de Saint-Avre fut franchie, et la troupe fit halte sur la petite

place de ce village, place que bordaient une chapelle plus modeste encore qu'une chaumière, entourée de quelques cabanes, et une vieille tour à
deux étages, carrée, trapue, qu'habitait alors le ta-
bellion ou notaire ducal, maître Jean-Baptiste
Truchet. Mais la tour semblait abandonnée, déserte ; la porte et les fenêtres, closes et leurs volets
doublés de bandes de fer, assujetties par d'énormes
clous.

— Le merle s'est envolé et la cage est vide ! dit
à haute voix le sire d'Arloz, Et il ajouta, en s'a-
dressant au seul damp Corneille :

— Tant mieux !

Il se débarrassa de son lourd manteau et apparut
alors vêtu d'une dalmatique de velours bleu se-
mée de fleurs de lys brodées en fil d'or et traver-
sées, à chaque quartier, d'une bande de soie rouge,
car la Chambre portait en son écu d'armoiries :
*d'azur semé de fleurs de lys d'or sans nombre à
la bande de gueules brochant sur le tout*, avec cette
fière devise : ALTISSIMUS NOS FUNDAVIT. Il se coiffa
d'un toquet, empanaché de plumes incarnadines.
Ses trousses et ses bas-de-chausses étaient de gros
drap écarlate, et ses bottes de cuir d'Espagne,
fourrées de peau de marmotte, montaient jusqu'aux genoux. Il dégagea des crochets de cuivre
vissés à la selle de son courtaud rouan, une longue
trompette à pavillon évasé ornée d'un gonfanon
blasonné.

— Ho ! ho ! murmura le bénédictin, quel cri allez-vous crier, sire d'Arloz ?

— Vous l'ouïrez, beau père ! mais, par ma fi, j'eusse voulu que mon compaing Lyonnet le criât lui-même.

Et approchant la trompette de ses lèvres, il en tira un son rauque, prolongé, que l'écho répéta cent fois, avec un fracas de tonnerre et qui alla, de vibration en vibration, s'éteignant peu à peu. Aussitôt les portes de toutes les cabanes s'ouvrirent, et trente ou quarante paysans, vieillards à barbes blanches, femmes accortes et gentilles, garçonnets turbulents et filettes timides formèrent un cercle autour du héraut. Les hommes moins curieux ou plus défiants se tinrent à l'écart.

Au préalable, Aynard d'Arloz atteignit une buire d'argent suspendue à son col par un cordon et but une franche lampée de son coutenu. Après quoi, l'ayant passé à damp Corneille, qui but à son tour, il sonna pour la seconde fois un vigoureux appel. Ces formalités accomplies, il se dressa sur les étriers, et s'écria d'une voix retentissante :

— Oyez ! oyez ! A tous nos féaux et amés vassaux, gens de lignage, bourgeois, manants, de nos comtés, seigneuries et domaines, Nous, Louis de Seyssel, comte de la Chambre, des Heuilles et de Dammartin, vicomte de Maurienne, faisons assavoir que Jean-Baptiste Truchet, notaire ducal, de résidence à Saint-Avre, ayant commis contre notre personne crime de rébellion, trahison, et calomnie, ledit étant véhémentement soupçonné d'homicide, vol et autres griefs, avons, de notre science certaine, résolu de le livrer à notre justice, mandons et ordonnons à tous nos gens, amis et féaux sujets de lui courir sus, et qui le cachera, sa peine propre encourra!.. Oyez!...

A peine le héraut eut-il prononcé ces paroles, que des cris d'indignation retentirent de toutes parts:

— C'est une honte ! Notre redouté seigneur en a menti ! crièrent quelques voix.

Le moine devint pâle et lança un regard suppliant au sire d'Arloz.

— N'ayez crainte ! dit celui-ci, qui avait feint de ne pas entendre. Je ne veux mie me faire écharper. Fi ! la méchante mission que m'a valu mon compaing Lyonnet!.. De cent jours, pour l'en punir, je ne choquerai ma coupe contre la sienne.

— Est-ce du meurtre de ce malheureux enfant, Jocelyn d'Epierre, que l'on accuse maître Truchet ? demanda le bénédictin.

— Oui, vraiment, mon révérend... et de bien d'autres choses encore.

Les habitants de Saint-Avre se pressaient autour des cavaliers; mais, la première impression passée et la prudence revenue, ils modéraient à plaisir leurs transports de fureur.

Une femme qui touchait aux extrêmes limites de l'âge, car sa tête chenue et branlante se baissait vers la terre, et pour marcher elle s'appuyait sur deux béquilles, s'avança vers le héraut, qui serra la bride de son cheval pour le faire cabrer, tant cette hideuse mégère sembla lui causer une profonde répulsion.

— La mère du bourreau! cria la voix sonore d'un jeune garçon. Que va-t-elle dire au valet du maître du bourreau?

— Voulez-vous que je fauche vos têtes avec la lame de mon épée! proféra Aynard d'Arloz, avec un accent terrible.

La vieille se mit à ricaner, en levant sa béquille, dont elle menaça les paysans.

Ceux-ci reculèrent.

— Beau sire, dit-elle au héraut, combien donnerait-on à qui révèlerait la cachette de Jean-Baptiste?

— Trois florins d'argent, sorcière! Trente deniers de plus qu'on ne donna à Judas pour livrer Notre-Seigneur Jésus, par ma fi!

A ce moment un homme fendit la foule, qui s'écarta sur son passage, en manifestant une bruyante surprise.

Aynard d'Arloz donna du poing sur le pommeau

de sa selle. Les joues de damp Corneille s'empourprèrent.

— Mère nourrice, dit le nouveau venu à la vieille, d'un ton empreint d'une âpre raillerie et d'une indicible amertume, mère nourrice, je ne veux pas qu'il soit dit que la femme qui m'a nourri de son lait me donne la mort après m'avoir donné la vie. Je t'épargne un grand péché. Garrottez-moi, sire d'Arloz !

— C'est avec bien de la peine ! murmura le vaillant soldat.

Jean-Baptiste Truchet, calme et tranquille, embrassa le moine, qui pleurait; puis, d'un seul bond, il se mit en selle, en croupe du héraut, en s'écriant :

— Je me rends, secouru ou non secouru, en mon honneur ! Où me conduisez-vous, sire d'Arloz?

— Au donjon des Heuilles : on n'en sort pas ! répondit Aynard d'un ton bourru.

— Avec la grâce de Dieu, riposta le notaire ducal, j'en sortirai. Adieu, vous autres ! Priez pour moi, damp Corneille. Mère nourrice, je te pardonne.

Déjà d'Arloz avait piqué des deux et la petite troupe courait au galop sur la route de Chambéry.

Damp Corneille entra dans l'église.

Les paysans, silencieux, émus, se dispersèrent.

II

— Eh bien ! maître Jean-Baptiste, comment vous va, ce matin ?

— Mal, toujours mal, ami Moustierne. Voici que s'ouvre le cent quatre-vingt-quatrième jour de ma captivité, et je suis, comme au premier jour, confiant en Dieu, plein d'espoir contre toute espérance.

— Il y a bien longtemps que vous n'avez vu le soleil, maître Jean-Baptiste ! Il est si beau, ce jour-d'hui !... Il illumine les coteaux et les chauffe; le raisin se nuance de pourpre, les pampres verts se tordent et se dorent sous ses ardents rayons.

— L'eau que tu me donnes à boire est saumâtre, Moustierne, et mon pain de seigle est plus dur que la pierre.

— L'air est pur, embaumé du parfum des roses, du sainfoin, de l'aubépine....

— J'étouffe dans cette prison obscure, et ne puis soulever mes bras chargés de fers !

— Les oiseaux chantent dans les bois, sous le

feuillage frais... Ils se désaltèrent au courant des ruisseaux limpides...

— Ils sont heureux : Dieu les a faits libres.

— Les moissonneurs dressent les gerbes dans les champs. Quand ils rentreront ce soir, la faux sur l'épaule, la ménagère les accueillera avec de douces paroles, un gracieux sourire, et les petits enfants grimperont sur leurs genoux, gazouillant, la joue rose et l'œil mutin !...

— Je ne reverrai plus mon vieux père, que le chagrin a sans doute porté au tombeau, ni mon petit frère Jacques, le choriste de la cathédrale, qu'on aura chassé par delà les monts, l'innocent !

— Maître Jean-Baptiste, est-ce que cela ne vous met pas en colère que je vous parle du soleil, des fleurs, des oiseaux, des joies du cœur, à vous qui pourrissez depuis six mois sur une litière infecte, vivant de pain moisi et d'eau croupie ?

— Moustierne, la solitude m'a enseigné la patience... Tu m'outrages, moi je te plains !...

— Maître Jean-Baptiste, il ne vous faudrait prononcer qu'un mot, pour ressusciter, de mort que vous êtes !

— Ce mot, je ne le dirai pas.

— Parce que c'est un mensonge ? Un mensonge qui sauve !

— Je ne veux pas mentir.

— Vous ne reverrez pas le ciel bleu, les jolies

vallées de Maurienne, les grands monts couverts
de forêts !...

— Dieu protége l'innocent, l'opprimé contre l'op-
presseur. Peut-être es-tu plus en danger que moi,
l'ami !..

Moustierne lança un grossier éclat de rire, et il
sortit en agitant son gros trousseau de clefs, dont
le cliquetis retentit longtemps encore, au delà de
l'énorme porte, bardée d'acier.

Ce colloque avait lieu, le 18 juillet 1496, entre le
pauvre notaire Truchet et le guichetier Moustierne,
ancien archer ravalé à cette condition infime, à
ce métier qu'il faisait pour un peu d'argent.

La cellule était carrée, haute d'étage; le rocher
nu servait de plancher, car elle occupait les fonda-
tions mêmes de la tour; des murailles énormes,
épaisses de sept pieds, l'enserraient; un étroit soupirail, fermé par une triple grille à barreaux croisés,
y laissait passer assez d'air et de lumière pour que
le prisonnier ne mourût pas asphyxié. La porte
s'ouvrait sur une tourelle où tournait un escalier
en pas de vis.

Truchet était retenu à un bloc de granit, par
quatre grosses chaînes que des bracelets d'acier
attachaient à ses poignets et à ses jambes. Une
botte de paille pour couchette, une cruche de terre
pleine d'eau, une miche de pain noir, voilà ce
qu'accordait à cet infortuné la justice de son suzerain.

Car, si Jean Truchet était la victime de machinations infâmes, le comte de la Chambre le croyait
coupable de lourdes présomptions pesant sur lui.
Les lois pénales de cette époque, moins rigoureuses
encore que celles qu'édicta plust ard Charles-Quint,
sous le nom de lois Carolines, permettaient, ordon-
naient même que les prisonniers fussent traités
ainsi. On ne saurait donc, sans injustice, accuser
le seigneur de cruauté : les lois étaient inhumaines,
et non ceux qui les appliquaient, inhumains.

Truchet avait beaucoup vieilli. Quoiqu'il eût quarante ans à peine, sa chevelure bouclée, sa barbe
inculte étaient d'une blancheur argentée; des rides
précoces plissaient la peau de son visage, d'une
lividité mate; ses lèvres décolorées s'affaissaient;
la prunelle de ses yeux scintillait comme celle des
chats; le poids des chaînes avait courbé ses épaules,
rendu inertes ses membres; ses vêtements, loques
sordides, flottaient sur son corps amaigri.

Un rayon de soleil blafard glissa à travers les
barreaux du soupirail, et sa vue fit éclore un
joyeux sourire sur les lèvres du prisonnier. Un pas
léger effleura les degrés de l'escalier; une clef
grinça dans la serrure, la porte s'ouvrit. Un personnage petit, corpulent, drapé dans une simarre
de serge violette, une plume sur l'oreille, un porte-
feuille sous le bras, s'introduisit dans le cachot. Il
fredonnait un air de chasse, et s'interrompit pour
pousser un joyeux éclat de rire.

— Dieu vous tienne longtemps en joie ! greffier Mochet, dit allègrement Truchet.

— Ah ! Monsieur le notaire, je me réjouis au souvenir d'un bon dîner que je fis hier avec Lyonnet de Sermoyé, et le majordome, et le sommelier... Quel succulent aloyau ! Quels compagnons hilares !.. Quel vin pétillant, frais, de suave bouquet !.. Vous qui n'êtes plus de notre monde, respectable Truchet, que ne donneriez-vous pas pour savourer celui-là, déguster celui-ci, trinquer avec les autres !

— Je tiens de votre munificence des mets moins délicats, reprit Truchet d'un ton amer. Pour amollir mon pain, il faut que je l'arrose de mes larmes...

— Il ne tient qu'à vous de partager nos fréries...

— Roch Mochet, oncques ne m'assoirai à la table de vos festins ! interrompit Truchet.

— Avouez, vous aurez la vie sauve ! Avouez, vous courrez librement par monts et par vaux, mangerez à votre faim et boirez à votre soif......

— Je suis innocent, Roch Mochet. Il en est beaucoup parmi ceux qui m'accusent qui n'en pourraient dire autant !

Le greffier eut un rire qui ressemblait à un gloussement étouffé :

— Où Moustierne échoue, dit-il, où maître Roch Mochet ne réussit pas, Tapedru, lui, saura vaincre.

15.

Je vais tailler ma plume et remplir mon écritoire,
Monsieur le notaire!

La robe violette du magistrat subalterne bruissa
sur la dalle; puis les verrous cliquetèrent dans
leurs gâches, et la porte tourna pesamment sur ses
gonds.

Le soleil rayait de lueurs fauves les murailles
frustes du cachot; les gros moellons carrés, en-
castrés dans un ciment roux, miroitaient sous les
toiles d'araignées, légères, gluantes, qui les paraient
d'une dentelle poussiéreuse et d'un gris sale.

Une fois encore, un pas furtif résonna dans la
tourelle, et l'huis, violemment poussé, livra passage
à un visiteur. Celui-là était un jeune homme, svelte,
de tournure élégante, de mine altière, portant avec
crânerie le béret empanaché, le justaucorps de
drap mi-parti bleu-turquoise et cramoisi, serré par
une chaînette d'argent, qui suspendait une dague à
pommeau de corne de cerf.

— Quoi! Sermoyé, est-ce bien vous? dit Jean
Truchet, qui se redressa avec majesté. Voyez ce
que vous avez fait de moi : un cadavre vivant!

— Jean-Baptiste, il fut un temps où vous....

— Sermoyé, je fus ton ami jusqu'au jour où tu
commis un crime. C'est assez que le sang versé
par toi retombe sur ma tête! Va-t'en.

— Jean-Baptiste, quand je vous révélai cet affreux secret, vous m'aviez juré auparavant un si-

lence éternel.... Pour renaître à la vie, il vous
suffirait de prononcer un mot.... Depuis six mois,
vous endurez les tourments les plus affreux ; innocent, vous payez pour le coupable !.. Réjouissez-
vous : dans une heure vous parlerez, malgré vous.
Je suis perdu sans rémission.

— Ah ! Lyonnet, me relèves-tu de ce serment
imprudent ?..

— Jamais ! interrompit Lyonnet, avec violence,
jamais tant que mon cœur battra. Vous serez
parjure malgré vous, Jean-Baptiste ! Ecoutez : le
bourreau affile ses couteaux ; le chevalet est prêt,
dans la chambre de torture...

— Oh! Louis de la Chambre, mon maître ! s'écrie
le notaire avec un élan d'indicible douleur, si tu
savais quel forfait on commet en ton nom !..

— Le tourmenteur t'arrachera la vérité, dit
Lyonnet. Jean-Baptiste, quel supplice attend, en
enfer, ceux qui trahissent le Dieu qu'ils ont pris à
témoin ?

— Sire écuyer, le pire serait, pour les blasphé-
mateurs, de passer l'éternité entière côte à côte avec
des félons, des traîtres comme toi. Rassure-toi,
misérable ! Vis en paix : ma vengeance n'est pas
de ce monde. Ce que Truchet a juré est bien juré.
Je ne dénoncerai pas, dussent les bourreaux ver-
ser du plomb fondu dans mes plaies, broyer mes
os sous le marteau !

— Ah! Jean....

— Ne souille pas mon nom, en le laissant tomber de tes lèvres impures!

— Vous m'accablez!

— Le remords te sera un plus pesant fardeau que ma colère!

Souviens-toi!.. Tu vins un jour à moi les mains teintes du sang de Jocelyn d'Epierre, que tu avais assassiné lâchement, la nuit, dans les marais, parce qu'il était plus beau que toi, plus vaillant que toi, plus aimé que toi. Caïn! qu'as-tu fait de ton frère?... J'ai promis que jamais je ne t'accuserai : soit! Tu n'as rien à me demander de plus. Sors donc! Tu as déshonoré ce cachot, en y mettant les pieds... Va-t'en !

III

Une gigantesque fournaise, où brûlait un brasier incandescent de charbons ardents, illuminait
d'une lumière intense, pourprée, une vaste salle
à voûtes basses, soutenues par des piliers très-
massifs, dallée d'ardoises, pleine d'instruments biz-
zarres, d'armes à formes étranges, étalées sur les
parois, groupées en trophées. Ce n'étaient que lames bleuâtres ou polies, disposées en guirlandes;
longues épées, larges flamards, haches et couperets,
dont l'acier, plus brillant que l'argent, revêtait les
murs d'un caparaçon de métal. Tenailles, marteaux, maillets énormes, outils de cyclopes, gar-
nissaient des râteliers en bois de chêne enduits
d'un suint fétide. Des chevalets, des cordes enroulées autour de poteaux cerclés de cuivre; un billot,
dont l'anneau ressemblait à un serpent lové; et
dans un coin, un tonneau à panse rebondie, et plein
du vin qui servait à désaltérer le bourreau.

Ce formidable appareil, aux clartés rouges de la
fournaise, semblait ruisseler de sang et diaprait de

flammes rutilantes les murailles enflammées de ce lieu abominable. On y voyait, en ce moment, un drame terrible, et voici quels étaient les acteurs : d'abord Jean-Baptiste Truchet, étendu, pantelant, sur une table à laquelle il était fixé par des liens infrangibles. A côté delui, pâle, oppressé, frémissant de honte, d'indignation et de douleur, le bénédictin damp Corneille, qui tenait un crucifix à la main, et le montrait au patient, avec un regard plus éloquent que les discours des plus fameux rhéteurs, pour adoucir sa lamentable agonie, par le spectacle de celle de l'Homme-Dieu, qui fut, de toutes les agonies, la plus atroce.

Puis le tourmenteur, aux habits jaunes, couleur infâme que lui seul et les juifs portaient en ce siècle. Ce colosse, à la figure bestiale, jouissait du plaisir de lacérer, de par la justice, une créature humaine; vaquait à ses préparatifs d'un air allègre et content ; il tournait et retournait dans le foyer un trident à pointes de fer.

Le greffier Roch Mochet, la plume à l'oreille, un parchemin déployé devant lui, songeait au repas exquis dont il allait se repaître, après avoir dûment consigné par écrit les aveux de son patient, ce pourquoi il recevait un salaire de treize sols par jour. Enfin il en était encore un, qu'on ne voyait pas, qui se cachait dans la profonde embrasure d'une fenêtre, derrière un méchant rideau de serge noire, funèbre tenture qui servait parfois de linceul provisoire aux misérables qui avaient exhalé leur dernier soupir avant l'heure fixée par le bourreau. Celui-là souffrait plus que Jean-Baptiste Truchet gisant, terrifié par les approches du supplice, sur cette table ignoble entaillée, rapiécée, maculée d'inaltérables souillures. Lyonnet de Sermoyé revoyait sa victime, le petit page de la Chambre, le blond Jocelyn, couché dans les roseaux, inanimé, la poitrine trouée à deux endroits. Et la main tremblante du meurtrier cherchait sa dague à son coté, comme s'il eût eu peur de ne pas l'y trouver.

—Tapedru, s'écria le greffier, ton trident est assez chaud ! Songe que si tu retardes, la venaison que me rôtit dame Guillette sera brûlée, indigne de mon palais. Dépêche, Tapedru !

— Mon Dieu, secourez-moi ! dit Truchet.

Damp Corneille s'agenouilla.

Le greffier s'avança auprès de la table, et, d'un ton insouciant, commença l'interrogatoire.

—Jean-Baptiste Truchet, dit-il, vous êtes accusé : *Primo*, d'avoir tenu de mauvais propos sur notre redouté seigneur le comte de la Chambre relativement à la dernière élection au siége épiscopal de Genève. Avouez-vous ?

— Je nie. Ce sont mes ennemis qui me calomnient. J'ai toujours respecté Monseigneur. Je l'aime...

Je lui pardonne ce qui se fait en ce moment : s'il
était présent, il l'empêcherait.

Le greffier haussa les épaules.

Vous avez affirmé au meunier du Pontet que
Monseigneur le comte avait pris les armes contre le pape—Dieu le bénisse ! — et par ce fait était
excommunié.

— Si le meunier Joson a dit cela, il en a
menti !

— Va, Tapedru ! reprit l'impassible greffier.

Le bourreau saisit son trident à deux mains, en
appuya les pointes sur la cuisse du patient, et d'un
seul coup, traça un triple sillon dans les chairs,
qui grésillèrent, exhalant une fumée nauséabonde.
Truchet poussa un grand cri :

— Jésus ! Jésus! secourez-moi !

— *Secundo*, reprit le greffier du même ton monotone, d'avoir proféré à plusieurs reprises des
injures contre notre redouté seigneur, l'accusant
d'usurper le titre de vicomte de Maurienne, assu-
rant que Sa Grâce le duc de Savoie prenant le
titre de comte de Maurienne, et Monsieur l'évêque,
celui de prince de Maurienne, c'était trop de trois
têtes sous le même bonnet. Avouez-vous?

— Qui prétend avoir entendu sortir de ma bouche
ces sottes paroles? demanda Truchet.

— Margot Janie, la femme du barbier de Saint-
Jean.

— Margot Janie a menti : si j'eusse voulu diffamer le comte, je l'aurais fait autrement.

— Allez! cria Roch.

Les trois dents rougies à blanc labourèrent les chairs de l'autre jambe. Truchet se tordit, secouant ses chaînes, en exhalant des cris aigus.

Le bourreau jeta le trident au milieu d'un baquet plein d'eau, et s'empara d'une aiguière où fumait du vinaigre bouillant.

— *Tertio* : d'avoir, continua Roch Mochet, perçu indûment cent sols à dame Perrette, couturière de notre gracieuse et illustre princesse...

— Folie! s'écria le notaire, d'une voix altérée. Perrette me doit encore neuf écus à l'effigie de l'évêque. Je suis son créancier, et non son débiteur.

Tapedru répandit le vinaigre sur les plaies du patient, qui s'évanouit, à bout de forces.

— Ah! c'est grand'pitié que de voir se pâmer ainsi un chrétien! s'écria, d'un ton véhément, le moine, blême d'effroi.

— Damp Corneille, je vous ferai boire un rouge bord de mon vin de Princens pour vous réconforter, répliqua paisiblement l'officier de justice. Que voulez-vous! j'obéis aux ordres que me donne l'écuyer de Monseigneur. Ma conscience est en repos : la loi, nos coutumes permettent la question, que mon cœur sensible réprouve!...

— Trêve d'ironie, maître Roch! riposta sévèrement le bénédictin. Dussé-je user mes jambes jusqu'aux genoux, j'irai trouver Monseigneur à la cour du roi de France, et priez Dieu que je ne vous assiste pas, dans le lieu où nous sommes, comme j'assiste mon malheureux compère!

Le greffier se mit à ricaner. L'infortuné Truchet reprit un peu ses sens. Le sang coulait à flots de ses flancs déchirés. Il leva les yeux au ciel en gémissant.

— Courage! lui dit le moine, en lui présentant la croix, qu'il baisa.

— Monsieur le notaire, m'est avis que vous feriez mieux d'avouer, ajouta Roch d'un ton paterne.

— Je signerais plutôt ma propre condamnation, vociféra le notaire, avec emportement.

— *Quarto*, nasilla Roch, d'avoir homicidé noble damoiseau Jocelyn d'Épierre, âgé de seize ans, page de mondit seigneur de la Chambre; ledit meurtre accompli avant, après ou pendant le vol d'un fermail d'or garni de pierres précieuses que le noble damoiseau susnommé portait au joaillier pour le réparer, ce dit fermail appartenant à très-haute et puissante princesse Jeanne de Châlons d'Orange, notre illustre dame et maîtresse.

— C'est faux! murmura Truchet. Produisez vos témoins.

— Il y en a un.

— *Testis unus, testis nullus* : c'est la loi.

— La question est appliquée pour confirmer la loi.

— Sainte Vierge Marie, j'ai recours à vous, cria Truchet avec un accent désespéré. J'en appelle au jugement de Dieu! Qui ose m'accuser?

Le greffier répondit avec emphase :

— Celui qui vous accuse ne peut être soupçonné de mensonge : il a mangé votre pain ; il a été votre ami.

— Ah! dit Jean-Baptiste avec amertume, c'est ma nourrice qui m'a livré, c'est mon frère de lait qui me torture... Ira-t-on chercher mon père pour me décapiter!... Le nom! je veux savoir le nom...

— Lyonnet de Sermoyé, écuyer.

— Lui! Lyonnet m'accuse?... Oh!

— Avouez!

— Tuez-moi, arrachez-moi de ce monde où tout n'est que perfidie, rugit le prisonnier, en proie à d'horribles spasmes.

Un hurlement effroyable souleva sa poitrine. Le bourreau venait de lui assener deux coups de maillet sous la plante des pieds. Les os craquèrent. L'œil du malheureux se dilata :

— J'avoue! j'avoue! murmura-t-il, épuisé, éperdu, hors de lui.

Puis, la réaction s'opérant, il reprit avec une soudaine énergie :

— La douleur m'a vaincu : j'ai menti, je suis innocent ! je nie ! Celui qui a égorgé Jocelyn d'Epierre, je le connais... C'est... c'est...

Il n'acheva point. Lyonnet avait arraché le lambeau derrière lequel il était blotti, et d'un seul bond il se rua sur le patient, le poignard nu au poing. Un sourire navrant effleura les lèvres blanchies de Jean-Baptiste Truchet. Son regard fut tout à coup si expressif, si beau, que Lyonnet s'arrêta, interdit. Le greffier détourna la tête. Le bourreau éclata de rire. Damp Corneille se jeta, le crucifix à la main, entre le moribond, qui priait, et l'assassin, qui vacillait, terrifié.

—Sire de Sermoyé, dit le moine, que venez-vous faire ici ?

Et, se retournant vers maître Mochet, il continua :

— Je vous ordonne sous peine d'excommunication de cesser le supplice. Je me porte garant de l'innocence de l'accusé. Pour un cheveu qui tomberait désormais de sa tête, je demanderais votre vie, Roch, et la vôtre, Messire Lyonnet.

—Mais il a avoué, objecta le greffier, timidement.

— Je me rétracte.

— Il allait nommer le coupable !

— Ce n'est donc pas lui! Lyonnet, vous ferez sel-
ler deux chevaux: un pour vous, un pour moi, et
nous irons par devers Monseigneur, auquel vous
direz, vous, le nom que Jean-Baptiste allait prononcer tantôt.

IV

Le digne religieux ne put sans doute accomplir son projet et ne fit point le voyage dont il menaçait Lyonnet de Sermoyé, car Jean-Baptiste Truchet vécut trois mois encore dans son cachot, fidèle à la parole jurée, inébranlable dans son amour de la vérité, rebelle à tous les moyens de persuasion qu'on employa pour le faire dévier.

Le donjon des Heuilles, où l'injuste volonté d'un méprisable coquin détenait cet honnête homme, était un vieux manoir, datant de plusieurs siècles, haut perché sur un escarpement de rochers, véritable aire de vautour. La tour maîtresse, que séparait de la tour de vigie un rempart à pic surplombant le roc, semblait, pour ainsi dire, suspendue dans l'espace. Fort élevée, couronnée de créneaux mauresques, ceinte d'un large balcon en machicoulis, trapue, capable de résister au canon, elle présentait une masse énorme, une surface lisse partout, et paraissait être taillée dans un monolithe colossal. Sa base s'appuyait sur la roche, granit rougeâtre, hérissé d'aspérités aiguës, tranchantes, creusé

par de larges rainures, et qui, d'assises en assises, nu, décharné, sans végétation, descendait jusqu'à la vallée dont le séparait un ruisseau limpide,
large comme un fossé de forteresse. Les bâtiments
étaient entourés, sur la face qui regardait le versant de la montagne, de remparts épais, sur lesquels veillaient sans cesse des sentinelles. Il fallait
être aigle ou colombe pour s'enfuir de cette prison
inexpugnable, hippogriffe ou chimère pour escala-
der les rochers.

Nous retrouvons donc Jean-Baptiste Truchet le
15 octobre 1496. La cellule exiguë était plongée
dans une profonde obscurité. Il dormait, d'un sommeil tranquille, depuis longtemps déjà. Soudain il
s'éveilla, et aussitôt, comme si une inspiration su-
bite lui fût venue, il se leva péniblement, remuant
ses fers, qui tintèrent, et s'agenouilla, non sans
difficulté, car il poussa un soupir lamentable. Puis
une voix grave, sonore, suppliante, retentit, et
voici ce qu'il disait :

« O mon glorieux patron, saint Jean-Baptiste,
précurseur du Rédempteur, protecteur de l'église
de Maurienne... intercédez pour moi... défendez
mon bon droit ; malgré mes démérites, tenez-moi
par la main, tirez-moi de ce château et de ces pri-
sons, et je vous promets que si, par votre aide
puissante j'obtiens cette grâce, quand je serai sorti
et rendu à la liberté, j'irai dévotement et de bon

cœur, à genoux, depuis le pont d'Hermillon jusqu'à la cathédrale... que j'y ferai le tour du maître-
autel sous votre vocable, portant un cierge allumé,
pesant d'une livre... Saint Jean-Baptiste, recevez
mon vœu et prenez-moi en compassion! »

Ayant prononcé cette courte prière avec une
ferveur, un sentiment de foi qu'aucun langage ne
saurait traduire, le prisonnier étendit la main pour
s'appuyer à la muraille et se relever.

O surprise! ses doigts rencontrèrent un clou dont
il ignorait l'existence, quoiqu'il eût passé déjà neuf
mois dans cette prison infecte. Il s'en saisit. C'é-
tait un clou de l'espèce qu'on nommait alors en
Savoie *clos mattalias*. Truchet, mû par une pensée qu'il n'osait définir, en frappa deux ou trois
fois le cadenas qui fermait ses chaînes. Un bruit
cristallin retentit : le cadenas se brisait comme du
verre. Truchet donna un seul coup sur les bracelets
qui enserraient ses poignets, ses jambes, sur le
carcan où son cou était pris ; le fer tomba en
miettes sur-le-champ.

Il se redressa alors, transformé, agile, robuste;
à peine accordait-il son attention aux prodiges qui
s'accomplissaient, et son esprit ne paraissait pas
en concevoir la forme surnaturelle.

Il fit plusieurs fois le tour de son cachot, et l'exa-
minait curieusement, comme s'il ne l'eût jamais
vu.

16

Il repoussa du pied la cruche à demi pleine d'eau; elle se cassa, et il dispersa les fragments avec une joie puérile. Enfin il s'avança vers la porte, fermée extérieurement par des verrous énormes, assujettie par une grosse barre. Il lui suffit de la frôler à deux ou trois endroits, avec la pointe de son clou, pour qu'elle s'ouvrît avec autant de violence que si on l'eût enfoncée. Truchet posa le pied sur la première marche de l'escalier, et se mit à monter d'un pas lent, sûr, délibérément, quoiqu'il ne sût point où il allait ni quel dénoûment aurait cette scène mystérieuse.

Au palier du second étage, il s'arrêta et prêta l'oreille. Des voix avinées retentissaient; des chants, des blasphèmes, des invectives, se succédaient; les verres choquaient les verres; on frappait du poing sur la table.

— Moustierne sera bien surpris demain matin, pensa le notaire.

Et il eut un sourire narquois.

Il continua son ascension, riant et se parlant tout haut. Il passa devant la salle de torture, qui occupait l'avant-dernier étage; il se pencha, pour regarder par le trou de la serrure: les panoplies de lames luisantes dessinaient des fleurons fantastiques sur la pierre noire; un monceau de cendres emplissait le foyer. Jean-Baptiste fit le signe de la croix. Il monta encore.

A la cime de la tour, sous la plate-forme, éclairée seulement par des lucarnes rondes pratiquées dans l'embrasure des consoles qui soutenaient les créneaux, se trouvait la chambre de Moustierne : un antre d'hyène, empuanti, malpropre, en désordre. Ce repaire était vide. Pourtant Moustierne ne le quittait jamais que pour ses tournées matinales dans les cachots. A cette heure, il dormait d'ordinaire. Pourquoi cette absence ?

Truchet craignit un piége, tout d'abord. Il s'empara d'une hallebarde accrochée au chevet du lit, et se tapit dans un coin, la hampe en arrêt. Quelques minutes s'écoulèrent. Un morne silence régnait. Le donjon des Heuilles était enseveli dans ce silence, on eût dit une solitude. Le prisonnier prit les draps et les couvertures qui couvraient le lit de Moustierne, en fit des lanières, qu'il lia les unes aux autres ; puis il ouvrit une lucarne, attacha le bout de sa corde à un solide bahut, et jeta l'autre extrémité au dehors.

Il fit ensuite, pour la seconde fois, le signe de la croix, récita l'Antienne et l'Oraison de saint Jean-Baptiste. Saisissant sa corde à deux mains, il se laissa glisser, se soutenant à la force du poignet. La lucarne par laquelle il était sorti s'ouvrait sur un étroit plateau, situé entre le rempart de la tour de vigie et le précipice, dont le séparait un parapet très-étroit.

Truchet descendait lentement ; ses mains, affaiblies par la torture, se crispaient sur la corde informe et grossière ; il s'agitait dans le vide, se sentant attiré par l'abîme ; ses yeux se troublèrent, il trembla, il comprit qu'il allait, instinctivement, lâcher son unique et fragile appui... Il voulut crier... Sa gorge, desséchée par l'émotion, ne put exhaler aucun son... Tout à coup, et comme il atteignait seulement l'étage du milieu de la tour, une impétueuse rafale de vent le balança dans l'espace... Il tenta vainement de fermer les doigts... Il tomba.....

Il tomba sur le petit plateau étroit, entre le gouffre et le rempart, au sommet duquel veillait un guetteur, assoupi sans doute dans son échauguette... Le bruit mat de ce corps, s'aplatissant sur la mousse, l'a éveillé sans doute ?.. Non, le silence est ininterrompu. Jean-Baptiste, se relève sain et sauf. Il n'a pas la moindre contusion. Il prie : il remercie Dieu et son patron.

Il franchit le parapet, confiant en la Providence, et se laisse glisser sur la pente rocheuse. Il arrive au bas de l'escarpement, sans une égratignure. Il traverse le petit ruisseau à la nage, il se met à courir, il est sauvé, il est libre !

Libre ! Quoi ! après neuf mois d'horibles souffrances, de tourments sans nom, de pesante solitude ? Après la torture qui a disloqué ses membres ! Oui,

Dieu l'a permis, Dieu a fait un miracle... *Hosanna in excelsis!*

La nuit était calme et sereine, une de ces belles nuits d'automne, que l'on regrette parfois au printemps. Le firmament, voilé d'azur, sans bornes, constellé de saphirs chatoyants, traversé par le torrent lumineux de la voie lactée, resplendissait des feux de ses pierreries innombrables. Le disque d'argent de la lune s'élançait dans l'espace, projetant ses rayons diaphanes sur toute la nature, qui revêtait, à leur contact, des formes, des apparences, des couleurs nouvelles. Une légère couche de givre poudrait le gazon, dessinait en lignes blanches les contours des objets ; les arbres à demi dépouillés bruissaient au souffle du vent qui heurtait leur feuillage bruni ; les grands monts altiers se profilaient nettement sur le transparent azur...

Peu à peu la course de Jean-Baptiste se ralentit. Il comprit que Celui qui l'avait si miraculeusement délivré, protégerait sa fuite, et qu'il n'avait plus rien à craindre de l'injustice et de la haine des hommes. Il s'arrêta, et, voyant à peu de distance un petit mamelon, il le gravit. Là, le visage inondé de larmes, le cœur palpitant il fléchit le genou.

— Mon Dieu, murmura-t-il d'une voix défaillante, et vous, mon glorieux patron, qui m'avez

tiré de la servitude, soyez mille fois bénis !... J'ai
demandé, j'ai été exaucé! Vous avez daigné faire
un miracle pour le plus pauvre et le moins digne
de vos serviteurs!... Notre Père qui êtes aux cieux,
que votre nom soit sanctifié.....

V

Le samedi 14 mai 1497, toute la population de la ville épiscopale de Saint-Jean de Maurienne, rangée sur les bas-côtés du chemin qui conduisait alors, par La Charité et Placopet, du pont d'Hermillon, jeté sur l'Arc, à demi-lieue de là, à la cathédrale bâtie en 565 par le bon roi Gunthram, pour y enfermer les insignes reliques du Précurseur rapportées d'Egypte à *Maurienna* par la vierge sainte Thècle — toute la population de Saint-Jean de Maurienne, disons-nous, contemplait un édifiant et singulier spectacle.

Un homme, vêtu de la robe de bure des pénitents, nu-tête et nu-pieds, tenant dans sa main un gros cierge de cire, suivait cette route en se traînant sur les genoux. C'était Jean-Baptiste Truchet, qui accomplissait son vœu.

Il parcourut ainsi la longue distance et arriva au seuil de l'antique église, où l'attendait l'évêque, Etienne Morel de Virechâtel, entouré de tout son clergé. Le vénérable vieillard se pencha et ouvrit ses bras à la victime patiente et résignée, sauvée de Dieu d'une si éclatante façon.

Mais Truchet voulut, avant de répondre à l'accolade du pontife, achever, à genoux, le tour de l'église. Les cloches sonnaient à toute volée, trois mille âmes célébraient la miséricorde divine et l'intercession du patron de la vieille cité.

Le même jour, dans une des cellules de la grande Chartreuse, un jeune homme, arrivé au monastère de la veille, exhalait son dernier soupir, après avoir, par une confession publique, avoué les crimes de sa vie. Un religieux écrivit sous sa dictée le récit d'un meurtre accompli sur un jeune adolescent, page du comte de la Chambre, et d'une exécrable vengeance dirigée contre le notaire ducal de Saint-Avre, Jean Truchet. Ce récit achevé, le coupable agonisant demanda et reçut l'absolution; puis, d'une main ferme, il traça, au bas du parchemin, cette signature : LYONNET, *juveigneur de Sermoyé.*

La tradition assure que maître Roch Mochet mourut d'indigestion, précédé de quelques jours dans la tombe par le guichetier Moustierne, lequel fut assommé d'un coup de poing par Tapedru, à la suite de libations trop abondantes.

Quant au digne sire d'Arloz et à damp Corneille, comme ils vécurent en braves gens jusqu'à la fin de leurs jours, l'histoire a négligé d'enregistrer ce qui leur advint de faste ou de néfaste.

La relation des faits que nous venons de narrer, sous une forme plus dramatique, a été écrite de la main du notaire Truchet, et se trouve à la page 45 de l'*Histoire hagiologique du diocièse de Maurienne*, publiée, il y a quelques années, par notre ami le curé d'Aiguebelle. C'est dire que le miracle est authentique et que nous n'avons rien avancé qui ne soit exact.

LE
VIATIQUE

... L'homme saisit à deux mains le lourd heur-
toir de fer et le laissa retomber de toute sa force
sur le gros clou, à tête large, qui lui servait d'en-
clume. Un bruit éclatant retentit, roula dans les
corridors, fut longuement repercuté par l'écho, s'af-
faiblit, s'éteignit enfin. Une lumière apparut presque
aussitôt derrière les vitres verdâtres d'une fenêtre
du premier étage, tandis qu'au rez-de-chaussée
s'ouvrait l'étroit vantail d'une lucarne défendue
par une grille.

— Qui va là? demanda une voix cassée, rauque,
animée par la colère. Qui donc ose frapper ainsi,
à cette heure?

— Ce n'est pas à vous que j'en veux, demoiselle
Victoire, répondit avec calme le paysan qui usait
de si brutales façons pour éveiller les gens.

— Est-ce donc vous, Antoine Favel?

Au même instant la fenêtre du premier étage
s'ouvrit, et la vénérable figure, couronnée de cheveux blancs, du curé de Montcernin se montra,
éclairée par la pâle clarté d'une lampe.

— Qu'est-ce qu'il y a? demanda-t-il à son tour
d'un ton étonné.

17

Mais demoiselle Victoire avait déjà fait tourner la clef dans la serrure, et le visiteur, ayant franchi le seuil du presbytère, fut introduit dans la cuisine, où régnait une douce chaleur. Le curé, s'étant revêtu de sa douillette par-dessus sa soutane, se hâta de descendre.

Antoine Favel était un paysan jeune et robuste, vigoureux, alerte. Il portait l'habit et le pantalon en ratine blanche, brodés aux coutures de laine rouge et verte; des sabots de bon bois de hêtre le chaussaient; un bonnet de laine brune couvrait ses cheveux blonds, coupés ras. Il s'appuyait sur un long bâton.

Le curé de Montcernin, Monsieur l'abbé Broëx, était, lui, un beau vieillard de soixante ans, d'une haute stature, aux membres musculeux. Son visage exprimait, en même temps que la force, une douceur inaltérable. On lisait, dans le rayonnement de ses yeux bleus, cet amour infini des créatures humaines qui se nomme la charité. Depuis trente ans, il dirigeait et gouvernait cette pauvre paroisse de deux ou trois cents âmes, située sur un des plateaux les plus élevés des Alpes savoyardes. Il n'est point besoin de dire qu'on l'aimait et que chacune de ses ouailles tenait à honneur de le respecter à l'égal d'un père. Les apôtres ont en eux ce foyer ardent qui attire et auquel tous les cœurs glacés viennent demander la chaleur de la vie.

Pour demoiselle Victoire, il est inutile de tracer ici son portrait : qui a vu une servante de curé les a vues toutes. Elle n'épargnait pas plus le pain de l'aumône que les conseils, et dispensait, à qui en voulait, celui-ci et ceux-là.

— Comme te voilà transi, Antoine ! dit l'abbé Broëx d'un ton affectueux, en montrant au paysan une chaise à côté du poêle; assieds-toi et bois le verre d'eau-de-vie que Victoire va te servir; puis tu me diras ce qui t'amène si tard... ou plutôt si matin, car je me suis couché à minuit, et je dormais depuis...

— S'il y a du bon sens de se mettre au lit à des heures pareilles ! s'écria la servante du ton de la plus violente indignation... Ah ! vos livres, vos livres !... Que ne puis-je en bourrer le poêle de ma cuisine ! le bois est si cher !

— Qui donc travaillerait, si ceux à qui Jésus a ordonné d'enseigner les nations restaient oisifs? Parle, mon brave Antoine.

— Monsieur le curé, je suis venu des Aygues ici tout d'une trotte. C'est loin ! Je suis parti un peu après la tombée de la nuit, mais il y a tant de neige !

— Est-ce qu'il y a un malade aux Aygues?

— Hélas ! il n'y est peut-être plus à cette heure, Monsieur le curé !... Vers midi, il fut pris d'un mal subit... Son visage devint rouge, puis violet... ses

yeux se fermèrent... Il n'a pas repris connaissance.
La femme et les enfants m'ont envoyé vers vous...
Faut-il que le malheureux meure sans confession?

— Vite... mes bottes, mon manteau... Victoire...
mon chapeau... pressez-vous!... Oh! mon Dieu,
faites que j'arrive à temps.

— Monsieur le curé ne partira pas, déclara nettement Victoire, qui néanmoins s'empressa de
réunir les objets demandés, coiffa son maître d'un
vieux chapeau réservé pour ces sortes d'occasions,
lui jeta un épais manteau de drap sur les épaules,
et se dépêcha d'enduire de graisse les bottes de
gros cuir... Non, non, Monsieur le curé, y pensez-
vous, par cette froidure? Il y a deux pieds de neige
au moins...

— Quatre pieds, interrompit Favel, et pas de
chemin tracé.

— Vous voyez! Et le ruisseau Noir...

— Il coule à pleins bords et roule d'énormes
pierres, ajouta le paysan.

— Tu ne m'as pas dit le nom du moribond, demanda le prêtre tout à coup.

— C'est Démétrius Blanc, répondit Antoine, qui
fixa un regard timide sur la figure bouleversée du
vieillard.

— Démétrius Blanc! Oh! mon Dieu! Démétrius
Blanc!

La servante éleva vers les cieux ses deux bras,

l'un enfoncé jusqu'au coude dans une botte, l'autre armé d'une brosse :

— Eh bien! voilà qui est bon! Doux Jésus!... Oh! par exemple! s'exclama-t-elle, coup sur coup. Démétrius Blanc! Justement le seul mauvais sujet de la paroisse : le prêteur à usure, celui qui n'a pas mis les pieds à l'église *du* depuis qu'il est revenu de France, il y a beau temps! Irez-vous, Monsieur le curé? Celui qui ne salue jamais la croix, qui siffle quand la procession passe, qui garde son chapeau devant le saint Sacrement! Un ivrogne... un larronneur de biens... N'y allez pas, Monsieur le curé.

Sur quoi la bonne fille alla chercher des bas de laine et de gros gants en poil de lapin qu'elle tendit à son maître pendant qu'il se chaussait.

— Un homme, dit-elle en grondant, qui vous a insulté plus bas que terre et qui vous aurait battu, sans Antoine, ici présent.

Le vieux curé se leva, ayant terminé ses préparatifs.

— Allons! Antoine, dit-il, il faut que tu m'accompagnes, mon garçon. Le clerc est trop vieux et trop faible et ne pourrait faire cent pas dans la neige. Tu doubleras l'étape, mais c'est une œuvre de charité qui te sera comptée là-haut!

— Pardi! monsieur le curé, quand même le clerc, ou un autre, viendrait, croyez-vous que je resterais ici vous sachant exposé? On en fait bien d'autres

pour s'amuser, allez! Si Démétrius meurt en paix
avec le bon Dieu, je vous payerai tout, de même
une messe pour le repos de son âme...

— Et moi, dit Victoire, je jeûnerai dix jours,
si...

— Adieu, Victoire, dit le curé. Vous n'oublierez
pas d'envoyer ce matin une écuelle de bouillon et
une bouteille de vin à l'accouchée de chez Pierre-
Jacques. Portez aussi un pain à la veuve Grignon,
et du lait aux enfants de Françoise. Et dites un
chapelet pour le pauvre Démétrius, ma fille.

Il ouvrit la porte : le vent s'engouffra avec violence dans l'ouverture. La modeste église du village était là, tout auprès, sur un plateau qui dominait l'humble presbytère et les quelques chaumières
éparses aux alentours. L'abbé Broëx y pénétra,
accompagné d'Antoine, qui portait une lanterne. Il
mit dans son sac de velours la petite pyxide ren-
fermant la sainte hostie et la buire d'argent pleine
de l'huile sacrée, et suspendit ce sac à son cou,
boutonnant son manteau par-dessus.

Antoine prit le rituel et la sonnette.

Ils sortirent. Ce n'était point un voyage facile,
celui qu'ils entreprenaient ainsi, à la hâte, sponta-
nément, sans guide, sans escorte, n'ayant d'autre
appui que leur confiance en Dieu.

Il fallait, en temps ordinaire, deux heures pour
aller de l'église aux Aygues. Mais en hiver le double

de ce temps suffisait à peine. Or, ce jour-là était le surlendemain de la fête de Noël, et les anciens ne se souvenaient pas d'avoir vu un hiver aussi terrible. Les Aygues, misérable hameau de trois ou quatre feux, gisaient au fond d'un ravin, qui fendait une énorme montagne, entourée de précipices et dominée par trois aiguilles jumelles, les plus hautes cimes de la contrée, inaccessibles et ceintes de glaciers inabordables. Pour arriver aux Aygues, il fallait donc gravir les pentes abruptes de la montagne, franchir la crête, et descendre, par un sentier étroit, surplombant le gouffre, les flancs escarpés du ravin, au fond duquel mugissait un torrent bondissant de roche en roche.

Mais avant d'atteindre le sommet de la montagne, on traversait une forêt de sapins, d'une assez vaste étendue, hérissée d'obstacles, rochers énormes tombés des plateaux supérieurs, broussailles inextricables, dépressions subites de terrain. Les loups et les ours ne désertaient les repaires qu'ils avaient dans ce bois que lorsque le froid et la faim les chassaient. Cette nuit-là, précisément, était une de ces nuits terribles dont on se souvient longtemps. Un froid glacial pénétrait la nature entière ; le ciel, d'un gris de plomb, se couvrait de nuages roussâtres, frangés sur leurs bords d'une marge lumineuse, creusés ici, là arrondis, et présentant l'aspect de masses gigan-

tesques prêtes à écraser la terre. Un tapis de
neige épais, d'une blancheur uniforme, crue,
aveuglante, s'étendait à perte de vue, voilant tout,
semblable à un linceul funèbre sous lequel se des-
sinent vaguement les formes d'un cadavre.

Au bord de la route, ensevelie sous la neige,
les arbres se dressaient noirs, informes, tigrés de
flocons blancs. Un calme profond régnait partout.

L'abbé Broëx et son fidèle paroissien marchaient
d'un bon pas, déblayant la neige, au fur et à mesure, avec leurs bâtons. La lanterne d'Antoine pro-
jetait un rayon de lumière devant eux, et derrière
eux leurs ombres s'allongeaient démesurément, sur
le manteau immaculé étalé sur le sol.

Chemin faisant, le prêtre priait. Sa pensée revenait
sans cesse à cet agonisant, à ce coupable qui l'attendait frémissant, et qui se cramponnait à la vie
pour ne point paraître chargé de ses iniquités devant
le Juge suprème. Il priait avec ferveur, suppliant
Dieu de ne point rappeler à lui cette âme criminelle,
avant que l'absolution toute-puissante en eût effacé
les souillures. Il priait ardemment ce Dieu qu'il
portait sur sa poitrine, et qu'effleuraient les batte-
ments de son cœur, de faire miséricorde à la créature débile qui n'avait pas pu repousser avec force
les mauvais conseils et les mauvais exemples, et
qui avait péché plus peut-être par ignorance que
par volonté.

Antoine Favel songeait aux bœufs de son étable,
au blé dont regorgeait son grenier, et un peu aussi
à la ménagère, que son absence affligeait sans
doute, et à ses chers enfants, ouvriers de l'avenir,
qui dormaient paisiblement dans leurs couchettes,
sous l'aile des anges.

Ni le prêtre ni le paysan ne sentaient la fatigue.
Ils allaient d'un bon pas, l'œil fixé dans l'orbe lumineux que traçait la lanterne sur la neige dia-
mantée qui craquait sous leurs pas. A droite et à
gauche la neige s'amoncelait, les arbres devenaient
plus rares ; à peine quelques arbustes rabougris
émergeaient-ils de cette mer éblouissante, sans
ombre, sans mouvement.

Peu à peu cependant la sueur perla sur leurs
fronts : ils ralentirent le pas ; leur respiration fut
moins régulière. Antoine ne tenait plus sa lanterne
d'une main aussi ferme : le curé interrompait de
temps à autre sa prière.

Il y avait près de deux heures qu'ils montaient
et ils étaient loin encore de la forêt. Ils continuè-
rent leur route péniblement, échangèrent quelques
paroles brèves, s'encourageant l'un l'autre.

— Ah ! monsieur le curé, dit Antoine d'un ton de
regret, si je n'avais pas oublié ma gourde !....

— Oh ! mon pauvre ami, tu m'y fais penser : je
n'ai pas pris la mienne. Quelle imprudence !

— Nous boirons de meilleur cœur en arrivant

17.

aux Aygues, reprit le jeune homme avec résigna-
tion. Il doit être près de trois heures du matin, et
voici le vent qui s'élève ; allons ! monsieur Broëx!

Une forte brise, en effet, une brise d'ouest, sifflait
en traversant le réseau de branchages sur des buissons, et soulevait de larges nappes de neige, aussitôt effritées en milliers de flocons légers. La brise
devint bientôt un vent impétueux, grondant avec
fureur, soufflant par violentes rafales. Puis la neige
commença à tomber, et vingt minutes ne s'étaient
pas écoulées qu'une affreuse tourmente faisait rage
sur la montagne. De tous côtés, c'étaient des tour-
billons se heurtant, courant plus vite que l'éclair,
de véritables trombes de neige, tant le vent en emportait dans sa course furieuse, tant elle tombait
drue, serrée, en abondance. La lanterne s'éteignit.
Les voyageurs se trouvèrent plongés dans une profonde obscurité; ils ne pouvaient plus voir le chemin et se dirigeaient droit devant eux, sondant le
terrain avec le bâton, de peur de tomber dans
quelque trou. Ils quittèrent alors le sentier qui
serpentait à travers les prairies, sur les croupes
du mont, pour gagner une corniche longeant la
côte et arriver plus tôt à la forêt. Mais là encore il
leur fallut lutter contre les éléments et redoubler
de prudence, car un faux pas les précipitait dans
l'éternité. A leur gauche, un abîme insondable ; à
leur droite, des rocs hérissés de ronces, tremblants

dans leurs alvéoles et qu'une charge trop lourde de neige pouvait déraciner et entraîner sur la pente.

Ils ne se parlaient plus. Trop endurcis aux fatigues de ce genre pour se laisser dominer par la crainte, ils n'en éprouvaient pas moins cette terreur secrète qu'inspirent aux esprits les mieux trempés les grandes commotions de la nature. Ils avançaient pas à pas, ne hasardant le pied qu'après s'être assurés de la solidité du lieu où ils le posaient.

Ce n'était plus une légère moiteur qui mouillait leurs fronts, mais une sueur brûlante, presque aussitôt glacée, qui les inondait. Leurs poitrines oppressées exhalaient des gémissements rauques; leurs tempes battaient à se rompre, et parfois l'air qui s'échappait de leurs bouches, se vaporisant, les aveuglait. Ils s'épuisaient en vains efforts. En maints endroits, ils durent se courber pour n'être pas emportés par la tempête; plus loin, ils durent s'abriter derrière des rochers; plus loin encore, il fallut ramper à plat ventre, et le bon vieux curé dut quitter son manteau, dans les plis duquel le vent s'engouffrait et qu'il gonflait comme la voile d'un navire.

Le paysan, de trente années plus jeune, et moins débilité par les veilles, le dur travail de l'intelligence, les sollicitudes, résistait mieux que l'abbé. Celui-ci fit longtemps encore bonne contenance.

Mais tout à coup un sourire triste entr'ouvrit ses lèvres, et il dit avec un accent de douce raillerie :

— Pauvre Antoine, c'est un faix bien pesant qu'une couronne de cheveux blancs !

— Voulez-vous que je vous porte, Monsieur le curé?

— Non, mon enfant! Il faut que l'un de nous ait quelque chance de salut. Je paralyserais tes forces... Hélas! ce ne sont point les jambes qui me manquent!

— Nous voici à la forêt, cherchons-y un refuge. Au jour, nous repartirons...

L'abbé Broëx se redressa fièrement et sentit renaître ses forces tout à coup, à une pensée qui frappait à la fois son cœur et son esprit.

— Nos heures sont comptées, dit-il fermement, mais ce ne sont plus que des minutes qui séparent Démétrius Blanc du jugement de Dieu. Reste, garçon; j'irai seul!

Antoine ne répondit à ces paroles que par un cri d'indignation.

A cinquante mètres de là, ils virent se développer, ligne blanchâtre se détachant sur les ténèbres opaques, la lisière de la forêt. Ils se mirent à courir, pour ramener la circulation du sang dans leurs veines. Le froid, un froid terrible, les glaçait; le vent les fouettait au visage, la neige s'abattait sur eux de toutes parts. Et l'orage et le péril augmentaient à chaque pas.

Quand ils furent sous les arbres, ils eurent un moment de répit, et s'arrêtèrent un instant pour reprendre haleine. Le vieillard murmura une oraison, à laquelle Antoine répondit avec plus de ferveur qu'il n'en avait jamais mis à prier Dieu. Ils avaient accompli près des deux tiers de leur voyage.

Mais l'accalmie ne fut pas de longue durée. Le vent se ruait dans les hautes cimes des sapins, les secouant avec furie, brisant les branches durcies par le gel. C'était un fracas épouvantable, hurlements répétés par l'écho sonore, glapissements stridents, sifflements aigus, sourds murmures plus terribles que la voix éclatante du tonnerre.

Le prêtre et son compagnon allaient au hasard, égarés, subissant dans toute leur horreur, cette fois, les étreintes de la peur. Ils se heurtaient aux cailloux sous la neige, glissaient, tombaient, se relevaient pour tomber encore. Au plus épais du bois, n'ayant ni lumière pour se guider, ni clarté d'étoiles, ils perdirent leurs bâtons.

— Nous ne pouvons aller plus loin dit Antoine, abattu : à quoi bon marcher ? Comment se diriger ?

L'abbé prit dans sa poche une allumette et la frotta contre le couvercle de sa tabatière ; elle prit feu. Il alluma la lanterne et regarda autour de lui. Il vit Antoine pâle, sans chapeau, les mains déchirées par les ronces, les habits troués; puis il vit sa soutane en lambeaux, sa douillette trempée. Il n'y avait pas trace de chemin aux alentours. De la neige encore, et partout; les arbres en étaient chargés, et elle tombait par grosses mottes sous l'effort du vent, qui ne s'apaisait point.

— Antoine, dit le curé, je te demande pardon de t'avoir emmené; j'aurais dû venir seul!

Le paysan, irrespectueux pour la première fois de sa vie, haussa les épaules.

Monsieur Broëx se découvrit et lui tendit son chapeau en lui disant :

—Prends, je mettrai mon mouchoir sur ma tête!

Antoine répondit d'un ton farouche :

— Si vous insistez, Monsieur le curé, je déchausse mes sabots et les jette dans le premier trou que nous rencontrerons.

— Embrasse-moi, pauvre enfant! reprit le curé, ému jusqu'aux larmes.

Ils s'embrassèrent avec effusion. Antoine pleurait.

« Il ne s'agit pas de pleurer, reprit le vieillard, après un moment de réflexion. Il faut nous tirer de là. Marchons, car si nous nous arrêtons ici, le sommeil nous prendra, et la mort ne tarderait pas à succéder au sommeil!

Encore une fois ils se remirent en marche. Mais l'abbé avait trop présumé de ses forces, il se traîna lentement une longue, une mortelle demi-heure, un siècle !... Et tout à coup :

— J'ai soif, dit-il, j'ai bien soif.

Il se baissa et voulut prendre de la neige pour la mettre dans sa bouche. Antoine s'y opposa.

— Vous seriez perdu ! dit-il. Prenez patience.

Quelques minutes s'écoulèrent. Monsieur Broëx chancela. Antoine laissa tomber sa lanterne, prit le vieillard dans ses bras, et fit quelques pas en avant.

— Oh ! que j'ai soif ! murmura le vieillard d'une voix plaintive.

Antoine poussa un cri désespéré :

— A moi ! à moi ! cria-t-il follement, comme si on eût pu l'entendre dans cette solitude. Voici un saint du bon Dieu qui se meurt, faute d'un peu d'eau !

Sa voix domina le vent et les éclats de la tempête, mais aucune voix ne répondit à son appel.

Le vieillard murmura:

— *In manus tuas, Domine...*

Subitement il se redressa avec énergie et s'écria :

— Antoine ! Antoine ! quand je serai mort, prends le saint Sacrement sur ma poitrine... Il ne faut pas que les loups, en dévorant mon cadavre...

Il s'arrêta ; des larmes de rage, de douleur et d'admiration, jaillissant des yeux du pauvre paysan, tombaient goutte à goutte sur le visage glacé du

sublime serviteur de Dieu. Antoine, à bout de forces, hors de lui, accablé, déposa doucement son
fardeau sur une pierre moussue, à l'abri d'un
grand rocher frangé de lierre, qui formait une espèce d'excavation. Ils restèrent tous deux là, pendant près d'un quart d'heure, plongés dans une
torpeur mortelle, n'entendant rien, ne voyant
rien.

Le vent redevint brise, le ciel s'éclaircit, la neige
cessa de tomber; les nuages dispersés, entr'ouverts,
laissèrent voir un coin de l'azur sombre constellé
d'étoiles.

— C'est le paradis! murmura l'abbé Broëx. Antoine, donne-moi un peu d'eau, par pitié... Ma
gorge est desséchée... De l'eau, de la neige fondue!

— Mieux vaudrait boire du poison, Monsieur le
curé! Offrez cette privation à Notre-Seigneur!

— Ah! tu ne sais pas ce que je souffre! Je donnerais... je donnerais tous mes livres pour un
verre d'eau!... mais je donnerais ma vie pour arriver à temps encore au chevet de ce malheureux
qui m'appelle dans son agonie!

Il y eut un silence.

« Monsieur le curé, demanda Antoine d'une voix
un peu tremblante, avez-vous un canif?

— Oui, prends-le dans ma poche!

Antoine obéit; après vingt secondes, il reprit en
poussant un soupir:

— Ouvrez la bouche, Monsieur le curé, et buvez :
je vous donne mon sang, pur et chaud, pour que,
sauvé du danger qui vous menace, vous arrachiez
Démétrius à la damnation!...

— Oh! fit le prêtre.

Et, pour s'élever à la hauteur du sublime sacrifice de ce paysan, il appuya ses lèvres sur le bras
d'Antoine, que celui-ci venait de piquer à la saignée,
et but, comme font les chasseurs de chamois, surpris par la fatigue et la soif dans les glaciers. Il se
sentit ranimé. Antoine lia fortement sa cravate sur
la piqûre.

— Sauvé ! cria le curé. Enfant, tu as sauvé ton
pasteur ! Dieu te bénisse...

En effet, on entendit soudain des cris d'appel,
des voix ; on vit luire la lueur de plusieurs fa-
lots.

— Monsieur le curé! criait-on.

Et sept ou huit montagnards apparurent sur le
théâtre de cette terrible scène. Depuis deux heures
ils cherchaient l'homme de Dieu. . . . .
. . . .

L'abbé Broëx rentra le lendemain au presbytère.
Démétrius Blanc avait eu la mort édifiante d'un
vrai chrétien, réconcilié avec son Dieu. On n'a jamais pu faire comprendre à Antoine Favel qu'il
avait accompli un acte héroïque.

UN

MOINE FAINÉANT

S'il est, en ce bas monde, un lieu qu'on puisse comparer au paradis terrestre, c'est bien le paysage ravissant qui s'étend de Rimini à Covignano, et où est situé le couvent *delle Grazie*. En disant *est,* je me trompe; je devrais dire *était*, car les religieux sont partis pour un pays plus clément, et leurs biens ont été incamérés, verbe mis à la mode par la grammaire de ce siècle-ci, et sur les subtilités duquel il ne serait pas bon que je m'étendisse·

Le monastère s'élevait sur le penchant d'une colline, en plein soleil, au milieu des bouquets d'arbres qui lui faisaient une verdoyante ceinture. Des sentiers se croisaient sur l'herbe fraiche, bordés de haies fleuries.

C'était une vaste maison, blanche avec un toit de tuile rougie, brunie par le vent de la mer; aucun ornement n'en décorait les façades, et la chapelle même était modeste, d'une architecture simple, privée de vitraux, de toiles de maîtres, de dorures; on eût pu nommer cette demeure le palais de la pauvreté.

Mais de l'esplanade qui s'étendait sous les murs du jardin, les regards jouissaient d'un spectacle merveilleux, en vérité. A droite, c'était Covignano et ses *casini*, et ses villas serties dans le feuillage et les fleurs; des bois d'une fraîcheur incomparable, de jolies chaumières au centre de vertes pelouses, des jardins superbes; puis la masse énorme du Castellaccio, le vieux château féodal aux épaisses murailles d'un rouge sombre, diaprées de lierre et de lichens, avec ses créneaux se découpant sur l'azur, et la flèche svelte de son oratoire. A gauche, bien loin, la belle cité de Rimini, paresseusement couchée au bord de la mer, avec ses palais sombres et vastes, son antique forteresse et son *Tempio Malatestiano*, et sa place semi-circulaire où se dresse le rostre d'où César harangua ses troupes, après avoir passé le Rubicon.

En face, et succédant aux pentes de la colline, une plaine immense, océan de verdure, hérissée de longues rangées de hauts peupliers aux feuilles luisantes, au bout de laquelle, étincelante, d'un bleu de saphir, l'Adriatique se confondant, à l'horizon, avec le ciel.

Un jour donc, il y a vingt ans, on célébrait une fête au monastère *delle Grazie*. Les cloches sonnaient à toute volée, envoyant à travers l'espace leur mélodie sonore et vibrante ; une foule de paysans et de paysannes, aux costumes pittoresques, couvraient les chemins et des carrosses, vastes, lourds, dorés, pompeux, traînés par des chevaux

enharnachés, encombraient la route de Rimini, du
faubourg au *Crocefisso*.

Dans ces carrosses, des vieillards en habit de
cour se prélassaient aux côtés de vieilles marquises
empanachées, de comtesses en atours de gala,
d'altières patriciennes et de jeunes cavaliers à l'œil
langoureux. C'était l'élite, la fleur, la crème de la
noblesse romagnole, qui jetait des œillades dédai-
gneuses sur les bourgeois riches entassés dans les
voitures de louage, et les *popolani* cheminant à
pied dans la poussière.

Et tout ce beau monde se rendait au monastère,
pour assister à une cérémonie qui intéressait les
plus opulents comme les plus misérables, les plus
humbles comme les plus orgueilleux.

Don Fausto Malipieri, prince de Sant'Archangelo, deux fois duc, dix fois comte, grand d'Espagne, possesseur d'une fortune évaluée à plusieurs millions, aussi riche d'esprit, de science et
de vertu, que d'écus, à l'aurore de sa vingt-cinquième année, beau comme le dieu Mars, et plus
vaillant—en un mot le gentilhomme le plus accompli, le plus savant, le mieux tourné qui fût dans
toutes les Romagnes, — renonçait, ce jour-là à ses
titres, à ses dignités, à ses grandeurs, à ses trésors,
à sa jeunesse, à sa beauté, pour se faire capucin .

L'on se racontait pourtant, l'un à l'autre, que le
duc de Warmie, son grand-père, lui avait offert

une ambassade, que le duc de Modène, son cousin, en voulait faire son premier ministre, que l'empereur d'Autriche lui donnait à choisir un de ses régiments, qu'enfin le cardinal Memmi, son oncle, protégeant sa vocation pour la vie religieuse, ambitionnait de lui léguer sa pourpre.

Et tout cela était vrai, sauf ce qui concernait le cardinal Memmi, qui ne croyait point à la vocation de son neveu.

L'église ne put contenir la foule des fidèles venus là pour voir ce jeune prince à qui de si brillantes destinées étaient réservées, qui avait refusé d'épouser une princesse royale, et qui s'ensevelissait dans la bure grossière et rude des enfants de saint François, se condamnant à manger toute sa vie le pain de l'aumône.

On avait su qu'il faisait son noviciat; mais les marquis et les comtes, dont Rimini pullule, souriaient en se disant, de salon en salon, que don Fausto ne se résignerait jamais à vivre en mendiant, dans une cellule meublée de sapin, et prenant sa pitance avec une cuiller de bois, buvant dans une écuelle de terre, lui qui possédait un palais peint à fresque par un élève de Raphaël, encombré de bronzes, de marbres, de meubles splendides, et aussi une orfèvrerie précieuse, des porcelaines royales, une cave dont ses trois sommeliers n'avaient pu, en trois ans, achever l'inventaire.

Il en fut ainsi, pourtant. Et lorsque la multitude se précipita hors de la mesquine chapelle et remonta dans ses carrosses, dans ses fiacres, don Fausto, duc, prince et millionnaire, n'existait plus, et les capucins comptaient un nouveau profès, le père Martin de Rimini.

On se répandit en conjectures, sur tout le littoral de l'Adriatique, d'Ancône à Chioggia, et d'une mer à l'autre, sur le motif d'une si étrange résolution. Chacun exprima son avis : dégoût de la vie, passion contrariée, captation, folie, et nul ne devina la vérité, parce qu'elle était fort simple.

Don Fausto, élevé par une mère chrétienne, puis orphelin à l'aube de sa jeunesse, avait observé le monde de très-près, un peu sévèrement peut-être et avec trop d'austérité ; et ayant vu combien notre société, avec ses raffinements de civilisation, pourrait faire de mal à une âme naïve, généreuse, douce et loyale, comme la sienne ; ayant appris qu'un ami véritable est un oiseau plus rare que le phénix ; que le mensonge, l'hypocrisie, les fausses apparences gouvernent les hommes ; que se confier est d'un sot ; aimer, d'un enfant ; croire, d'un niais, selon le jugement des philosophes du siècle ; il se résolut à chercher la paix, le calme, le travail où ils sont : dans le cloître. Et, comme il avait de l'énergie, un grand amour de ses semblables, l'esprit de sacrifice poussé jusqu'à l'héroïsme, il se fit no-

18

vice. Et comme il voulait être aussi pauvre, aussi
humble, aussi dédaigné qu'il avait été riche, puissant et flatté, il prit l'habit de saint François. La
première fois qu'il signa : *capucin indigne,* il se sentit plus glorieux que le jour où le roi d'Espagne lui
avait passé au cou le collier de la Toison d'or.

Le père Martin fut dès lors le modèle de ses frères
et l'admiration du voisinage. Il soignait les malades,
assistait les mourants, prêchait aux paysans, faisait l'école aux enfants, et consacrait les rares loi-
sirs que lui laissaient la prière et l'accomplissemen
de ses devoirs à un grand ouvrage, qui embrassait
toutes les branches des connaissances humaines,
l'histoire du culte rendu à Dieu depuis la création.
De tous ses biens, il n'avait conservé que sa bibliothèque, enrichie par dix générations de savants et
de bibliophiles jouissant d'un revenu d'un demi-
million d'écus. D'ailleurs il n'en était que l'usu-
fruitier ; elle appartenait au couvent, et il va sans
dire qu'elle fut depuis lors *incamérée* tout ainsi que
le reste.

La Romagne ressentit, à peu de temps de là, une
stupéfaction comparable à celle qu'aurait produite
la vue du Juif-Errant escaladant les montagnes,
sautant les précipices et traversant les plaines en
faisant sauter dans sa main les cinq sous légen-
daires.

On vit le père Martin aller de maison en

maison, la besace sur le dos, et quêtant pour
ses frères. Il recevait ici un pain bis, là une mesure
de pommes de terre, plus loin un sac de maïs, ailleurs une outre de vin, et apportait ce fardeau sur
ses épaules, se traînant sur les chemins, pieds nus,
tête nue, au grand soleil. Puis il emmena l'âne du
couvent, et poussa ses excursions à quelques lieues.
Il parcourut ce qui avait été ses domaines, tendant
la main à ses anciens vassaux, hébergé par ses
anciens fermiers, éclaboussé, de ci de là, par ses
anciens valets, quelque peu injurié par certains
marchesini, auxquels il prêtait, naguère, de l'argent qu'ils ne lui rendaient point.

Mais le capucin montra un front d'airain aux
gentils seigneurs qui le raillaient. Il s'assit à la
table frugale de ses *contadini*, chargea son âne et
le conduisit par le licou, et n'eut pas un moment
le moindre regret du passé. Il avait donné son palais à un de ses cousins, Gambalunga, rejeton des
princes d'une célèbre cité du moyen âge. Il alla
demander l'aumône à son cousin Gambalunga, qui
le fit chasser par ses valets. Cela ne l'émut nullement. Il alla aussi quêter chez son intendant, lequel
s'était enrichi suffisamment à son service et possédait maison à la ville, casino à la campagne. *Sior*
Lucca mit son patron du temps jadis à la porte,
mais poliment, avec courtoisie, la bouche en cœur
et le bonnet à la main.

Père Martin pensa que, décidément, il avait bien fait de s'isoler d'une société peuplée d'honnêtes coquins.

Il rentra au couvent fort satisfait. Cependant il n'avait pas été sans ressentir parfois une honte de courte durée; il s'en confessa, à genoux et les bras en croix, au milieu du réfectoire, et huit jours durant, il se mit lui-même au pain et à l'eau, pour se punir de n'avoir pas accepté avec reconnaissance l'humiliation de mendier le pain de ses frères.

Il ne resta que deux ans au couvent *delle Grazie*.

Un jour, un Visiteur de l'ordre, étant venu y passer quelques jours, parla devant père Martin d'une mission lointaine confiée aux capucins, et qui périclitait, faute de missionnaires. Ceux qu'on y envoyait mouraient au bout d'un séjour de quelques années, et c'était bien le plus épouvantable pays qui se pût voir.

— Bon! dit le père Martin, que voilà donc une résidence qui me plairait!... Ne pourrais-je obtenir la faveur de m'y rendre, mon révérend père? Si indigne que je sois, je m'appliquerai avec ardeur à mériter cette grâce par un travail sans trêve!

— Ah! père Martin, vous ne supporteriez ni les fatigues ni le climat, répondit le Visiteur. Vous qui avez été prince...

— Mon révérend père, je vous assure que je ne

m'en souviens que pour en rougir! Ne me reprochez pas les hochets de vanité dont je me parais jadis! Et, puisqu'il a plu à Dieu de me prendre dans mon abaissement, pour m'élever plus haut que je ne le méritais, en me recevant dans sa milice...

— Père Martin, voilà un excès d'humilité qui frôle l'orgueil, baisez la terre ! commanda le Visiteur d'un ton sévère.

Le capucin se prosterna, les bras étendus, et baisa trois fois ce limon dont Dieu l'avait tiré, et avec lequel sa poussière se confondrait un jour. Il se releva pâle, de douleur parce qu'il craignait d'avoir péché.

Le père Visiteur, après un moment de réflexion, reprit :

— Vous avez montré de la soumission, père Martin, je vous récompenserai peut-être. Notre mission en cette contrée lointaine est bien pénible...

— Qui travaille pour Dieu ne compte pas ses peines.

— Songez-y ! Figurez-vous un pays sans arbres, sans fleurs, sans le plus petit brin d'herbe ; du sable et des rochers : un sable brûlant, des rochers calcinés ; un ciel d'un azur implacable, d'une redoutable sérénité, et que la pluie n'obscurcit que de cinq ans en cinq ans ; un soleil torride, versant, avec des flots de lumière, une chaleur de fournaise, si bien

18.

qu'on ne peut affronter ses rayons et qu'on est
consumé par une fièvre sans intermittences.

—Puisqu'il y a des êtres humains dans ce terrible lieu, on peut y vivre. Jésus ne l'excepta point
lorsqu'il dit à ses Apôtres : *Docete omnes gentes !*...

— Pour nourriture, continua le supérieur, un
peu de poisson et du riz ; pour boisson, de l'eau
saumâtre, mesurée avec parcimonie.

— On jeûne ici comme là-bas. Pourvu que la
bête se soutienne, qu'importe!

— Et vingt sectes à combattre, et des sauvages
à évangéliser! poursuivit le vieillard. Les païens,
qui adorent le feu; les Indiens, qui adorent Brahma;
les Arabes, fanatiques serviteurs de Mahomet; les
Somaulis, qui n'ont aucune idée de Dieu; les Gallas,
anthropophages; et des Européens qui se targuent
de ne croire à rien et qui sont plus méchants encore que tous les autres.

— La parole de Dieu tombera de ma bouche,
et s'il lui plaît, elle convertira. Le moissonneur
sème, c'est Dieu qui fait germer la semence...

— Vous n'aurez aucun appui, aucune assistance.
Vous lutterez contre vous-même, contre les hommes, contre les éléments ; vous risquerez votre
vie à chaque pas, vous mourrez dans un isolement
affreux, et vous deviendrez peut-être la pâture des
hyènes.

Le père Martin ne répondit pas; un sourire

joyeux illumina ses traits, et ses yeux dardèrent un regard plein d'enthousiasme sur la noble figure du Visiteur.

Celui-ci dit encore :

—Parfois les missionnaires sont exposés aux supplices les plus atroces qu'ait pu inventer l'infernale cruauté des féroces habitants de ce pays dont je vous parle.

— Je suis tranquille ! dit le capucin. Pour subir le martyre, il en faut être digne, et je n'espère pas l'être jamais assez.

Le front du Visiteur se rembrunit, et il dit, de cette voix sévère qu'il avait prise tantôt pour ordonner au religieux de baiser la terre :

— Vous réciterez les sept psaumes de la pénitence avant de vous endormir !...Décidément, père Martin, le démon de l'orgueil vous hante !

Quelques mois plus tard, un navire anglais quittait le port de Malte. Il emportait à son bord le père Martin et l'un de ses compagnons qui, à force d'instances et de pleurs, avaient obtenu d'aller mourir sur la terre étrangère pour l'Evangile de Jésus-Christ.

Le vaisseau traversa la Méditerranée, franchit le détroit de Gilbraltar, entra dans l'Océan, toucha à Madère, à Sainte-Hélène, doubla le cap des Tempêtes, fit escale à l'île Bourbon, longea la côte orientale d'Afrique, et, après cent vingt jours de

voyage, aborda à Aden, où les deux capucins descendirent.

En posant le pied sur cette terre, ils murmurè-
rent une fervente prière d'action de grâces, et se
prosternèrent comme pour en prendre possession
au nom du Rédempteur. La croix brillait au sommet-
met du rocher, au-dessus de Steamer-Point. Ils la
saluèrent en pleurant.

Aden est situé à l'extrémité de la péninsule ara-
bique, un peu au-dessus du détroit de Bab-el-Man-
deb, par 15° environ de latitude nord, et dans une
petite presqu'île reliée par une langue de terre à
l'Arabie. La ville compte trente mille âmes ; elle est
divisée en trois parties, séparées l'une de l'autre par
d'assez grandes distances : Steamer-Point, résidence des consuls, port des vaisseaux de passage ;
Mayanbanne, faubourg et port des Arabes ; Aden,
enfin, bâtie au fond d'une vallée entourée de toutes
parts de montagnes, de rochers, nus, luisants, vol-
caniques, d'une couleur de brique contrastant violemment avec la teinte, d'un bleu cru, du ciel.

La ville, est un amas de cubes de pierres crépis en
blanc, de mosquées, de temples ; les rues n'ont
d'autre pavé que le roc couvert d'un pied de poussière. Une population étrange s'y agite, crie, hurle
se démène tout le jour et toute la nuit. Ce sont des
Arabes, vêtus de saies de coton bleu, coiffés de tur-
bans sales ; des chameliers conduisant de longues

files de chameaux, chargés de ballots; des Banians, aux chemises blanches, à la mitre de cuir ; des Parsis, aux costumes bariolés ; des Juifs, habillés comme les Israélites l'étaient dans le désert trente siècles plus tôt ; des Malabars; des Somaulis, maigres, de haute stature, nus, armés de lances et de boucliers, ayant la peau d'un noir d'ébène, et les cheveux teints en rouge.

Une lumière éblouissante jette un vif éclat sur ces faces luisantes, noires, jaunes, olivâtres; sur ces étoffes multicolores, sur ces haillons, sur ces animaux aux formes fantastiques marchant d'un pas majestueux et qui viennent par caravanes du fond de l'Arabie.

C'est, en vérité, un spectacle merveilleux et dont le cadre, grandiose dans sa rudesse et dans son âpreté, fait ressortir la magnificence.

La maison de la mission, où le père Martin se rendit le jour même de son arrivée, et que depuis lors il continua d'habiter, est une construction carrée à un seul étage, badigeonnée à la chaux vive, et entourée d'une haute galerie à baies cintrées que ferment des treillages de bambou.

C'est une demeure aussi modeste qu'un ermitage, où ne se trouvent que les choses strictement nécessaires à l'existence dénuée de toute aisance que mènent les religieux. De pauvres couchettes en fer, des tables agrestes, des sièges en rotin, la vaisselle en grossière poterie, puis des rayons chargés de livres, voilà tout.

Le père Martin commença sans délai le rude labeur auquel il avait dévoué sa vie. D'abord il dut continuer à apprendre la langue arabe et le tamoul, qu'il étudiait depuis le jour où il avait été désigné pour venir à Aden. Il y joignit peu à peu l'idiome guttural des Gallas et l'hindoustani. Il dut aussi faire des études complètes sur les mœurs, les usages, les coutumes, l'histoire, les croyances des différentes nations représentées à Aden par de nombreux individus. En outre, il eut à s'accoutumer au climat, par des expériences progressives de marche, d'alimentation, d'hygiène. En même temps il enseignait l'anglais à l'un de ses compagnons, le latin et la théologie à un novice, d'origine anglaise, qui se trouvait là.

Le supérieur de la mission tomba malade et le père Martin dut se charger de l'administration du mince patrimoine et de toutes les affaires litigieuses que multipliaient le mauvais vouloir et l'inertie des différents consuls européens résidant à Aden.

Le père Hilaire ayant succombé, notre admirable Romagnol se vit, par obéissance, obligé de le remplacer, et, peu de temps après, Rome lui donna le titre de vice-préfet apostolique. Dès lors, il n'eut pas une minute de répit. Levé une heure avant l'aurore, il se couchait après minuit, et toutes les heures de

la journée, si longues pour tant d'autres, semblaient
n'avoir pour lui que la durée d'un éclair. Il travaillait sans relâche, ne s'accordant aucun repos.

Aussi fut-il bientôt l'ami de tous ces misérables
qui l'entouraient: musulmans et païens le vénéraient
les petits enfants venaient baiser le bas de sa robe,
quand il passait dans les rues; les vieillards le
saluaient avec respect.

Il distribuait d'abondantes aumônes, et souvent le couvent entier jeûnait tout un jour, parce
qu'on avait donné le pain et l'eau à de pauvres ma-
heureux, à demi morts d'inanition, comme il y en a
tant dans dans cette colonie de la plus riche des nations chrétiennes.

Le père Martin était admis dans toutes les familles. Son zèle convertit à notre foi un nombre
infini d'infidèles.

Il entreprit alors de remplacer par une église
un peu vaste le hangar clos de planches qui
jusqu'alors était trop grand pour les chrétiens
que renfermait la ville. Il atteignit son but, non
sans peine, et deux ans ne s'étaient pas écoulés
qu'il avait construit un temple d'une architecture
simple, mais élégante, orné d'un bel autel de bois
sculpté par des Indiens, et de quelques tableaux
donnés par un négociant cophte.

Il rêva alors de bâtir un collége où cent garçons et autant de filles, des races gallas et somau-

lis, qui habitent la côte orientale d'Afrique, seraient
élevés aux frais de la mission. On leur apprendrait
d'abord à lire et à écrire, après les avoir instruits des
choses de la religion et baptisés ; ensuite des maîtres
spéciaux envoyés d'Europe leur enseigneraient des
arts manuels ; on en ferait des forgerons, des tisse-
rands, des charpentiers, des laboureurs, des van-
niers, des lingères, etc. ; puis on le srenverrait dans
leur pays, où ils importeraient, avec de nouveaux
besoins, de nouvelles industries; l'instinct d'imita-
tion, particulier aux sauvages, leur créerait des
partisans, des élèves, des apprentis ; enfin de nouvelles générations d'enfants se succédant les unes aux
autres pendant une période de temps assez longue,
la civilisation pénétrerait enfin dans ces contrées
déshéritées, et les ramènerait au bien.

Voilà quels projets insensés caressait ce moine
fainéant, que, certes' les libres penseurs de Paris
et autres lieux auraient tenu en grande compassion. Et pour dire la vérité, le père Martin se re-
pentait d'avoir libéralement partagé les neuf di-
xièmes de ses richesses avec ses cousins, et il
s'avouait que son projet n'eût pas rencontré d'obstacles, s'il eût été en possession seulement de la
moitié de ses anciens domaines.

Bref, sans s'apitoyer davantage sur sa pauvreté de
l'heure présente ni réfléchir outre mesure aux difficultés de son entreprise, il commença à faire ap-

pel à la générosité de ses amis d'autrefois et d'aujourd'hui.

Il écrivit deux ou trois cents lettres, et la malle qui arriva à Aden cinq ou six mois plus tard, lui apporta une somme considérable. Il se mit à l'œuvre sur le champ, acheta un terrain, embaucha des ouvriers, dessina un plan, et l'année suivante, septième de son apostolat à Aden, les bâtiments du collége, achevés et couverts, se dressèrent à droite de l'église, en face du couvent.

Mais le père Martin n'avait plus un sou dans sa bourse. Or, il restait à meubler ces superbes maisons, à faire venir d'Europe des maîtres, des religieuses, un économe, des outils, des provisions ; et aussi à constituer un capital pour faire vivre tout ce monde, les Gallas et les Samaulis n'ayant guère l'habitude de faire des économies en prévision de fournir une éducation distinguée à leur progéniture.

Ce fut à cette époque que mon ami François Archex, qui m'a, pour ainsi dire, dicté ce récit, eut l'honneur de voir le père Martin. Il revenait du Japon, où l'avaient conduit des affaires dépendant d'une succession importante, et le paquebot *Irawady* où il s'était embarqué à Pointe-de-Galles, ayant essuyé une tempête épouvantable à la hauteur de Socotora, se voyait forcé de faire escale à Aden pendant une quinzaine de jours.

19

François Archex préféra à l'hospitalité confortable du grand hôtel Victoria, tenu par l'honnête et corpulent Sorabjee Cowasjee, banian, la maigre chère et la cellule dégarnie que lui offrit le père Martin, auquel il s'était empressé de faire visite, estimant que rien n'est plus vrai que cet axiome d'un sage : « Entre chrétiens, se voir, c'est se retrouver. »

Il passa donc quinze jours auprès du vénérable missionnaire, qui, avec son expansion cordiale de religieux et sa verve poétique d'Italien, lui confia tous ses projets.

Si bien que mon ami François Archex, que rien ne rappelait en Europe, écrivit à sa famille qu'il comptait passer deux ou trois mois à Aden, « charmant pays auquel il ne manque, pour être un Eden véritable, que des arbres, de l'herbe, des fleurs, de l'eau, des cultures, et où l'homme correspond exactement à la définition qui le déclare un *bipède sans plumes et qui parle.* » Puis il versa dans l'escarcelle du missionnaire un demi-lac de roupies ; le père Martin écrivit cent nouvelles lettres, et son compagnon, nanti de traites sur Paris, s'embarqua à bord de l'*Irawady*, avec la mission d'aller chercher en France cinq Frères des Écoles chrétiennes, neufs œurs de Saint-Vincent de Paul, et quatre ou cinq ouvriers capables d'enseigner leurs états à des apprentis.

Après quoi, ayant pourvu à ce que le collège ne
manquât pas de professeurs, le père Martin et
François Archex pensèrent à trouver des élèves.
Mais outre que la population nègre d'Aden ne
pouvait leur fournir un contingent suffisant, elle
était par trop en contact avec la corruption orientale pour qu'ils ne fussent pas obligés de borner,
de ce côté, leur choix avec une entière prudence.
Ils prirent donc la résolution hardie d'aller demander leurs élèves aux tribus sauvages elles-mêmes,
de franchir le détroit, et de s'aventurer à la grâce
de Dieu sur cette terre africaine presque inconnue,
où n'osaient se hasarder les plus intrépides explo-
rateurs.

Ils se préparèrent à ce grand voyage par un mois
de retraite et d'études. Ils voulurent en tenir secrets les préparatifs, afin de ne compromettre
personne, et de s'exposer eux seuls aux dangers iné-
vitables de cette expédition. Ils écrivirent leur testament de mort, car il n'était pas certain que l'un
ou l'autre revînt, et il fallait assurer l'existence de
la mission et des œuvres importantes qui se ral-
liaient à elle.

Ce fut une entreprise aussi insensée que sublime
et que plus tard blâmèrent hautement tous ceux
qui n'étaient capables ni de l'exécuter ni d'en concevoir la pensée. Affronter une mort à peu près sûre,
sans autre arme offensive qu'un chapelet, sans autre

bouclier qu'un crucifix, n'est-ce pas de la démence, et peut-on excuser un tel fanatisme ?

Ah ! que les missionnaires luthériens et calvinistes, commis voyageurs de la Société biblique, comprennent mieux le respect dû à la *bête humaine!*.. En vérité, non, ce ne sont pas ces respectables *gentlemen* qui exposeraient ainsi leurs corps précieux et se jetteraient, pour l'unique satisfaction de faire le bien, au-devant du supplice!

Père Martin et François s'embarquèrent sur une *boutre* arabe qui les devait conduire au pied des falaises du cap Guardafui. Ils emportaient, pour tout bagage, celui-ci une trousse de chirurgien, un fusil à deux coups et sa cartouchière, celui-là son bréviaire. Dieu pourvoirait à leurs besoins, ils n'en avaient pas douté un instant.

Leur navigation ne fut pas de longue durée. En quelques heures la *boutre* traversa ce bras de mer si poétiquement appelé par les Arabes la *Porte des larmes.*

Elle s'arrêta à une encâblure de la plage, hérissée de brisants, qui s'étend à la pointe est de l'Afrique.

Le religieux et son compagnon descendirent dans l'eau et gagnèrent la côte à la nage, une barque ne pouvant circuler au milieu de tous ces récifs. Ils se reposèrent à l'ombre des rochers, puis gagnèrent le sommet des falaises, et de là se dirigèrent vers l'intérieur du pays. C'était le désert : de vastes plaines d'herbages que parcouraient d'énormes reptiles; des animaux bizarres ; des buissons de nopals, des bouquets de dattiers jaillissant d'un océan de verdure; des arbres séculaires groupés en quinconces ; un fouillis inextricable de ronces, de lianes, de cactus épineux.

Les voyageurs errèrent jusqu'au coucher du soleil, et campèrent, le soir, sur la plus haute branche d'un gigantesque tamarinier inaccessible aux chats-tigres et aux panthères. Ils allumèrent des feux autour de leur palais aérien, et s'endormirent paisiblement.

Au point du jour, ils s'éveillèrent. Déjà des oiseaux chantaient dans les bois, le soleil dorait les herbes flexibles inclinées sous un souffle brûlant. Ils mangèrent quelques fruits, remerciant Dieu d'avoir créé tant et de si belles choses. Cependant François Archex exprima cette opinion : que peut-être ils s'étaient engagés trop à la légère dans une aventure assez grave et qu'on les pourrait taxer plus tard d'imprudence.

Le père Martin répondit :

— Si nous réussissons, la foule nous applaudira. Si nous échouons, ni vous ni moi ne serons là pour supporter la honte de l'échec, et, quelques moyens que nous eussions employés, le seul succès nous justifierait. Donc, en avant, et Dieu soit avec nous!

Ils reprirent leur route et s'avancèrent, à travers ce désert peuplé de fauves que la présence de l'homme étonnait à un tel point qu'ils n'osaient lui déclarer la guerre, et se retiraient, en rugissant, devant ces audacieux.

Le second jour, en ouvrant les yeux, le matin, le capucin et François se virent entourés d'une troupe de démons aux cheveux crépus, à la peau noire, à la face convulsée, déshabillés, du reste, à la dernière mode des Gallas, qui se divertissaient fort à la vue de ces deux sauvages blancs.

Le chef de la bande, qui avait été chauffeur à bord d'un paquebot, savait quelques mots d'anglais. Il interrogea ses prisonniers, tâcha d'imiter de son mieux le mépris et le dédain que les blancs lui témoignaient jadis, et la brutalité avec laquelle ils le traitaient. Père Martin répondit, l'œil en feu, un rayonnant sourire aux lèvres, qu'il venait annoncer au peuple gallas la bonne nouvelle, et lui demander les meilleurs de ses enfants pour en faire des hommes, des chrétiens, dignes de devenir les égaux des blancs.

— Oui ! dit le chef avec ironie. J'ai vu comment les habits rouges, les civilisent, nos enfants ! Vois mes épaules, elles portent la marque de leurs cravaches !...

La tribu tint conseil, et le père Martin, qui savait ce qui allait arriver, donna le conseil à mon ami Archex de fuir sans regarder en arrière.

La discussion entre les guerriers gallas ne dura pas si longtemps qu'une séance parlementaire. Au bout de dix minutes, on était d'accord. François Archex fut attaché à un arbre, solidement. Puis on s'empara du père Martin, et on le dépouilla de tous ses vêtements.

Il laissa faire, sans résistance; il priait avec ferveur.

Il cria à François :

— Courage, frère! nous nous reverrons là-haut.

Puis il regarda le ciel et dit :

— *Peccavi !*

On le mit entre deux arbres, jeunes, flexibles, mais déjà robustes, que l'on força à se rapprocher et dont les troncs furent attachés l'un à l'autre par des cordes tressées en fibres de palmier. On attacha la jambe et le bras droits du prêtre à l'arbre de droite, sa jambe et son bras gauches à l'arbre de gauche, au moyen du cordon de Saint-François qui ceignait sa robe, et de la quadruple courroie de cuir à pointes de fer qu'il portait en guise de cilice.

Quand cela fut fait, et tandis que le martyr priait toujours avec le même calme et la même ferveur, le chef gallas et son fils, armés chacun d'un coutelas, tranchèrent d'un seul coup les liens qui retenaient les deux arbres comme dans un étau.

Il y eut un grand cri, un bruit de branches froissées, un double craquement, et quand, après une

heure d'évanouissement François Archex reprit ses
sens, il vit, baignés dans une mare de sang, les
débris du corps du père Martin, un tronc informe,
des membres mutilés, gisant à quelques pas de
lui...

Les Gallas ramenèrent François au bord de la
mer ; une barque de pêche le recueillit, et il revint
à Aden dix jours après en être parti. Mais ses cheveux avaient blanchi, quoiqu'il n'eût pas trente
ans, et depuis lors je ne l ai jamais vu rire.

C'est de lui que je tiens cette histoire.

Voilà comment mourut don Fausto Malipisri,
prince de Sant'Archangelo, deux fois duc et dix
fois comte. Il n'eut pas même ce misérable dernier asile du plus pauvre mendiant : une fosse.
Et il est certain que, dans son pays, on se souvint
longtemps de ce seigneur qui s'était fait moine pour
être un fainéant.

TABLE DES MATIÈRES

FIN DE LA TABLE.

425. — Paris-Auteuil, imp. des Apprentis catholiques. — Roussel.
40, rue La Fontaine, 40.

LIBRAIRIE DE L'ŒUVRE DE SAINT-MICHEL

Le R. P. Félix, voyant combien est grand le mal produit par les mauvaises lectures, a fondé pour y remedier, autant qu'il est en son pouvoir, *L'ŒUVRE DE SAINT-MICHEL*, pour la publication et la propagation des bons livres à bon marché.

Cette Œuvre, s'appuyant sur la charité, fait à ses associés (1), aux Bibliothèques populaires et aux autres Œuvres qui s'adressent à elle, de fortes remises de faveur.

Pour jouir de ces remises, il faut se faire inscrire et adresser les commandes à M. Téqui, *libraire-éditeur de l'Œuvre, rue de Mézières, 6,* Paris.

CATALOGUE

Le Catalogue de la librairie de Saint-Michel contient plus de 5,000 volumes, choisis avec soin pour les Bibliothèques populaires.

Prix, *franco*, pour les correspondants. . . . . GRATIS.
Pour les non-correspondants. . . . . 1 fr.
L'extrait est envoyé gratis.

INDICATEUR

Les personnes qui désireront être toujours au courant des *nouveaux ouvrages* édités par *L'ŒUVRE DE SAINT-MICHEL* et par les bonnes Librairies catholiques, avec lesquelles la Librairie de Saint-Michel est en rapport, n'auront qu'à s'abonner à

L'INDICATEUR DES BONS LIVRES A BON MARCHÉ

Paraissant tous les mois.

Prix de l'abonnement : un an. . . . . . **1 fr. 75**

*Cette petite publication est utile à MM. les Directeurs des Bibliothèques populaires, aux pères et mères de famille, enfin à tous ceux qui sont chargés de l'*EDUCATION DE LA JEUNESSE *et qui n'ont pas le temps de lire les livres qu'ils doivent recommander.*

---

(1) Pour être ASSOCIÉ il suffit de faire chaque année, en faveur de l'ŒUVRE DE SAINT-MICHEL, une offrande comprise entre les deux limites de 5 à 100 fr.

Cette offrande doit être adressée au R. P. FÉLIX, cours Léopold, 23, à Nancy (Meurthe), ou à M. DOSSEUR, conseiller référendaire à la Cour des comptes et trésorier de l'Œuvre, rue du Cherche-Midi, 36, Paris, ou enfin à M. TÉQUI, rue de Mézières, 6.

Imprimerie des Apprentis catholiques. — Roussel. — Paris-Auteuil, rue La Fontaine, 40.

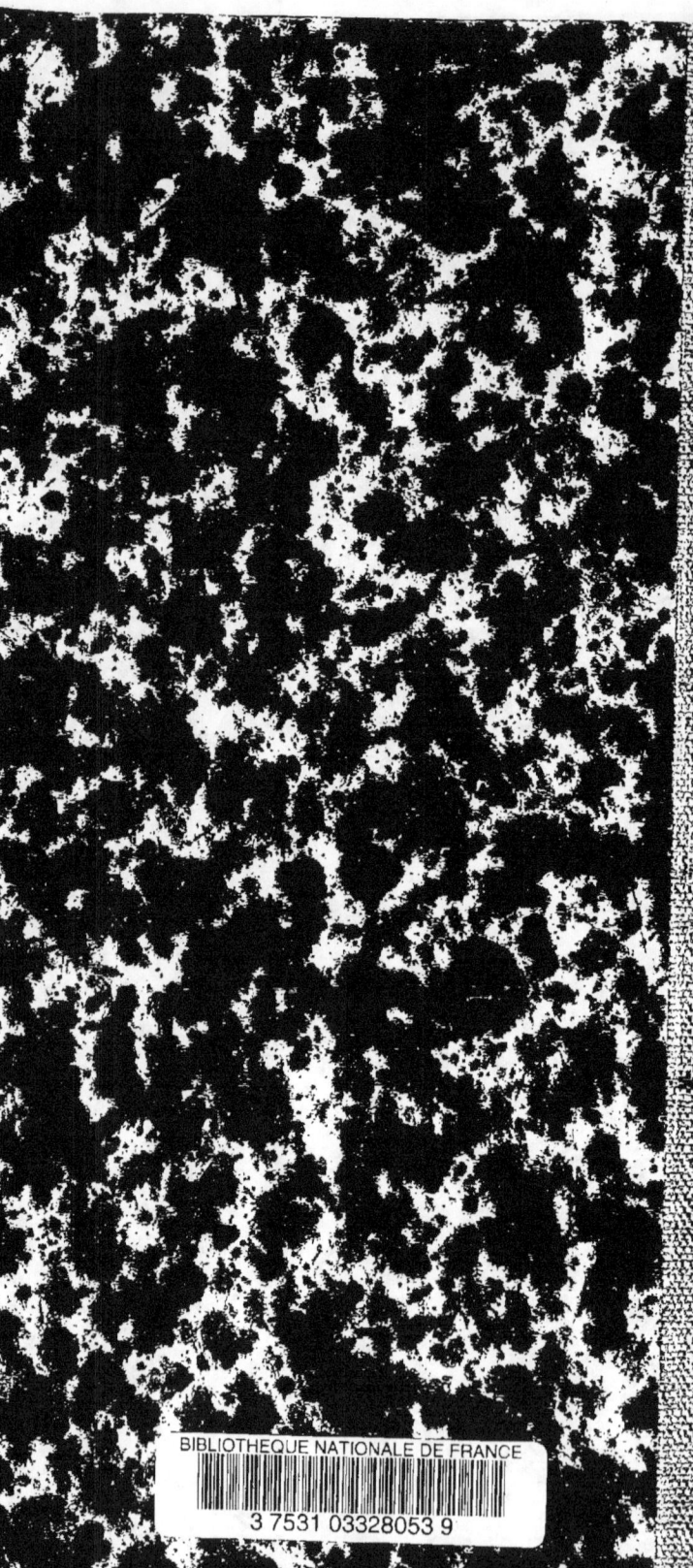